献给我的祖国

张兴寰 ★ 著

凹方街
一个家庭的抗战

北方联合出版传媒（集团）股份有限公司

万卷出版公司

2014年·沈阳

ⓒ 张兴寰 2014

图书在版编目（CIP）数据

四方街：一个家庭的抗战 / 张兴寰著. — 沈阳：
万卷出版公司, 2014.4
ISBN 978-7-5470-2603-8

Ⅰ.①四… Ⅱ.①张… Ⅲ.①长篇小说－中国－当代
Ⅳ.①I247.5

中国版本图书馆CIP数据核字(2014)第058174号

出版发行：北方联合出版传媒（集团）股份有限公司
　　　　　万卷出版公司
　　　　　（地址：沈阳市和平区十一纬路29号邮编：110003）
印 刷 者：辽宁星海彩色印刷有限公司
经 销 者：全国新华书店
幅面尺寸：160mm×230mm
字　　数：250千字
印　　张：17.5
印　　数：1—30000册
出版时间：2014年4月第1版
印刷时间：2014年4月第1次印刷
责任编辑：王会鹏　万　平
装帧设计：范　娇
责任校对：吕志贵
ISBN 978-7-5470-2603-8
定　　价：29.80元

联系电话：024-23284090
邮购热线：024-23284050
传　　真：024-23284521
E－mail：vpc_tougao@163.com
腾讯微博：http://t.qq.com/wjcbgs
网　　址：http://www.chinavpc.com

目 录

第一章

拜　寿

　　我今年 100 多岁了，早该入阴府见阎王了。和我同辈的人，比我岁数大的，都走啦，没听说哪位还在；比我岁数小的，差不多也都走了，只剩下老哥一个。我也要走啦，活得岁数太大了，阎王不叫，自己也得去。

　　走之前，我要了一件心思，就是对你们，我的子孙，讲讲我们这一辈人的经历。

　　在这块土地上，祖祖辈辈繁衍生息，经过了多少代，只有我们这一辈特殊，经历过中华民族耻辱的大事变，经历过最黑暗的东北沦陷时期，尝过亡国奴的滋味。

　　那种痛苦、屈辱，我一刻也没有忘记。我要告诉你们，要你们知道，要你们牢牢记着。那个时候的事，以前我没少讲。我要走啦，更要好好地向你们讲讲。你们别嫌老人话多，别以为我是没事闲的，看在我这个满把白胡子老人的分儿上，看在祖宗的分儿上，爱听不爱听，你们都要听好了，记住了。

　　我知道你们现在不爱看书，连号称"第一文体"的小说都没人看，更不愿听一个老人的啰唆。可我还得讲，人老了，说话费力了，嗓子沙哑了，气也接不上了，那也得讲，讲到最后一口气，才好去见祖宗。我劝你们还是听听。你们听了才能知道，我拼着老命讲的，一点儿不是扯淡。

哈哈，我把话说重了，说得不客气，看你们，全来了，连最小的孩子，才两岁，也来了，他懂个啥。录音机摆上了，摄像机支上了，忠萌说听完了要搞个手写本，我看这个主意不错。

你们有这份心思就行了。你们都很忙，大人忙，孩子更忙，现在最累最苦的数上学的孩子了。你们都忙自己的去吧，忠萌留下来和我做功课就可以了。忠萌退休不少年了，他是个闲人。你们等着看他的手写本吧，他那一手小楷也是蛮不错的。

你们把我要说的当回事了，咱俩开始做功课吧，每天讲两小时。

"九一八"那年，我不到 30 岁，老爷子不到 60 岁。按家谱数，光表忠义德，华源继永长，我是"表"字辈的，你"忠"字辈的都 70 多了，比当年老爷子岁数还大，现在孩子到了"华"字辈了，日子过得太快了。再往下，没人讲什么家谱不家谱的了，哪家还讲家谱呢，咱家讲到现在，是因为我这个老不死的还在。可是，别忘了"九一八"，别忘了殖民地的日子，我最怕的就是这个。连家谱都忘了，老人能放心吗？我一张嘴总爱埋怨，你们别不爱听。忘了家谱不要紧，记住，别忘了"九一八"，别忘了殖民地的日子。

"九一八"那时，咱家搬到四方街没几年。

四方街是方圆百里中的一个大镇，那时人口少，一个大镇也不过 1000 多户，五六千口人。你算算，现在东北三省人口是 1 亿多，那时只有 3000 万，人口分布也不均，平原人口密一些，在四方街一带的山区，人口自然稀少了。四方街的四周全是高高的大林子，遮天蔽日的，夏天出门倒是凉快。路都是顺着沟蹚出来的，走个几十里，到了宽阔平坦的地方，或许有个屯子。一个屯子也就 30 户、50 户的，上百户的大屯子很少。在屯和屯之间，能碰上散户也是新鲜的事，什么孤家子、两家子、三家子，都叫成地名了。这些地名现在还在用，有一个县城，叫四间，现在 10 万人口，当时顶多有四五户人家。

因为人口少，生活在这个地面儿的人互相都认识。孤家子的人姓什么，哪个屯子有几个家族，爷爷辈什么秉性，儿子辈什么模样，孙子辈有多少，哪一辈的媳妇从哪儿娶来的，四方街的人都知道。老一点的人如果碰上一个陌生的后生，只要问问谁家的，是老几，就足够了。因为在他的印象中，那家人家的人都记得，就没见过这个小犊子。更多的是，问都不问，看看陌生后生的长相、身架，张口就说出他是谁家的，保证八九不离十，接着就教导对自己该怎么称呼，对四方街的哪家哪家该怎么称呼。

四方街，称它为四方街，不只说它街道房屋的布局是平正的，笔直的街道东西贯通，成排的房舍坐北朝南，一面临路，一面套个大院子，从整个镇子到家家户户都是方正宽敞的。称它为四方街，主要是说四方街坐落在一块平川上，四周的山，东西南北都有出口。往北，经过西北岔，通往黑龙江；往东南，经过东南岔，通往长白山；往西通往省城，再通往伪满洲国"新京"；往西南通往奉天。

咱家原来住在北面的太平川，在那里有100多垧地，有一套老房子。那些地租给了老佃户，不用太操心。

在南面山里，咱家有一处木场，是我在民国省民政厅干事时办的执照。

经营木场很麻烦。入秋开山，雇木把，咱家的木场不算大，也得雇200多号人，修好木场的房屋，备足粮草，备好各种器具，这些活就得干一个月。接着伐木、造材，干到年根儿。腊月，雪厚了，倒爬犁、抓楞、把木材都归到河边。从春到夏就是扎排、赶河了。这些活，都是吃苦费力的，还很危险。

老爷子是木场大掌柜的，又是木把好手。在整个长白山，木把出身的大掌柜，就他一个。

老爷子的身板粗大结实，年轻时，抬小杠他抬头杠。遇到粗大的家伙，8个人，一起起不来，喘口气，再起，再起起不来，歇歇，三起，三起起不来，撤下两个人。6人抬少不了老爷子。6人抬，起不来，再撤两个人。4人抬更少不了老爷子。4个人，瞪圆了眼睛，低下头，随着老爷子低沉的一声"哈腰挂"，弯下了腰。"四人抬呀，向上起呀"，个个红着眼，暴着筋，弯钩扣着木头吱吱响，粗大的死冤家竟然离开了地。"哎哟哥，向前走哇"，8条像钢做的腿一步一步迈开，踩地，地要陷，上跳板，跳板嘎嘎响，旁边站着的人，大气不敢出，看也不敢看。

木头大，怎么办？这是唯一的办法，也是没有办法的办法，就是把人往死了逼，逼急了，逼疯了，逼着去拼死命。剩下的 4 个人，真没有抬不动的，抬不起来就别在山上混了，别说抬小杠，就是当尿壶都没人愿意滋。

老爷子后脖颈上有个拳头大、很硬很硬的肉包，叫"血蘑菇"。成手木把的后颈都有那样一个"血蘑菇"。总挑担的，比如，挑水挑粪或挑菜上市的农民，挑担四处游走的锡匠、货郎，后颈都不长"血蘑菇"。只有在木把身上，只有很重很重的力量在肩上压、在肉上碾，碾破皮肉，再长，刚封上口，再碾，连血带肉一层层地长，才成了"血蘑菇"。据说，"血蘑菇"不会烂，木把死了，肉烂了，骨头烂了，"血蘑菇"也不会烂。

老爷子也是放排好手，他有个绰号叫"刘大瓦杠"。把木排从河里放到江里，再放到城里，要经过十几道哨子。哨子就是水急弯险的地方。哨子过不好会出大事。木排撞到石壁，插立起来，后面的木排又蹿上去，戳大堆，木排散了还在其次，赶排的人轧在乱木当中，死了连个影都找不着。

哪年都有出事的，常听说哪个哪个放排的死了。拆解乱木叫挑垛子，能挑垛子的没几个，老爷子是数得上的一员。

出名的哨子，像恶风口，弯险流急不说，两边立陡的碴子，像铡刀，江狗子每年放排前都要到恶风口的庙里烧香许愿，那也没少出事。像鞅子哨那样的地方就多了，鞅子哨是说那里的弯像牛鞅子，弯急弯硬，一长趟木排在那里转过来不容易。

老爷子放排多少年，从来没出过大事，让人佩服。老爷子当了大掌柜，年纪也大了，不能再抬小杠、放木排了。可经营木场，还是他在行，现场离不开他。运材归不了楞、摊煎饼了，放木排穿箭子、扎堆了，他还得挺身出来。

我在干公差，你叔叔在读书，我们两个都对他不放心。后来想了个办法，请你小舅爷，就是我老舅，老爷子最得意他，请他上山帮着管事。咱家又在四方街开个大车店，捎带开个杂货店，这一摊子事也要有个当家的，顺着就把老爷子从山上撤下来了。

咱家开的大车店在四方街的边上，地场宽敞。

大车店的四周，是用柞木、水曲柳、色木做的栅栏，一色的硬杂木，一丈高，几十年不烂。每年过了春，地化透了，看哪个桩子歪了斜了，扶扶正，重新竖好、扎好，几十丈长的栅栏齐刷刷的。

大车店的房身可不小，3丈宽，10丈长。墙基是用开了方、錾出边的花岗岩砌的，有3尺高。除了侯爷的府第、城里的洋房、四方街的钱庄、当铺，还没有谁用这样好的材料呢。墙基上边是用合抱粗、上好的红松做的木刻楞，层层紧贴，接头咬合，严丝合缝。房顶是用苫草苫的，苫这么大一个房子，雇人割了好大一片苇塘。苇子硬实、不烂、保暖，是苫房草中的极品。苇草苫的房顶，挺括、齐整，太阳光一照亮崭崭的。

大车店的大门是用粗大的圆木做门楼，对开的板门很宽，车辆进出宽宽绰绰，车老板不是出于礼节走着出入院子的话，不用下车也刮不到门柱。门楼的右边挂着一块木匾，上写"悦来大车店"，墨顿顿的颜体字，谁见了都忍不住夸一句，这字，有劲儿。

进了大车店，各个房间是一通到底，一进是账房、柜台、前厅，我和老爷子总待在这里；二进是饭堂，能摆8张桌；三进是灶房，总是叮叮当当乌烟瘴气的；四进是对面大炕，炕角一排行李卷，很长，能睡30多人；五进是用木板隔出来的单间。

从前厅到火炕间穿出来，有个杂货店，两开间，泥草房。据说墙是用木杆子钉好框子，中间填泥母猪。泥母猪就是把洋草滚上稀黄泥，圆圆滚滚，3尺长一个，又黏又沉，两三个小伙子才能叉起来。这种墙垒起来不容易，要拆也是没门。杂货铺卖日用百货，也收购山货。

再往前走是马棚，马棚能拴30多头牲口，茅草顶，墙是用花岗岩垒的，石灰灌缝，结实劲儿没得说。

大车店的院子宽敞得很，停20辆大车，磨车也磨得开。就是地面不太平整，牲口蹄子天天刨，车轮子天天碾，再硬的地面也给搅翻了，一到下雨天泥泞吧叽的。

建大车店，什么都按百年大计打算，做得结结实实的。

开业以后生意还凑合。饭堂里总是嘈嘈杂杂的，南来北往的人操着南腔北调，唠嗑儿的、瞎侃的、划拳的，干什么的都有。院子里早晚总是热热闹闹的，早晨赶路的出发了，晚上投宿的来了，牲口的嘶叫声、鞭子声、老板子的吆喝声，都是响响亮亮的。是走是停，有个动静才像样儿，悄没声的，那是贼。

我是"九一八"以后回到四方街的。

小日本来了，熙洽一头扎进了日寇的怀抱，不长时间，溥仪又让小鬼子摆弄着建了"新京"，搞了"满洲国"，当起傀儡皇帝。跑回祖宗面前，当洋儿，卖祖业，丢人现眼。怎么想得出，怎么做得来呢？怎么说溥仪好呢，无能，还得加上混蛋。谁不服也不行，大清帝国真有货，出了个天底下最无耻的祸害——慈禧，出了个天底下最下贱的窝囊废——溥仪，还蹦出些孝子贤孙熙洽之流，真是不善，追着日本人叫爹。

民国时，我在省民政厅干得好好的，年轻，学历高，大有前途。小日本来了，省公署变成伪政权了。老爷子对我说："咱不能给鬼子干事，当了汉奸怎么见人，怎么跟后代交待呢？"我一听就说："爹说得对，我听爹的。"

爹不说，我还打算辞了职，进关去找张作相，去找张学良呢。可是正赶上你叔叔表琦要到北平去读书，青年人读书事大，当然要看着他。哥俩都进关，老爷子老了，身边没人不好，再说不干公差了，该帮老爷子经管经管家产，想来想去我留下来了。没想到，你叔叔在北平念两年书又回来了。我对他说，知道你回来，还不如我去北平呢。你叔叔嘿嘿一笑说，谁叫你是当哥哥的呢。

我向伪政府辞职的时候，上司说我傻，日本人来了，正是用人的时候，你接着干，很快就能提拔的。我说不行啊，我娘死得早，我爹岁数大，身子骨不好，请老爷子进省城他不来，我只好回家去尽孝道了。

也有私下赞同的。我的好朋友李正堂对我说："辞了好，我也想辞。"我说："那你怎么不辞呢？"他叹口气说："跟我爸爸商量了，他说，辞职？我白供你这么大了，告诉你辞职没门儿。我那个家你还不知道，买卖做得不小，就认得钱。"李正堂接着干了，真像我那个上司说的，没过多久就提拔当处长了。

大车店的掌柜是老爷子，我回来给他当账房先生。

账房先生的事可不少，来客了，查看良民证，登记，分配铺位，收宿费，收饭银，用咱家草料喂牲口的，也得收钱。这是柜台活。饭堂的开销，肉和油见不到了，粮和菜总得要买的，备品的管理，被褥、豆饼、草料、煤油、车轴油等等，杂货店的进货、零售，收购山货等等，都在我身上。另外，太平川的土地账也交给了我。

每天从早到晚，一刻也闲不着，不是这事找我，就是那事找我，"少掌柜"，"少掌柜"，不管走到哪儿，跟腔叫，耳朵都听出茧子了。

有时分不开身，我就叫你妈来帮忙。你妈也不是闲人，要做家里人的饭，要收拾家里的5间屋。好在那时没有孩子，利手利脚的。

我这么忙，老爷子干啥呢？我忙的是细琐小事，大事都在他身上呢。我再忙，不过是他的小伙计。

各路来的"茬子"，老爷子都要笑脸相迎，细心周旋，不敢怠慢。

哪个木场的车队上山路过这里，要好酒好饭满招待，咱家也开木场，谁不知道，得尽同道之谊。

哪个有头有脸的大户人家的车马来了，老爷子要恭敬有加，以礼相待，别让人家挑出什么不是。

哪个山头的爷来了，哪个绺子的王来了，老爷子要小心地恭维着、揣摩着，看他们是什么意思，要咋的都得满足。这些土匪不是人，仅比日本鬼子强一点儿。日本鬼子是二话不说就杀人放火，土匪发飙了，砸锅、扒炕。

还有宪兵、警察、特务来了，我不愿答理，躲到里屋去，老爷子马上出面应付。

开这个店，别看我是学生出身，从省机关下来的，什么活都可以干，扫地、叠被、清理马圈、卖货、算账，干什么都行，就是这一通乱世应酬做不来。带着屈辱，叫人恶心，我不想做，也不想学。老爷子不愧是亲爹，他知道我这副德性，却从来没埋怨我，从来没勉强我。

虽然做不来，我这个当儿子的明白，开店讲个和气，乱世开店，难免撞上冤家，老爷子也是不得已。来大车店投宿的穷人多，穷人是好人，他从来不瞧不起他们，从来不慢待他们，来的都是客，何况自己也是穷人出身。但是对那些"茬子"，不管你心里怎么烦、怎么恨，你还得耐心周旋，好好侍候，谁叫你开这个冤家店呢。

饭堂的伙食是由老爷子拿总的。他倒是越来越省心，饭菜不用换样，可也实在拿不出手。

主食是杂和面，杂和面是橡子面和苞米面掺的。橡子面死个丁的，容易掯坏。捂了的橡子面，有股辣味，咬一口直呛嗓子眼。杂和面饽饽黑不溜丢的，登登硬，像石头蛋子。喝酒喝潮了的、说话爱抬杠子的、划拳输急眼了的，可得注意，要是顺手抓起一个杂和面饽饽照谁的脑门打去，保不准要出人命。杂和面饽饽很难啃，牙口不好的、岁数大的，只好掰碎了，放在汤里再往下吞，像吃中药丸子似的。总吃杂和面容易大便干燥，腹胀，弄得愁眉苦脸的，上厕所一蹲蹲半天，上了年纪的更费劲儿。

再有一样吃的是早晨喝的苞米面糊糊，稀里光汤的，喝一碗啥也不当，也算作主食。

菜呢，就是萝卜汤，换个样就是白菜汤，再换个样就是土豆汤，要再换样，那就没了。什么汤都一样，上面漂的几颗油星能数出来，清汤寡水的。

要炒菜也可以，就是油少，炒两下就煳了，嘎巴锅，盛到盘子里没个样儿。

小日本来了，老百姓吃得饭不叫饭、菜不叫菜，老实没变样的，只有咸菜疙瘩，切成一条一条的，放在碟子里，酱青色，有食欲，虽说只是一个咸，就饭吃，每顿少不了的。

这口吃的，只有咸菜疙瘩没变样，照样咸，数一数是日本天皇、溥仪儿皇最大的德政了。

谁愿意吃杂和面呢？可不吃是不行的。大米、白面，你想也别想。稻子、麦子全部"出荷"。日本话"出荷"是交公的意思。大米、白面只许日本人吃，还有溥仪、熙洽那样的大汉奸吃，小汉奸都不行。中国人吃了就是犯法，就是经济犯，就要坐牢，没准打死你。吃苞米面也比吃杂和面强，可只吃苞米面又不够，出荷出荷，就差没把人逼死了。

说起中国人吃大米饭，倒有一个乐子。

有个伪警察，一心想往上爬，想法子巴结日本人，干啥特卖力。

一天，他和一个日本宪兵在街上巡查。这家伙为了表现自己，连要饭的老太婆也不放过，抢过要饭筐，掀起毛巾，只有半截萝卜。老太太哆嗦着，弯腰哀求，把破筐还了吧，他哪里会理睬，再往里翻还真翻出一块大米锅巴。

一般来说，对一个要饭的老太太，做到这个份上也够损的了，骂两句，再不把锅巴扔了也就算了。

这个伪警察可不，看了看日本兵，郑重其事地把锅巴伸到老太太鼻子前面，非要她说出是哪家送的不可。

人家好心好意送的，老太太怎能出卖呢？搪塞说记不清了。

伪警察一拳把老太太打倒了，问想起来没有，老太太再掰扯，又来一拳。老太太向上一看，日本宪兵把洋刀抽出来了，只好说，唉，好，好，不就一块锅巴吗？我领你们去。

老太太拾起破筐，忍着疼领他们走。

老太太越走，伪警察越觉不对劲儿。老太太最后停下了，她指的门偏巧就是那个伪警察的家。

日本宪兵搞清了，也不含糊，瞅瞅伪警察，"哼"了一声，骂了一声"八格"，回到宪兵队，当天就把他裁了。

这个小爬虫，一场好端端的洋奴梦，愣叫自己毁了。

大车店再有的大事，像杂货店的大宗买卖啦，修房子、扒炕啦、淘井啦，也由老爷子张罗。

我回来后，见老爷子明显老了，头发、胡子白多了，消瘦了，背驼了，精神头儿也差多了，看着心疼。脾气也变了，说话不中听，动不动就发火。见屋地上有块坷垃，立刻把伙计喊过来，指着地上说："小有子，你瞎呀！"吃饭觉得汤咸了，把碗往桌上一蹾："齁死个人！"吓得一桌人谁也不敢吭声。

老爷子以前总是和颜悦色、爱说爱笑的，谁见了，老远就打招呼，现在都躲着他。老爷子就见了我语气软，从来不很咄一句。伙计有事都找我，不愿意找他。

我每天晚饭过后都要到上屋陪他唠唠，这是我的功课。

我们爷俩古的今的、关内关外什么都唠。老爷子是看书识字的人，小时在山东老家读的私塾，念过四书五经，看过各朝历史，我上大学时带回一些新的杂志，他也爱看。大车店的牌子就是他写的，一看就知道有些功夫。

我们俩单独在一起的时候，老爷子又平和了，眼睛眯着，说话慢条斯理的。

我知道的也多，过往的老同事、老同学带来新闻，我还带回来一台收音机，四方街就这么一台，每天晚上背着人听听，日本、伪满的不用说了，还能收到红中社、南京政府的，收到苏联的。

我讲给老爷子的，他都爱听，高兴了，还发出笑声。我把那个伪警察自找倒霉的故事讲给他，他笑得差点岔了气，连说活该，活该。

有一天，我给他讲省城有个大商户，做买卖栽了，眼看要倾家荡产，把姑娘嫁给大汉奸的儿子，渡过了难关。老爷子说那个老掌柜的他见过，没出息的主儿，一辈子没正事也不能没气节啊，把姑娘嫁到汉奸家，过两年小日本完蛋了，她不恨你一辈子啊。买卖赔了又造孽，这个当家的整些什么事。

又有一天，我给老爷子讲了一个鬼子和汉奸内斗的事。

九一八事变发生后，熙洽见机会来了，一盆火似的卖身投靠，给溥仪送钱，一心要弄个伪国务总理大臣当当，没承想关东军早有安排，只捞个财政部总长兼吉林省长，没达目的自然心有怨气，时时发些牢骚。

一次溥仪小朝廷要开会研究人事问题，熙洽接到通知筹划了一番，把要提拔的亲信拉了个单子，郑重其事地去了。不料会刚开起来，总务厅的驹井先抛出个单子，再一看单子上列的全是日本人。在座的汉奸看了都反感，又都不敢吱声，驹井见亮出单子没人响应也憋着气。

熙洽不管不顾地开了腔："这怎么成呢？满洲国是一个独立自主的国家，聘请几名日本人做顾问是可以的，安插这么多日本人做官成何体统？"他质问驹井："新政府刚成立，军部也没和我们说过，这个人事安排方案是怎么做出来的？到底是怎么回事？"

驹井正想找机会教训奴才呢，听了他的话，猛地站起来，声色俱厉地说："满洲国是怎么成立的，难道不是靠关东军的刺刀吗？我们派日本人到满洲国来任职，你们应该欢迎，不应该有一点儿敌视和怀疑。再说，你们各个总长不是日本聘的吗？你们哪个人没伸手接过关东军的'机密费'？拿到了钱，现在还有什么资格出来捣乱。"

驹井的话，既打击了熙洽之辈的气焰，又揭了他们的老底。后来熙洽的本兼两职也弄丢了。

老爷子说："教训得好，奴才就是奴才，中国人、日本人都瞧不起，就他把自己当回事。熙洽认贼作父，这回知道伺候贼爹的滋味了。好，小鬼子治他还不是一个来一个来的。"

有一天，我从上屋回来，你妈对我说："你真是咱爹的心头肉，爷俩说什么这么高兴，爹的笑声在这屋都听到了。"

我说："没啥，还不是我一给爹讲鬼子、汉奸的丑事，他就开心。"

"咱爹这两年老多了，脾气越来越躁，难得有开心的时候。唉，这个年头，哪个好人，有良心的，心里好受？"

"可不是，你是知道的，我最疼我爹了。"

"你是应该多陪陪他，好好陪陪他。我有个法子，你看是不是更好呢？"

"什么法子？"

"给他说个人。"

"可也是，咱爹孤身20多年，有个伴儿，心里会暖和，我跟他说说。"

没想到，我向老爷子说了这件事，被他劈头盖脸地骂了过来："你个兔羔子，没良心的，白拉扯你这么大，我要给你找后妈早就找了，你也早叫你后妈弄死了，你见我老了是不是？不愿和我一起过了是不是……"

"好了，爹，就算我没说，就算我没说。"

我边说边跑了。

晚上，我到上屋找爹做功课，他不搭理我，两三天都不和我说话。

挨了这顿骂，我觉得对不起爹，还对不起妈。

你妈和我说，咱真有个好爹。

这件事刚平乎下来，没想到又有一件事惹着了爹。我的好心，在老爹那儿又没得到好报。

爹的生日我记得很牢实，别的事可以马虎，这件事不能忘了，就是阴历八月初十。再过两个月就到了，那年又是老爷子的六十大寿，我得好好张罗。

老爷子听说我要给他过生日，把脸沉下来，冷笑一声："办生日，不怕小日本笑话，亡国奴还过生日。人家骑着你脖颈儿屙屎，你还有那个心思。"

"今年是爹的六十大寿。"

"更丢人！"

老爷子一顿抢白，噎得我半死，话没法往下说了。

六十大寿不像别的年份，尤其是这两年老爷子的身子骨不大好，老爷子动气也得办，可怎么再跟他商量呢？

咱们这儿有个习惯，可是老习惯了，不知沿袭了多少辈、多少年。亲戚，不管直系的、旁系的，不管老的、小的，谁的生日是哪天，互相都记得，你这边还没给孩子煮鸡蛋、下面条呢，那边问候的话就来了，小礼就到了。不光是亲戚，老户的也记得。不管是孤家子的、三家子的，还是五家坡的，从爷爷到孙子的生日都记得，新娶的媳妇也是问得清清楚楚。

我小的时候，你奶奶还活着，看她总备礼给人过生日，就考考她。她答姥姥家、舅舅家、姨家人的生日，不打奔儿；答爷爷家、叔叔家、姑姑家人的生日，不打奔儿；答老邻居家里人的生日，也不打奔儿。我扯得太远了，她才点着我的脑门儿说："胡诌，你当我是送子娘娘呢。"

后来我想，形成这个习惯，是因为那时人少，还因为生活在这块土地上的人都有同胞情谊。

逢集的时候，亲戚来了，老乡亲来了，少不了招呼说："老爷子要过生日了，六十大寿，恭喜呀，老爷子身板好，多硬朗啊。"我听了心里暖暖的，可老爷子听了还是沉下脸说："这年头，还有心思过生日？"

大舅，就是你大舅爷来了，拎了一对野鸡，对老爷子说："先给你这个，刚打的，尝尝鲜，到时我再来拜寿。"老爷子还是说："折寿吧，这年头还有心思过生日？"大舅不让了："真是的，人活一世，过个生日天经地义，凭啥不过，听拉拉蛄叫唤还不种地了呢。"老爷子又来一句："没心没肺！"

大舅待老爷子特好，他俩说话不用拐弯儿。

刚才提到了你奶奶，又唠到了你舅爷，更得说说她了。

你奶奶过世早，她过世的时候我还小，是生你叔叔时得产后风死的。那时女人生孩子送了命不是稀罕事。老爷子是汉人，我叫爹，你奶奶是旗人，我叫妈，不像山东老家那样叫娘。

你奶奶过世多少年了，老一辈的人还记得她。我几岁、十几岁，一直到二十多岁的时候，长辈人还是一见到我就提起你奶奶，发感慨，我是这块土地上的第一个大学生，他们不感冒，只提你奶奶："你妈那真是要强，利索，说话办事没有不服的，长得也好。"听那口气，你奶奶是百里挑一的，他们一辈子再没见过那样的人物。

你奶奶过世，老爷子一辈子没有再续，提的茬儿不少，也有大户人家的姑娘，他一概不应。他说怕我们哥俩吃亏受气。你叔叔太小，就雇个奶妈。我成年了才慢慢懂得，老爷子没再续，还因为心里一直装着你奶奶。我说给你奶奶办哪个周年，老爷子从没有半个"不"字。沟里舅，就是你大舅爷和老爷子对撇子，见老爷子这份心劲儿，走动得更勤。

想起你奶奶，更得给老爷子办生日，我劝不了，搬出了你姨奶。

你姨奶是我的一张王牌，她说句话，老爷子没有不听的。你姨奶和你奶奶是一样的人物，漂亮，脆快，利索，不一样的是你姨奶吊眼梢子，性子烈，谁见了先惧几分。你姨奶的命也不好，你姨爷是和老毛子做洋买卖的，小日本赶跑了俄国人，"九一八"以后，他开的钱庄不给日本人让股份，不明不白地死了。

我求老姨劝老爷子，她答应了。

第二天老姨告诉我说："行了，你老爹答应了。"我说："我知道准能行，老姨是怎么说的？"老姨说："他起初也不肯，还是那套嗑儿，说要折他寿。我想你家老爷子肯定不能给我面子，就打你二叔和你表弟的招牌。我说，过生日是给你做的，也是给别人做的。光曜和俺家慧颖在抗联队上，子弹又不长眼睛，他们托我给你拜寿，不知你给不给面子。老爷子说，你将我的军，不给也得给，不过别太张罗，只在亲戚圈里简单弄弄。我说，姐夫你放心，就是想大张罗，拿什么张罗呀。"

办生日，老爷子总算答应了，可怎么办呢？搁啥办呢？

给老爷子办五十大寿时，那是啥排场，比比更来气。

那时咱家住在太平川，太平年月，人们爱个喜庆热闹。在窗户前支起帆布，垒起灶子当厨房，把屯子里各家的桌、椅、盆、碗都借来了，连里带外摆了 30 桌，远近的乡亲都来了，爷们、媳妇、姑娘、孩子换上了新衣服，像过年似的。杀了两口肥猪，一拃厚的膘，雪亮的肉茬口，12 道菜，带肉的硬菜有 8 道，大师傅像变戏法似的，蒸炸炖炒，给你翻着花样，样样喷香，上一道菜，叫一阵好，大人孩子的脸像朵花似的。那时东西多，人们只顾热闹高兴，吃不动。宴席完了，还盆还碗的时候，把好肉好菜挨家送过去。

过去的事情，只有眼馋的份儿；现在的无米之炊，要靠媳妇巧了。

我、你妈和我老姨一起商量。

只请实在亲戚。出五服的、拐弯的远亲一概免了，就说不办。大车店的伙计、木场的老伙计、太平川的佃户、远近的老户世交，也一概照此办理。这样算算，四方街咱家加老姨一共五口，沟里舅家能来三口，木场老舅得下来，我二叔家两口，再有两个姑姑，加起来一大桌子够了。姑姑得请，老姨说，人家端着架子等着呢，落下一个能吃了你，你老爹家的人都够厉害的。表琦是自家人，却不能忘了通知他。他在县城中学任教，总是忙，很少回家，他从中学读书时就一直在外面，也惯了，通知不到，他可能记不起老爷子的生日呢。

人少好吃饭，现在正要这个好处。虽然人少，可吃什么呢？

过生日首先是面。橡子面说啥也不能上，喂猪，猪都不爱吃。你妈说，苞米面渣不拉瞎的，擀不出面条，做酸汤子吧。我说行，老姨笑了，说你老爹脾气一年比一年坏，还敢给他吃酸汤子，吃了酸汤子，那脾气不更坏了呀。我们都笑了。老姨又说，我看多掺点荞麦面，颜色不好看，可筋道多了，擀得厚点，再切得宽点准成，宽心面嘛，吃了心宽，长寿。

面有了，青菜好说，正是秋天，白菜、萝卜、土豆，园子里都有。

肉怎么办？没处买。咱这儿哪家杀猪，事先告诉四邻各户，猪刚杀完，立马分光了，街上看不到卖肉的。就是有卖的，你拎一条肉回去，熟人都要问个究竟，不是过年过节的，买肉干啥呀？不是过年过节的，自己家杀猪更不成，预告四邻不说，警察闻到腥味也上来了。老姨说，肉不用管，你沟里舅、木场舅还能空手来呀，咱不大办，人不多，他们带的就够了。我说，也行，这叫草船借箭，能应急，还省事。

商量好了，打发人通知各处老户世交，老爷子的生日不办了，也不收礼，谁也别来；通告两位姑姑和二婶如此这般办老爷子的生日；还特地通知表琦，老爹的六十大寿别忘了，准时回来。

到底是实在亲戚，沟里舅在老爷子生日的头一天赶到了。他们驾一辆两套马车，轻轻快快的，没起早，傍黑就到了。沟里舅总是一股豪爽劲，舅妈可是有几年没见了，一点儿没见老，头发梳得溜光整齐，新衣服浆得板板正正，可惜是更生布的，浆过了，捶过了，还是疙疙瘩瘩的。我和你妈给她请安，她笑着，躲着，说不兴这个了嘛。我表弟大志结实、憨厚，比我高一头，放下鞭子，到我面前叫声"大哥"，微笑着，两眼目不转睛地看着我，放着光。我说，弟妹和孩子咋没来呢？他说都想来，孩子小，家里一院子的活撇不下。他们带来了一块野猪肉，说是刚打的，新鲜的。

木场舅也是头一天赶到的。他知道我老姨的脾气，真听话，就一个人下山，木场雇用多年的老伙计、老木把一个没带。

山上讲的是一个义气，一起造材，抬一副小杠，就是把命交给你了。老爷子更是讲义气的人，老爷子的六十大寿怎能不过呢？伙计、木把他们不干了，木场舅只好告饶，说我家姑奶奶捎的信，她总是有道理的，我猜是不想招来宪兵警察，咱们谁也别给老爷子添乱了。

他也带来一块野猪肉，听说沟里舅带了一块现打的野猪肉，一个劲儿地埋怨，你们吱一声啊，木场还有狍子肉、鹿肉。你妈忙说，野猪肉好，能炒能炖，还能熯油。

老姨说，生日宴放在当天晚上吧，没人走动了，把门一关，谁也看不出来。我说我也是那么想的。老爷子笑了，咋有那口累，非得过生日，像个贼似的。老姨说，行了行了，大姐夫，大家都冲着你来的，你老寿星什么也不用管，什么也不用干，也别说风凉话，干赚着就得了。告诉咱家的人，举动、说话都要当心，老爷子的喜庆日子，要吉吉利利顺顺当当的。

晚上，两个舅舅和老爷子唠了大半宿，一屋子旱烟味，茶水续了一壶又一壶，听老爷子爽朗的笑声，仿佛又回到了五年前。

　　早上，老爷子照常起来了，特地洗洗头，刮刮脸，换上新蓝布褂子，新衣裳，对不起，只能是更生布的，疙瘩溜秋的，蓝色染得也不匀，深一片浅一片的，都穿这个，也没人说啥，看着老爷子兴致高、心情好，就跟着高兴。

　　我把大车店的掌勺师傅请过来了。别看大车店现在吃的不像吃的，以前可是想吃啥来啥，大师傅也是当地名手。我跟大师傅说，十几个人，一大桌子，咋也得12个菜，只有这些野猪肉、鸡、杂鱼和青菜，能弄出来不？大师傅说，老爷子的六十大寿，咋也得够吃，吃好，还得像点儿样。他左琢磨右算计，拉出了菜单子：

　　东坡肉
　　坛肉
　　清蒸肉片
　　干煸瘦肉

　　四样硬菜，都是野猪肉，别有风味。

　　清蒸鸡
　　泥鳅豆腐
　　干炸河虾
　　酱焖鲫鱼

　　这四样，前两个有点名堂，后两个丢羞点。

　　肉丸水席

　　别看普通，洛阳吃法，我在省公署干事时吃过。

　　鸡块炖蘑菇

祖宗菜，有名有实，人见人爱。

再有就是凉菜、清炒、围碟小菜，这些连我都能弄了。

我把老姨说的长寿面做法和大师傅说了，问他中不中。大师傅也乐了，说老姨真会填活人，将就就将就呗，名堂还挺大。

菜谱有了，大师傅操刀，你妈打下手，我去招呼客人。

你妈是城里人，学生出身，不懂厨房里的事，干活显得笨手笨脚的。我跟她说，过年节，特别是过生日，最忌一个"断"字，不能烧椵木，烧也不能叫出来。你妈说知道了，还有啥说道？我又跟她讲，要过富足日子，说话忌"五鸡（饥）六兽（瘦）"，"五鸡"是单数，吃鸡要避开，用双数，两只、四只都行。野味忌讳叫"兽"肉，"六兽"是双数，吃野味就得用单数，一只、三只都行。你妈"哎呀"一声，说你这一讲不要紧，咱家正好弄反了，只杀了一只鸡，野猪肉是两块。我随便说说，不承想对上了，听你妈一说，我也立时着急了。再仔细想想倒也好办，再抓只鸡不是难事，赶快去办；兽肉嘛，虽说两块，加起来半扇，更够不上两头，不算犯忌。我一看再普及忌讳常识，不知还出什么岔子，就招呼客人去了。

最早来的是我二婶，我问过好，说二婶是起早赶路的吧？二婶说，就是想早点来，帮着干点活。我说，今天是礼拜天，梁子怎么没一起来？她说，学校有事，下午和他二哥一起来。"他二哥"就是在学校教书的你二叔。二婶家的我二叔，原来是东北军的教官，饷钱不少，打日本后，队伍散了，加入抗联，家计困苦了。老爷子让我每月送钱过去，说孩子大了，花销大，数目不能比教官月饷少，还让表琦常去看看，别受惊吓。老姨更盼二婶来，见面赶紧拉在一边问抗联队上有什么消息没。唠一会儿，她两位还有大舅妈一起帮厨去了。

你妈笨手笨脚的，越小心越出事，师傅让她搅鸡蛋，一使劲儿把一个盘子碰掉了，"叭"的一声摔得粉碎。你妈手笨嘴可不笨，连忙说，碎了好，碎了好，岁多长寿，岁多长寿。厨房的人看到她的样子都笑了。

两个姑姑是下午来的，我在里屋见她们进来，裤子上沾了泥，没等我问，姑奶奶就冲着老爷子说，大哥，老妹够意思吧，一进大门就给你磕头，祝你长寿。老爷子哈哈笑起来，说，我没有红包啊，你白磕头了，什么东西把姑奶奶绊倒了，摔坏了没有？我赶紧拿笤帚给她们扫衣服，打热水洗手。

傍晚，我们把炕桌和地桌拼起来，12个菜和4个围碟摆得满满当当的。

等一会儿，表琦和梁子还没来。老爷子说，学校有事，咱们先入座，边吃边等吧。

老爷子坐上首，左边依次是沟里舅、木场舅、老姨，右边是二婶，两位姑姑，剩下的人都在陪座。老爷子说菜没少弄，野猪宴是好汉宴，咱们要吃好喝好。

长子要首先致辞的，我站了起来，给各位斟满酒说："恭喜父亲大人六十大寿，祝老人家长寿百岁。老人家安康，是子女最盼望的，是子女最大的幸福。"我和你妈向你爷爷磕了三个头，又说，"感谢各位长辈前来，情溶于血，世代相传。"我和你妈又向各位长辈磕了三个头，最后说，"这次生日宴办得不够好，很抱歉，等父亲七十大寿时，加倍补偿。"说完我把满杯酒一饮而尽。

二婶抢着说话了。她说，我不会说话，可我有许多话要说。我代他们爷俩，我们全家，祝大哥健康幸福，长命百岁。大哥对我们的恩情，没个比呀，胜过父母，比天还大。她对大伯子满心感激，再说下去就禁不住满眼泪水了。

老爷子说，光曜和慧颖是好样的，荣耀啊，我们做的没什么，应该的。

沟里舅说，妹夫这两年精神头差了，身子骨弱了，这是干啥？人活着得痛痛快快的，不能光看着小鬼子来气，也要小鬼子看着咱来气。姑奶奶连忙说，他大舅，小声点儿。

正说着，表琦和梁子回来了。表琦说，回来晚了，我们先给爹磕头拜寿。磕罢头刚起身，老姨一把把梁子搂过去，见他眼睛红了，眼皮肿着，好像哭过，问他咋回事，谁欺负你了？二婶着急地退咄，今儿是你大伯的喜日子，别搅。这一说，梁子抽搭上了。梁子是个好孩子，不光长得好，要个头有个头，要模样有模样；不光学习好，总是班里第一，从没列到第二；而且沉静懂事，知道惦记爹，知道疼他妈。亲戚都喜欢他，二叔上山抗日后，大家更把他当成宝。看见他哭了，没人埋怨他，都伸过头来问怎么回事。

表琦摆摆手说，是这么回事。今天下午学校迎什么天照大神，要学生跪拜，在操场折腾了一下午，学生们丧着脸，放学时互相抱着哭了，带班的老师也哭了，日本人见到了也躲到一边去了。

老爷子说，好孩子，有种，像你爹。来，到伯伯怀里坐。

梁子问他，拜天照大神，是不是换祖宗了，我们还是中国人不？

老爷子说，好孩子，祖宗在咱心里，谁也换不了。不光祖宗换不了，人心不死，国即不亡。吃块肉，好孩子。总觉得活得没劲，见到好孩子真高兴，又有活头了，伯伯的生日没白过。

野猪肉不中吃，肉硬，难嚼，腻口，没味，可每个人吃得都很香，黑不溜丢的宽心面也呼隆隆地吞下了。撤席时，桌上的盘子几乎都空了。你妈说："多好，都爱吃，没剩下。"唉，那时人活得太苦，苛劳坏了，肚里没油水才吃得多。

第二章

心 痛

过完了生日，我和老爷子劝客人留下来，多住几日，这年头兵荒马乱的，聚在一起不容易。可是哪个也留不住。

表琦和梁子要上课，我吩咐伙计套辆小马车送他们，天没亮就动身了，二婶也一道回去。我跟二婶说，有什么事马上告诉我，别发愁。二婶说，我知道，不找你们找谁。我把上衣兜别的钢笔送给梁子，梁子高兴地看着，不敢伸手接。那时自来水笔少，我给他的是一支金笔，很贵重的，跟了我不少年，是我心爱的东西。我说，梁子，拿着，好好学习，要有志向，有出息。

老爷子披着衣裳出来送别，咧着嘴上前拍拍梁子，说声好小子。

老姨也从家里赶来，递给二婶一包东西，说拿着，几个鸡蛋和饽饽，在路上吃。马车启程了，天色黑蒙蒙的，不一会儿就看不见他们了。

吃过早饭，沟里舅家三口人套车告别了。舅妈说，我也想多住几天，没办法，忙秋啊，庄稼都站着呢。沟里舅说，秋收了，你们不下去看看吗，粮食"出荷"，再留下吃的和种子，就没你的了。老爷子说，那我还去干啥。

大志牵着马车出了大门，三口人依依不舍地走了。

木场舅也骑马走了，急匆匆的，回去忙开山。

两位姑姑陪着老爷子，她们两家挨着，离四方街三十多里。她俩说晌午后走，天黑到家就行，陪老爷子，多陪一会儿是一会儿。

刚吃过午饭，倒是老爷子撵她俩上路了，说要走早点走吧，不太平，得走白道。

临走，老姐俩掉泪了，说，大哥，看你造得这个样子，叫俺心疼，你得说话算数，放宽心，好好活着。

老爷子说，那是，那是，放心，放心好了。

她俩是步行，我给拎着包，送了十里地。一路上她俩的嘴不停地说，说大哥多硬实、多精神的人，这两年颓歪了，啥病没有，就是心气不好，小日本闹的。咱家家业不算小，也要完，地租不好收，买卖不好做，你还辞职回来了，都是小日本闹的。我说，说来说去，两位姑姑的心气和我爹一样，谁也别说谁。姑姑也见老喽，走路不如以前，脚步有些沉了，也要留心啊。姑姑说，说得倒是，可你爹是刘家的顶梁柱，他的身子骨要紧。

客人都走了，家里一下子冷清下来。

大车店的旅客也少了，都在忙秋，两面大炕闲了一半。木场舅留下一张单子，我照着购齐了。斧头、弯把锯、大锯、铁锉、牛铁掌、马铁掌、棉鞋、棉帽、棉衣、棉被等等，把杂货店堆满了，数棉服占地方，摞得老高，又打发人送到木场。

每天吃过晚饭，我照常到上屋陪老爷子做功课。

我给老爷子讲了一个故事。

有一个人，姓赵，在日本留过学，日本话好，认识的日本人多，后来当上了县长。可是，跟日本人久了，更感到受歧视、受侮辱，内心痛苦极了。

有一天开会，下面的人不多，他问，在座的有日本人没有？下面人说没有。没有日本人，他就憋不住了，发了一通议论。他说日本人口口声声讲"日满一心一德"，实际是叫咱们和他们一心一德，他们却不和咱们一心一德，要不怎么不让咱们吃大米饭呢？为什么日本人吃大米饭是生活必需，中国人吃大米饭是国事犯呢？

下面的人一听都愣了，他不管，还讲叫我们供天照大神，老张家的祖宗，硬叫老李家供，行吗？

他的话说到人心里去了，都默默点头称是。

可是，虽然鬼子不在，汉奸却告了密。第二天赵县长被抓起来，撸掉了县长不说，还判了五年刑，罪名是与日本人不一心一德，对天照大神不敬。

这事传开了，整个关外都知道。

老爷子说，士可杀不可辱。那个赵县长感到屈辱，憋了多少年，实在憋不住了。也是没办法，说了招祸，不说还不得憋死。判刑，拘了人，拘不住心。小日本蠢啊，不是搞杀人放火的暴政，就是搞牛不喝水强按头的恶政，作死啊。

老爷子问，这件事你打哪儿听说的？我说宪兵队的翻译是我的同学，叫刘聪，他爹是在县里开当铺的刘奸头，你认识。老爷子说，认识，刘奸头的儿子肯定说不出对"一心一德"不满、对天照大神不敬的话。

做功课，除了我讲新闻，再就是引老爷子说话。他乐意跟我聊，聊了很多，排解内心的积郁，开开心。

老爷子说，东北是个好地方，是块大肥肉，谁都惦记着。先是俄国人伸手，后是日本人过来，你是读过大书的，应该比我清楚。

我说，中俄争端起源很早。俄国沙皇派人勘查，确认黑龙江左边有巨大经济价值，便派军队侵犯。初时大清国力尚强，接到边境告急，组织军队抗击，俄军屡屡进犯，屡屡失败，咱们未失国威。后来清王朝衰弱了，俄国人终于两次得手。一次是太平天国兴起，清王朝陷于内困，无暇东顾，他们打败黑河边境守军，签订了《瑷珲条约》，按这一条约划界，我国丢掉了60万平方公里国土，相当于一个半日本的面积。第二次是在八国联军掠夺北京的时候趁火打劫。清王朝与八国联军签订的《辛丑条约》，赔银四亿五千两，不仅数额巨大，而且是按中国人每人一两索赔的，故意羞辱。这等屈辱条约，世界史上绝无仅有。俄国人先是在黑龙江左岸驱逐原住中国人，继而制造海兰泡和六十四屯两起惨案，几天工夫杀害7000多中国人，黑龙江成了血河，尸体塞流，尸臭逼天。这两起惨案，震惊世界，只有清室不以为然。

老爷子说，不错，说的这些我都听说过。

我接着说，接着，又向我东北开进十几万军队。八国联军撤出北京后，沙俄军队还赖在东北不走，别国看着眼红，加以谴责。沙俄又向我提出各种特殊要求，如果答应这些要求，东北就名存实亡了。李鸿章不顾张之洞等人竭力反对，主张接受条款，据说是受了俄国人贿赂，幸亏他在辛丑年死了，东北才免于被他出卖。后来，国内国际反对沙俄占领东北的势力占了上风，沙俄不得不与我国订约，分三期撤回军队。条约虽然签了，沙俄又中途变卦，还是赖着不走。

甲午海战后，日本对我东北更加虎视眈眈，这时跳出来与沙俄交涉。沙俄哪里把日本放在眼里，说"一个沙俄兵可顶三个日本兵"，"扔一顶帽子，就能把日本压垮"，交涉失败，就在东北打起来了。

滑稽的是，仗在自己家里打起来了，清王室却表示保持局外中立，哪头都不得罪。明摆着，这一仗如果沙俄赢了，东北连着朝鲜都变成了沙俄的势力范围；如果日本赢了，它就实现了吞并朝鲜后的第二个战略目标，占领我东北。反正中国不得好。幸运的是，日本只是局部打胜了，沙俄的铁路、商业利益范围退缩到长春以北。长春当时叫宽城子，长春以南属于日本利益范围。两国讲和，都称东北主权属于中国。这是两条恶狗相争不下的结果。

日本在甲午海战之后开始伸手东北。海战时日本的一个大手笔是屠杀了旅顺的两万平民。日俄战争开打，两国一起蹂躏东北，生灵涂炭，几十万人流离失所，国弱民遭殃，百姓哭诉无门。

本来是给老爷子做"宽心"功课，可是越做越伤心。老爷子原先不愿过生日的缘由太多太大了。

有一天，老爷子说，"九一八"过去几年了，让人心痛的不是咱打不过，而是让小鬼子进来得太容易了。打仗么，实力不济，打不过也认了；可是，打都不打，开门揖盗，让小鬼子长驱直进，如入无人之境，算怎么回事呢？南京当局和当地军阀的"不抵抗"，实在是冒天下之大不韪。

我顺着他的话，讲了一些事情。

"九一八"的时候，张学良的主力部队在河北，日本人也正是瞄准了这个空子发动事变的。虽然一个"不抵抗"让千军失色，在国难危机之时，东北军人还是挺身而出，举起了抗日大旗。老百姓满心指望着，可盼来盼去，接连听到的都是坏消息。

齐齐哈尔江桥一战，算是打响了抗日第一枪，马占山声名顿起，全国为之振奋。

马占山时任黑龙江省主席，原是绿林出身，早年叫"大老疙瘩"，传说他在狂奔的马背上翻飞自如，能"镫里藏身"，能接地射击；捡一块马粪蛋，闻一闻就能断定马过去了多少时间；黑夜里捡起一块土坷垃，捏一捏就能判明南北。

江桥一役，双方都遭重创，撤到海伦却经不住投降派的游说，年底偷偷到齐齐哈尔接受伪职。舆论顿时大哗，民众痛加谴责，弄得众叛亲离。日本人又要调他去长春，剥夺他的军事实权。见状不好，马占山在次年初又潜至黑河，宣布重新抗日。后来部队被打散，与苏炳文部合并，再后来退入苏联境内。

一个民族英雄可惜只闪烁一瞬。文化低，政治上不清醒、不坚定，出于一时激愤，奋起抗日，遇到挫折又向日寇屈服，变节后为日寇所不容，再次反正，一个反复之人，能指望他什么呢？

苏炳文倒是一打到底，在扎兰屯、海拉尔、满洲里设几道防线，所恨兵力不足，虽然惨烈抗击，终被逐步攻破。

李杜是个人物，时任二十四旅中将旅长。他少年读书，从戎后又在东北讲武堂深造。此人处事有胆有识，治军严正廉明。据说在洮南吴俊升部当营长时，当地匪患严重，拥众2000多人，窜扰20余县，吴想尽办法招抚，经过多次谈判，匪徒答应了招抚改编的条件，又恐官方言而无信，要求以中级军官做人质，方能按议定行事。事至垂成，李杜提请前去，甘愿冒死以身为质。他在匪巢住了几个月，改编终于圆满完成。李杜治军严，又爱兵，且从不克扣军饷，是旧军队中少有的。

他抗击日军经过哈尔滨、依兰、方正、一面坡、牡丹江一系列战斗之后，部队消耗巨大，不得已率余部50余骑退入苏联境内。从誓师抗日到出境，刚刚一年。

这一路还有个冯占海，张作相的外甥，办事像张作相一样有板有眼，有始有终。在哈尔滨一带作战失利后，掉头向省城吉林和长春攻击前进，经农安、长岭、通榆到达热河开鲁，所带部众号称 10 万，其中骑兵 4 万，能囫囵个脱险的也只有他。

我说我是秀才谈兵，得出的结论不知能不能说到点子上。东北地方军抗日失败，在组织上是因为在南京当局不抵抗政策下，自发举义，各部协同不力；在质量上，部队武器装备、战斗素质与敌相差悬殊；在数量上，日军加上于琛澄等伪军帮凶，也使我处于劣势；在战术上，义勇军和敌人打阵地战，结果可想而知。

历经一年血战，冯占海等部能杀回热河，李杜、王德林、苏炳文、马占山能从境外绕道回国，结局算不错了。在不抵抗政策下，坚持下去又怎么样？不说敌我力量悬殊，会被吃掉，即使打胜了，也有违当局的"不抵抗"方针，小胜即小过，大胜即大过，并且部队军饷、给养、装备已经断绝，不战败也难以立足，还打个屁。

军人如此窝囊，老百姓只好任人宰割了，这就是亡国奴的命运。

我们的功课越说越来气，越来气越要说，一发不可收。

老爷子说，讲抗日大势让人心痛，提起身边的抗战，那是刀在肉里搅，叫你痛不欲生。

王德林驻守在咱们这一带，是抗日名将。他的抗日起因有个故事。

王德林部的防地在嗡声砬子，当地人叫他们"老三营"。嗡声砬子是布尔哈通河两条支流汇合的地方，中间的三角地伸进一条两边陡壁上部平坦的石砬子，树木参天，两条河谷狭窄，人说话回声四起，所以称嗡声砬子。老三营的营房在嗡声砬子的崖下，哨塔在嗡声砬子的顶上。

九一八事变不久，一天，一支日本测量队乘一辆卡车，大摇大摆地开到嗡声砬子。

两个日本人手拿膏药旗，比比画画，狂傲地叫哨兵把日本旗挂到老三营营房顶上。

班长史忠恒见状气不打一处来，接过旗帜，一把摔到地上，说："在我们中国地盘，凭什么挂日本旗帜！"

一个日本兵叫嚣："你们战败国，有什么资格不听皇军的命令。"

听见房门口的争吵，营长王德林和连长孔宪荣走了出来，领头的日本人向王德林说来测绘敦图铁路，请给方便。

王德林从容不迫地说："我等军人奉国家命令驻防此地，一切均须奉命而行。测绘敦图铁路一事，现在还没有接到我们政府的命令，你们还是回去吧。"

日本人哪里肯听，气势汹汹地强行登山测量。几个日本兵竟然向炮台跑去，到了"驻军区内禁止通行"牌子前，哨兵申斥喝退他们不肯听，鸣枪警告还是不肯听，史忠恒忍无可忍，一声令下，当场毙倒两个鬼子，其余的抱头鼠窜。

老三营的上司叫吉兴，熙洽的亲信，一窝的汉奸，镇守使署设在延吉。吉兴听说老三营毙了两名日本人，闯了大祸，吓得魂不附体，心想得罪日本人那还了得，怎么向日本人交待呢？

他给王德林打电话，命令交出击毙日本人的凶手。王德林回答毫不含糊："人是不能交的，要交我自己去。"一句话把吉兴噎得半死。

不交人，驳回了吉兴，可是，出事了还得到署里报告情况。孔宪荣说和王德林一起去，给他当保镖，王德林答应了。

到了镇守使署，看见吉兴旁边竟然坐着一个日本人，他俩气不打一处来。

吉兴假装近乎地说："嗡声砬子到底出了什么事？"

王德林没好气地说："报告镇守使，嗡声砬子是本营一连的防区，请允许一连孔连长报告。"

孔宪荣脚跟一靠，气哼哼地接着说："日本测量队没经允许，不顾阻拦，擅自闯入防地，要在军营房顶插日本国旗，强行进占炮台，明目张胆污辱我们中国，在下加以驱逐，日本人更加嚣张，在双方争执激烈的情况下，请示又来不及，我等因军人职守关系，被迫命令士兵将两名强行侵入军事禁区的日本人击毙。"

明摆着，日本人故意闯军事禁区，太张狂，一点儿没把中国军人放在眼里，死了两个，完全是自找的。吉兴想当着日本人的面申斥王、孔几句，又找不出话来。

没想到坐在一旁的日本军官跳起来，吹胡子瞪眼，破口大骂起来。

孔宪荣毫不示弱："有话好好讲嘛,你没理还骂人,要横是不?" 走上前去,左右开弓,打了小日本几记耳光。

日本军官一下子蒙了,坐到椅子上,捂着脸对吉兴说:"你们中国军官怎么这样野蛮,杀我大日本人,还动手打人。"

孔宪荣分毫不让:"你们日本人,侵占我国土,烧杀掠夺,无恶不作,才是野蛮强盗。"说完,王、孔二人愤愤回去了。

那时日军人少,在东北也就几万,打他兔羔子,也不敢乍翅儿。

当时,长图铁路修到敦化,日本人要把铁路再修到图们,与朝鲜铁路接轨,以便把从中国掠夺的煤炭、木材、粮食、钢铁、石油源源运往日本。这个罪恶企图遭到当地、吉林、长春以至整个东北各界人士的强烈反对,抗议风潮此起彼伏。吉兴和日本人想严惩王德林,又不敢把事情闹大,造成更大的反抗风潮,坏了修铁路的大事,心想反正是砧上肉,待我一刀一刀收拾。

吉兴把老三营调到古通河,远离要修的铁路线。

王德林明白吉兴的用意,事已至此,他义无反顾,暗中派人四处联络,准备起事。

王德林,山东人,他手下有两员干将,孔宪荣、吴义成,都是山东老乡,早年逃荒到东北,干过木把,淘过金子,后来赶上庚子之变,沙俄趁八国联军入侵北京,派十几万军队进犯东北,激起抗俄御辱怒潮,王德林、孔宪荣、吴义成也扛起"御俄寇,复国土"大旗,率领百余弟兄袭击俄军,夺取武器,开始了绿林生涯。

他们这一股与别的绺子不同,只除暴安良,扶危济困,从不祸害百姓。他们在哪里,哪里太平,百姓拥护,声名远播,宁安官军要打他都打不了。

王德林被招抚是民国七年的事,也有一段故事。

那时小日本采取以华制华策略,寻找借用力量,阴谋筹划满蒙独立。风闻王德林名声,日军陆军大佐滕田一郎特地到穆棱县石头河会晤王德林。他说:"你们对付俄国,立下许多功勋,可是你们的政府却说你们是红胡子,太可耻,太令人气愤了。你们中国已不成为一个国家了。哪个有办法、有力量,就能成大功立大业。将相无种,不是你们中国圣贤的话吗?

我看只有你们这般英雄，才能把握国家的大权，至少满蒙该是你们的。"他接着进一步诱惑，"只要你们有决心做满蒙之王，哪怕做更大一些的事，我们绝对无条件地予以物质上、人力上、精神上的任何援助。"王德林越听越感到刺耳，见他端出老底，实在坐不住了，一拍桌子，喝令左右把滕田绑起来赶走。

手下在滕田身上搜出有关东北边防的密件，王德林附上一信，陈述"日本对东北不怀好意，不可忽视"，派人送到省里。

吉林督军孟恩远看了王德林送来的密件和书信颇为感动，想不到绿林中还有这样的爱国人物，立刻差派下属调查事件原委，核实后又派人专程请王德林到省城吉林晤谈。

王德林在督军署住了数日，每天和孟督军谈到深夜，十分欢洽。王德林对他所在的山川地势、风土人情了如指掌，提出许多巩固边防的意见，孟恩远频频点头称是。孟恩远提出收编王德林所部，以便更好地为国家效劳，让他好好考虑考虑。王德林考虑再三，只提出不把他的下属分离出去。孟恩远见他不图官、不为财，诚心诚意为国家效力，欣然应允。

从此，王德林成为延吉道统领所属第三营营长，孟宪荣、吴义成、姚振山任连长。

王德林原名王林，孟恩远说他耿耿忠心，抗俄反日，功惠于国，德泽在民，让他在王林二字之间加一"德"字，名王德林，字惠民。

王德林一贯爱国，没有嗡声砬子一档事，也迟早要举义旗抗日救亡，与吉兴之流分道扬镳的。

熙洽、吉兴的阴谋果然出笼了，命令老三营调防到五常，归属汉奸于琛澄指挥，升王德林为团长。王德林看穿这是调虎离山，一则为修敦图铁路，一则为伺机对老三营下毒手。他也决定将计就计，相机举事。

部队奉命在敦化集结，乘火车开赴吉林。途中官兵看到开往吉林，纷纷议论："哪有打死日本人，还能晋升团长的好事，这里边一定有鬼！"有人声泪俱下，劝王德林当机立断，举旗起义。

王德林见时机成熟，集合部队宣布起义，回师汪清，成立中国国民抗日救国军。

当时社会，人人痛恨日寇入侵，痛恨南京当局软弱，王德林义旗一举，如干柴逢烈火，熊熊燃烧，响应者从四面八方齐集汪清小城子，救国军500人的班底，骤然壮大为3000人。

老爷子说，你还记得吧，那时矿工、木把、学生，成批的人奔赴小城子，在咱大车店住过好几伙。我说，我怎么不记得，慧颖就是那时加入抗日队伍的，你还说他长得单细，像个女孩子，到部队能扛动枪吗？老爷子说，他不是投奔你二叔去的吗，你二叔念的书比我多，军校毕业，由老乡吴义成介绍，在老三营当教官。和日本人开战，他学的都用上了。牡丹江一仗，队伍被打散了，他们爷俩没出境，没回家，后来加入了抗联。

话扯远了。救国军成立后，首先攻打敦化县城。据说，敦化守敌有日军800人、伪军1500人。王德林采取里应外合战术，攻破了南门，巷战肉搏极其惨烈，激战一天扫清残敌，缴获大批武器、弹药、金钱。首战告捷，军威大震，救国军乘势攻下额穆、蛟河两县，随后转移到镜泊湖山区打游击去了。

战事之后，日军分析，救国军攻打县城主要是为了解决武器和军费问题，战役失败，是吃了救国军里应外合的亏。日本宪兵特务缜密侦察，发现了嫌疑人，陆续抓捕，日夜严刑逼讯，得到了真相，为了杀一儆百，特地押到省城处死了被捕的人。这些人有老爷子的把兄弟，有老爷子敬佩的人物，是老爷子最痛心的地方。

有个叫尹问天的，比我大个五六岁，是敦化农垦股的职员，家在吉林，往返常路过四方街，在咱家大车店投宿，老爷子安排在雅间。雅间是大车店最好的房间，干净，清静，吃饭是小灶，让他休息好。

他人长得精神，说话脆快，举止文质彬彬，是个读书人。晚上没事，他除了看书，爱和老爷子聊，打听这里的风土人情。他讲话慢，慢条斯理的，还有点儿南腔北调的，有学问。

有一回，他的家属和他一起来了，一看也是个有文化的人，他介绍说她在吉林教书。

他是被杀害的第一号人物，罪名大了，说他在敦化、额穆、蛟河一带组织救国会，拉人买枪准备起事，给王德林输送学生和工人；说他在伪军中搞策反，王德林打敦化他做内应；还说他在商户中筹钱，送给王德林做军费。从他的罪名里，老爷子才知道这个人干了这么多大事。

他死后没有多少天，他的太太过来了，领着两个孩子。太太的脸上带着哀愁，腰板挺着，客气地对老爷子说："老掌柜的，麻烦你了。"

两个孩子，大儿子十来岁，小儿子五六岁，方脸大眼，见人怯怯的。老爷子摸他俩的头，问他俩话，他俩警惕地躲着。

老爷子把娘仨领到雅间，关上门说，你先生的事我知道了，英雄啊，他是为国死的，太太要节哀。太太说，我知道，问天早就和我说过，搞抗日，免不了牺牲，宁可牺牲也不当亡国奴。老爷子问，你以后怎么办呢？太太说问天刚牺牲，我就被学校开除了，料理完他的后事，我们娘仨就出来了，有个亲戚在牡丹江乡下给我找个教书的事。有这个事做，我就满足了，问天唯一的嘱托是把这两个孩子抚养成人。老爷子说，那好，牡丹江离这里有两天的路程，不算远，有什么事就来找我，也算看得起我。太太连忙站起来说，大叔，有你这句话足够了，谢谢你。太太说着，眼泪掉下来。

第二天，天刚亮他们乘的马车启程了。老爷子给太太500大洋，那时500大洋能买7垧好地，不算少。太太不要，说问天经过商，家里不缺钱。老爷子说，日子长着呢，记住，有事找我，我这起码有吃住的地方。太太把孩子推到前面说，儿子，谢谢爷爷，长大了别忘了爷爷。

老爷子对我说，尹问天真够个儿，中国人都像他那样，小日本就不敢来了。

太太走后，过了三天，租的那辆马车回来了，说是送到了地方。之后再没了音讯。

这年头，一个女人带两个孩子闯荡，肯定很不容易。真的送到地方了吗？看老板子的模样是个憨厚的人，再说如果干出什么事来，回来也得避开我们的店。唉，太太找的事情落实没有？大人孩子服不服水土？有没有人欺负她？一概不得而知。老爷子留心那边过来的人，也没打听出什么来。

晚上，做完功课，我听老爷子的屋里传来小调。

一更里鼓连天哪，

一更里鼓连天哪，

思想起郎君睡也睡不安呢，

为郎君许下了呀心头愿。

二更里鼓连天呢，

二更里鼓连天呢，

郎君这一去怎么不回来，

翻过来，掉过去睡也睡不着。

我听他是替太太向问天呼喊，也是替问天向这个国家呼喊。

东北小调和家乡的山东小调不同，山东小调轻柔俏皮，是流泉，是葡萄酒；而东北小调直快泼辣，是井喷，是烈酒。

萧茂森，是老爷子的把兄弟，两人同岁，只比老爷子大几天，老爷子尊他为大哥，茂森说委屈你了，老爷子说，大一天也是大哥，何况大好几天呢。

萧茂森是做山货生意的，是县商会会长，在这一带很有名气，工商士卒，三教九流都知道有个萧茂森，知道萧茂森最讲义气。他做买卖，无论山参、虎骨、熊胆、鹿茸、貂皮，再珍贵的东西，经他手出去的没有假货，尽管放心好了。他也是眼睛揉不得沙子，上货见到假的，立刻翻脸，甚至出了人命。他说，货要真，这是做买卖的天条。

他的死，罪名是为救国军筹款捐资。他这个商会会长组织商界捐款，拉出明细来，总共多少，某某捐多少，写得一清二楚，救国军在上面签了字，盖了章。救国军撤走后，他听说日本宪兵在查这件事，背人把单子烧了。宪兵把他抓去，逼问捐了多少，都有谁捐了。他说，5000元，是自己捐的。皮鞭、老虎凳都用上了，打得血肉模糊，就是不改口。宪兵队无奈，只好把他杀了。实际上总捐款10万元，捐款的有300多家。老爷子捐了500元，如果宪兵队知道了，脑袋就掉了。

出事后，老爷子赶到萧家，趴在地上给嫂子磕头，佩服大哥的仗义，感谢大哥的大恩大德。

众人把萧茂森的尸首运回来后,出殡那天,全城的人都来了,有上千人,有铺面的、有头有脸的不用说了,挑货担卖针头线脑的,挑挑子走街串巷剃头的、爆苞米花的、粘糖人儿的、卖糖葫芦的、卖切糕的、卖豆芽菜的,都来了,宪兵队看了气得干瞪眼。

有一个商户,做皮货生意的,岁数小一点,帮里都叫他于老疙瘩。他人老实,手艺好,他做的靰鞡一个褶不少,周周正正,细皮条柔软还扛劲儿,好看又结实。他熟的皮子轻软,没有味,谁打量你的皮衣货色怎么样,只要说在于老疙瘩那儿买的,别人就无话可说了。他的罪名就是捐款,捐了200元,不知怎么叫宪兵队知道了,没挨多少打就被杀头了。

宪兵队一连杀了十几个人,老爷子在四方街大小也是个商会会长,他不光自己捐了不少,四方街捐款的商户有十几家,都经他的手,一共有1500多元,好在地方小,离县城远,不起眼。可是萧大哥没说,别人能不能说毕竟是个问题,老爷子惊魂不定,在大车店转悠。

一天来了一伙戴孝的女眷,一下马车就朝老爷子走来。"这不是小嫂子吗?你怎么来了?"老爷子吃惊地问。

小嫂子家的店是省城最大的木匠铺,开好几个分店,箱柜桌椅、门窗、大车、棺材,什么都做,生意兴隆着呢。用的木材是咱家木场的,两家合作,互敬互让,从来没有扯皮的事。掌柜的姓王,也是因为救国军被处死的。他可没少捐,10000元,这只出头鸟跑不了的。

王掌柜出殡那天老爷子没去,一来因为路远,二来因为他家事多。

王掌柜和大老婆一连生了四个女儿,后来才得了一个小子。有了这宝贝,捧着也不是,含着也不是,硬给惯坏了。20多岁了,吃喝嫖赌不算,一口大烟就足以败家。王掌柜看着不行,又娶了个小夫人。这位小嫂子知情达理,精明强干,可惜过门没几年遇上了这件事。

王掌柜一死,这家大买卖肯定黄摊儿,怎么收场呢,二十几口人还不得打得头破血流。欠咱的木材款有十几万元,老爷子想等些日子再去,发送时去好像要账似的,太对不起大哥王掌柜。他还想过,如果小烟鬼混搅,也不多争讲,两家的往来数目不小,可比起王掌柜命都没了也没啥。

小嫂子说:"刘掌柜,我是来结账的,这是木材收据,这是银票。"

老爷子仔细一看，数目一点不少，忙说："哎呀，忙什么？还特地送来了。"

"我家的事你清楚，掌柜的这一走，再好的买卖也得关门。"

"凭小嫂子的能力，接过手没问题。"

"那个宝贝儿能不混搅吗？又不是我生的，劝得了，还是管得了？我说他一句，他还不把我吃了。所以，干脆清理财产，分家，你抽大烟，尽自己那份可劲祸害，别拐了别人就行。大姐也说是。从你这回去就分家了。"

"王家攒啊，挣啊，经营了几辈子，成了省城木匠行第一家，好大的家业，好火的生意，说散就散了，说完就完了，王大哥死不瞑目啊。"老爷子落泪了。他又问，小嫂子今后怎么打算？小嫂子说，买几间房吃房租吧，小儿子才两岁，能把他养大就行了，王家就这个指望了。

小嫂子住了一晚，第二天早晨赶回去了。临走时老爷子递给小嫂子一万元，说看在王大哥分上拿着吧，再有为难的，别忘了这儿还有个兄弟。小嫂子眼泪顿时下来了，嘴唇哆嗦着什么也没说。

晚上，有时听到老爷子唱五更调：

一呀更里，月牙刚出来，
貂蝉女走上月台，跪在尘埃，
烧香啊，拜月啊，
为的是那个恩和爱。

磕罢一个头，平身站起来，
思想温侯，挂在心怀，
泪流满腮。
董卓贼，势力大，
他才把良心坏。

年节时二人转把五更调唱得浪，老爷子夜里唱得极悲，苍老沙哑的嗓音，婉转低回，摄人魂魄。

老爷子紧张地观察宪兵警察追查捐款的动向，那十几家商户也在紧张地观察，时不时地到大车店打听。他们围着老爷子，老爷子倒镇定了。他说，各位的事请放心，只有我知道，要抓也是抓我，我被抓了，会像萧大哥一样，不露半点口风。他们天天紧张地观望着，挨了两个多月，没见有什么动静，料想这事该过去了。已经杀了那么多人，捐款大户都死了，再查也没啥大意思。

第三章

榆树沟惨案

过完生日，老爷子的心情略微好些，我们也跟着轻松起来。

进入冬季，接着要过年了。没有好吃的，没有好穿的，年还得过。不过年怎能叫过日子呢。

要过年了，办年货的、做买卖的、走亲戚的不见多，大车店比往年冷清。

年不得不过，年货没啥办的，人也懒得走动。家家都没啥吃的，你去做客不叫人家为难嘛。在外的子女回去看看父母再应该不过了，可老人连连警告，别回来啦，兵荒马乱的，路上太危险。假如上路了，老人心里慌慌着，像热锅上的蚂蚁，那份担心也让子女受不了。老人哪能不愿见子女呢，宪兵、特务、警察、土匪四处拦路，老人的担心绝不是多余的。这个年头，抓你杀你还用理由吗？看你不顺眼就是最大的理由。如果揣两个孝敬父母的钱，让这些恶人看上了，更有理由杀了你。

年过得消停，家家却都挺精神，吃过晚饭，守着火盆，老人讲过去是怎么过年的。说起压岁钱，孩子笑了；说起新棉袄、新棉裤、新棉鞋，孩子也笑了；说起年嚼谷，多少多少种，怎么怎么好吃，怎么怎么多，一个正月里，家家不起火，只吃现成的，不重样地吃，说得孩子哈喇子下来了。老人说到半夜，孩子还在瞪着眼睛听。

年过了，开春了，人们闷着头下地了。年头好孬不用想，好孬都剩不下啥，可地还得种，总还得活着吧。

人都下地了，路上行人少，大车店静悄悄的，长炕上只有两三个旅客，坐在铺盖上抽烟，咳嗽，吐痰。他们之间很少说话，好像互相了解似的。偶尔有人问，哪来的？辽宁。做什么？大豆。好做吗？唉。到这就没声了，问的不问了，答的不说了。问啥呀，有什么好问的，都一个熊样，没有好过的。

日子过得没劲，我和老爷子做功课，也没什么好聊的。义勇军相继溃败了，撤出去了。他们到了关内，人们当成英雄，举着旗帜，呼喊口号，聚会欢迎。可在东北却画了句号，绝无下文了。

我跟老爷子讲，苏炳文撤到苏境后，绕道欧洲返回国内。途中几个苏联将军听说他们路过，特地到车上慰问、致意。在罗马见到了张学良，张学良勉励他们回国继续抗日。途经东南亚，华侨隆重集会，欢呼英雄到来。到了上海、南京，欢迎场面更加浩大，整个城市轰动起来。蒋介石也出面接见。他正忙于对中共苏区的第四次"围剿"，微笑着刚问候两句，立刻把脸沉下来："回来以后，听从指令，不要再出岔子。"这一盆冷水，浇得苏炳文目瞪口呆。

我们正说着，听到有人敲门，仔细听听，敲得很轻，不像是外人。我悄悄走到门口，刚开一道缝，一个身影闪进来，"是我。"我一看，是二叔。

老爷子咧着嘴迎过来，你妈也过来了，听老爷子"光曜，光曜"叫着，她上前唤一声"二叔"就到厨房去了。我拿一床被把窗子捂严了。

马灯照着二叔，黝黑，干瘦，眼睛有精神。他上身穿着棉衣，腰间扎着宽皮带，右侧别一把驳壳枪，下身是日军裤子，脚上蹬一双胶鞋。

老爷子说，天热了，棉衣还没脱下来。二叔说，刚下山，找棉衣不好找，脱棉衣好办。老爷子说，到自个儿家了吗？二叔说部队驻在倒木沟，我请假出来的。没敢回家，怕有特务监视。老爷子说，那就对了。

"慧颖怎么样？"

"他和我在一起。"

"咋没回来？"

"探家，两个人只能回一个，他让我回来了。"

"嗯。"

正唠着慧颖，你妈端上一碗荞麦面片，黑面片里卧着白里透黄的荷包蛋，上面冒着热气。她团的一块面不小，我们仨人吃不了，卧了5个鸡蛋，心想多做点，剩下了好看。

二叔接过碗，一句话没说，三口两口就吃进去了，一扬脖，汤也喝光了。你妈飞快地接过碗，转身到厨房，把备好的一碗端过来，二叔低着头，眨眼间，三口两口又吃没了。你妈接过碗，把锅里的都盛出来，二叔吃完说，好吃，够了。听话音有点客气，好像还能吃。你妈说，二叔稍等，我再做，很快的。二叔一摆手，决然说，不用。听了军人的话，你妈没再动弹。

接着，又唠起来了。

二叔说，救国军被打散后，他跟了周保中。周保中当过救国军总参谋长，原来就认识。这回找到了真主儿，国民党和军阀都是为自己，共产党才是真正为国家、为民族。共产党不得了啊，要赶走小日本，还要建立新社会。共产党的队伍实行民主，跟旧军阀两回事，教战士识字，教战士懂革命道理，农民孩子入队后都成一个儿了，不简单啦，有文化，有头脑了。

慧颖当连长了，告诉他妈，不再是身板单薄的小孩子了。

老爷子告诉二叔，梁子懂事，对拜天照大神反感。

二叔爽朗地笑了，说好小子，是刘家的种。

老爷子说，家里的事我照管，你只管放心。

二叔说，那是。

二叔说，义勇军撤出东北了，抗日浪潮还会高涨，大哥别泄气。辽宁的唐聚五、邓铁梅、大刀会，吉林的杨靖宇、周保中、李延禄，黑龙江的赵尚志、李兆麟、冯仲云，拉起了各路队伍；救国军的吴义成代理司令，收拾残部继续抗日，手下有姚振山、孔夫人、祁永泉，还是特别能打；山林队也归来不少。多着呢，哪个中国人愿意当亡国奴啊。

老爷子的眼睛笑眯眯的，一直看着二叔，隔着小桌子，二叔在那边说，老爷子在这边点头。

老哥俩唠着，我叫你妈收拾东西，单装、胶鞋，把二叔他们能用的东西都找出来。你妈一边找一边跟我说，二叔吃得吓人，苟劳成这样子，真饿坏了，遭大罪了，边说边掉泪。除了穿的，还找了些盐、火柴、白酒、干粮，煮了一锅鸡蛋，都装进一个袋子里。

下半夜3点多钟，天最黑的时候，我扛着袋子，二叔端着驳壳枪，一起出了门。走出四方街，又走了10多里，二叔接过袋子，笑着说，好沉，书生也中用了。我气喘吁吁的，热汗早把衣服湿透了，头涨乎乎的，有点恶心，我说二叔见笑了，还不是小日本逼的。

我们分别了，天色亮了，白雾压在山窝里，二叔扛起袋子大步走了，我在背后看着，不多时白雾把他掩没了。

送走二叔，当天上午，我把老姨请过来。

老爷子说："光曜来了，今儿天没亮送走的。"

"是吗。他咋样？"

"瘦点，挺好的。他说慧颖当连长了。"

"是吗。"老姨听了，眼里放光。

"说他比以前硬实多了，是个威武军人了。"

"是吗？"

"说他有文化，是块好料子，还能有出息。"

"他怎么没回来？"

"俩人只能回来一个，俩人都让，当舅的没让过小外甥。"

"那倒对。昨晚咋没让我过来？"

"光曜连家都没去，只到我这儿来，我也不好找你。弄出动静，不坏了吗？"

"可也是。"

你妈好几次想说二叔天热了还没脱棉衣，吃饭的样子吓人，话到嘴边都咽了回去。

老姨听到慧颖的消息，挺着腰板出去了，到山坡折了一把达达花枝子，回来插到花瓶里，枝上满是花苞。开花时拥成一团，带着凉丝丝的清香。

那天下午，我从杂货店扯了一块布，到了二叔家。二婶迎出来，笑着问："你怎么来啦？"我说："有好事，进屋说。"到了里屋，我说："二叔回来了，这是给你捎的布。"二婶笑着说："好侄子，别逗我了，准是你在自家铺子扯的。"我也笑了。她又问："真回来啦？""说你也不信。""好好说话，要不婶子打你了。"我正经说道："昨晚回来的，天不亮送走了。"二婶说："一看你的高兴劲儿，我就猜到了。"

我告诉二婶，救国军被打散以后，他到了共产党的部队，后来当了参谋长，人瘦点，但他精神足，走路、扛东西，我赶不上他。还告诉她慧颖出息成大军人了，当连长了。

二婶说，到共产党部队好，罪名也更大了。你二叔没回这个家对了，太危险，特务盯得紧，能听到他的口信，我知足了。

我对二婶说："宪兵特务找麻烦，你告诉我，我想办法。"

二婶点点头："我知道，你放心，表琦不也常来照看我嘛。"

正像二叔说的，抗日联军的声势越来越大了，打日本的消息不断从各地传来，哪哪的宪兵队给端窝了，哪哪的车队给劫了，哪哪的铁路给炸了，哪哪的日本军官给打死了，哪哪的伪军给缴械了，讲得有鼻子有眼。大车店饭桌前，人们交头接耳地议论，说的人，听的人，脸色都活泛起来了。

抗日的消息多了，特务、宪兵、警察来得也勤了。他们一般都是半夜时来，打着雪亮的手电筒，特务拿着短枪，宪兵警察端着上了刺刀的长枪，带着狼狗，吆五喝六，直闯寝间。把旅客撺弄起来，挨个查良民证，看哪个不顺眼就带到宪兵队。入冬以后，大雪封山了，宪兵警察进山去"讨伐"了，大车店才清静点。开春后，他们回来了，大车店又不得消停。

宪兵队长西村，长着一颗圆头，一脸横肉，凶巴巴的。特务队长丁耙子，也不是个东西。有一次，一伙接亲的路过这里，他硬把新郎扣住了，熊了一笔钱才放行。

半夜被撺弄一番，早上旅客没精打采地走了。

一天，我和老爷子到大车店的时候，伙计们照常在忙碌，掸水，打扫屋子；把饭堂的桌椅擦干净，摆整齐了；把大寝间的被褥换干净，卷成卷，在炕脚摆成一溜；把杂货店的门窗打开，掸货架，擦柜台；把牲口棚里的料槽打扫干净，把粪便运到粪堆上。伙计把自家的辕马、快马牵到院子里拴好，可是天上没有太阳，灰蒙蒙的，要下雨，看样子又下不起来。

我照常给老爷子沏好一壶茶，端到账房，然后回到柜台后面，拿起登记簿看看昨晚来了几挂车，多少人，从哪儿来，到哪儿去，干什么，有被警察带走的，伙计会在名字下面做个记号，我看名字下面都是干净的，合上簿子，拿出一本闲书看起来。

中午的时候，院子里照常起了鞭响，老板子吆喝着停下车，拿出料口袋，不摘套喂上马，车上的人一起进了饭堂，稍息打尖。南来北往的有七八辆车，常来的、熟识的见面打个招呼。人吃饱了，颠得酸了的身子缓过来了，马吃足了，饮过了，又要上路了。每个人的脸色都像那个天色，布一层乌云，闷不出的，没有张扬的，哪个喝喝咧咧的，别人不拿好眼色瞅他。

在一阵鞭子声、马叫声、马蹄声里，车马都走了，大车店又平静下来。

没事闲得慌，我想起三年前，也是这么个灰不噜嘟的天，下午两三点钟，当不当正不正的时候，从西面来了几挂车。

马车进了大车店，车上堆着大包小裹，人坐在包裹上，看上去头发散乱，失魂落魄的。

他们带着包裹拥到柜台前，我问有良民证吗？有的说有，有的说没有，出来是逃命的，顾不上什么证了。

我问："你们从哪儿来的？"

"抚顺。"

"出了什么事？"

"出大事了，小鬼子把我们村子烧了，杀了3000多人，没死的人都往外跑，抚顺城跑空了。我们这里边还有从屠场跑出来的，不信你问问他们。"

我说："没有良民证，不是我不收，宪兵警察每晚都来搜查，他们把你们带走咋办？"

"这个不用掌柜的管，宪兵警察带人，我们就和他们拼了，后悔拼晚了，早和他们拼，死不了那么多人。"

"掌柜的，我们两手空空跑出来，分文没有，在你这吃住一宿，行个方便，小鬼子把我们逼成这样，掌柜的不能再逼我们吧。"

我说："开店的讲个缘分，食宿费能交的交，不能交的，不嫌我店就不用到别处找宿儿。"

"掌柜的好，是个中国人。"

傍晚，又来了几拨，每辆马车都坐得满满的，两条长炕挤满了，两个雅间也用上了。

夜间，让老爷子回家休息，我在柜台盯着。我想，没有证件的人不少，先和警察所通报一下能好办一些。又一想，不报告也不能把咱咋的，这么多人逃难，宪兵警察来了，还能把大车店变成屠场吗？

前半夜，又过来几辆马车，我对来的人说，我这儿住满了，很对不住。来人说，掌柜的不用客气，我们找了几家都住满了，我们也累了，在院子里蹲一宿，能有口热水就行。我说，你说行，我还说不行呢。我的饭堂够大，委屈在凳子上坐一宿，比在外面强。吃过晚饭，怎么睡呢，他们有办法，有的把凳子拼起来躺在上面，有的把包袱摊在地上，人再躺下去，有的坐在包袱上，几个人相互依着。饭堂里挤满了人，再上来人，只能上草料棚了。

宪兵、警察果然来了，西村走在前面，翻译刘聪跟着他，丁耙子跟在西村另一侧，后面有十来个兵警。

大车店里女人孩子一片惊恐地乱叫，他们进来了，又鸦雀无声，几十双眼睛紧紧地盯着宪兵警察。刘聪对我说，西村问，怎么回事？这么多人，有良民证吗？为什么不报告？

我说，他们刚来，我正要去报告，你们就来了。他们是从抚顺来的。抚顺发生了大事情，当局杀害了3000多普通居民。他们是逃出来的难民。

丁耙子抢着说，不管什么人，都要有证件，没有证件的拉走。

我说，他们是从死人堆里爬出来的，不仅没有证件，钱也没有一文，几十个人白吃白住，我又撵不走，正好丁队长来了。

丁耙子瞅瞅旅客，旅客个个盯着他，眼里充满鄙夷和仇恨。丁耙子用手摸摸枪，把脸转向西村。

西村咕噜两句，刘聪说，你的话是真的？

我说，我是听这么多旅客讲的，抚顺的事情很严重，西村大佐不信，可以问问上级。

西村看看旅客个个愤怒的眼睛，摆摆手带人走了。

这一拨旅客走了，又来一拨，步行的也跟过来了，越往后穷人越多。住不下，草料棚真的用上了。

持续了十多天，这股难民潮才退了，宪兵警察没再来找麻烦。

大车店平静了，我让伙计把寝间、饭堂、厨房彻底清理一遍，人进来，觉得清爽舒服了。晚上我也不用守柜台了，回家陪老爷子做功课。

抚顺平顶山惨案，这些天老爷子听了个大概齐，闲着没事，我梳理一下讲给他听。

事情是这样的。

辽宁民众抗日自卫军壮大起来了，分几路围攻抚顺，一直打进矿区，战斗持续一天，造成抚顺全城停电、停产。其中大刀队从平顶山一路攻击，把日寇打得最疼，死伤最大。日本人惊恐万分，事后决心报复，彻底镇压。一方面追击自卫军，进行"剿匪"，一方面向平民下手，进行"剿民"。"剿民"划定了平顶山三个屯，要统统灭绝，以杀一儆百；还划出了抚顺周围十里无人区，以切断自卫军的掩护。

日伪军挨家挨户把人撵出来，怕人不出来，还怕人跑，欺骗说到村头照相，人一出来，他们又进屋搜，不落下一个人，有两家的孩子出门串亲戚了，侥幸躲过，有几家来串门的亲戚也被赶出来。人一到街上，日伪军就催着快走，走的慢了，不是用枪托打，就是当场毙掉。只有一家叫马长顺的，听孩子跑回家说，鬼子在街上打死人了，急中生智，全家五口人用棉被包着藏到烂泥塘里，躲过了一劫。

人都离开了村子，日伪军开始泼汽油，烧房子。3000多村民无比愤怒，争着往回跑，四周早预备好的机关枪响了，人们成排成片地倒下，跑出来的只有几个人。枪击过后，日伪兵又到死尸堆上检查一遍，发现没死的再补上一枪，之后才坐汽车离开现场。半夜里在底层没被打死的人慢慢爬出来，有20多个，都受了重伤。次日上午，日伪兵又回来，往尸体上浇汽油，焚烧完了，用土掩盖了。

这件事被媒体曝光后，在沈阳、长春以至关内引起极大的抗议浪潮，谴责日寇极端残忍的暴行。日伪兵又过来把烧毁的房子夷为平地，盖上黄沙，还把四周拉上铁丝网，禁止人们靠近，欲盖弥彰。迫于社会的强烈抗议，制造十里无人区的事，日本人没敢往下整。

大屠杀带来了极大的恐慌，抚顺满街都是卖衣物家具的，给钱就卖，公路上满是逃难的人流，火车挤满了，爬窗口都上不去，抚顺城逃空了。

老爷子说，"九一八"以后，惨案就没有断捻儿。国破人如草啊，找谁去啊。又说，日本人屠杀平民，明知伤天害理，硬要去做，做完了又掩盖，哪有一点人性和良知，真是人类的渣滓。

有句话说，想什么来什么，还有句话说，说什么什么到。我没事这么想着，惨案就来到了身边。

没过几天的一个上午，从南边倒木沟方向过来一群人，领着孩子，惊慌失措的样子，到了大车店，走在前面的妇女双手扎煞着，哭喊着对老爷子说："掌柜的，日本人在榆树沟推大沟啦！"

"死多少人？"

"就跑出我们几个，都给杀光了。"

"唉！"老爷子重重地叹口气。

来的大人孩子有七八个人，我把他们领到大寝间。

有个嫂子，一头扑在炕上号啕起来："我的儿呀！我的儿呀！……"嗓子哑了，可能哭了一道。她的女儿站在身边，手扶着妈妈抖动的后背，两眼无奈地望着妈妈。她的丈夫蹲在地上，双手捂着脸。

他家住在榆树沟口的山坡上，夜里听见鬼子抓人、烧房子，两口子抱着小的，领着大的，从后窗跑了出来。他们在前面跑，鬼子在后面追，子弹嗖嗖地在头顶飞。进了林子，鬼子看不见他们了，他们实在跑不动了，小儿子吓得哇哇哭，妈妈吓他、哄他，怎么也管不住。他一哭，鬼子又奔他们追赶过来，她看旁边还有邻居，一着急抓一把泥，慌乱地塞进孩子的嘴，又跑了好一阵子，摆脱了鬼子，妈妈靠在一棵树下看看孩子，孩子的脸憋青了，瞪着眼睛，怎么叫也不应，已经死了。丈夫说着，呜呜地哭起来。

旁边的人都不言语，爷们也跟着掉泪，找不出话来劝他们两口子，哪个当父母的受得了这个。

后面又陆续过来一些人，都是榆树沟的。

把他们安顿在大寝间，他们又出来聚在大车店门口，向榆树沟方向张望着，盼望有人过来，好打听打听沟里的情况。

榆树沟离四方街有60多里，从四方街往南，过了我的两个姑姑家倒木沟，翻过两道梁就是。榆树沟南北走向，长着呢，有80多里，加上东西延展的沟沟岔岔，那一带有五六个屯子，大屯子有六七十户，小屯子有二三十户，在沟沟岔岔散居的有几十户，跑出来的，散居的多。

守在大车店门口的人一直伸脖张望着，希望道路前方冒出个人影来。

第二天，鬼子仍在榆树沟烧杀。

晚间宪兵警察没来查店，说是去榆树沟了。

第三天，鬼子还在榆树沟烧杀。

第四天，鬼子还在榆树沟烧杀。人们叹气，摇头，眼睛红了。

第五天，鬼子还在榆树沟烧杀。跑过来的人更少了，说是往东面黑龙江跑的人多。

第六天，鬼子还在榆树沟烧杀。说是杀到柳树河子屯了。

第七天，鬼子还在榆树沟烧杀。

第八天，鬼子还在榆树沟烧杀。说是杀到桂家，从头杀到尾，把整个榆树沟杀遍了。

第九天，想是该撤了，加上先前的一二天，鬼子在榆树沟杀人放火，足足用了10天。

鬼子把榆树沟变成屠杀场，是因为抗联宋德林的部队活动在这一带，多次痛击日军，成了日寇的心腹之患。可日寇血洗榆树沟却连宋德林部队的影子都没看见。

西村、丁耙子一伙回来了，赶着抢来的牛、猪，枪上挑着鸡，大摇大摆地回来了。到了家门口，成袋的东西卸下来，西村乐得合不上嘴了。

鬼子撤了，住店的乡亲也动身回去了，家烧光了，还得收拾亲人的尸骨。那对夫妻也回去看看宝贝儿子，刚刚一岁多，活活被泥巴堵死了，他们把孩子放在草棵里，草棵旁边的树、石头，记得牢牢的。

老爷子也要到榆树沟看看，他说，你姑姑在榆树沟有亲戚，还说认识榆树沟一些人，有的人家和咱家的杂货铺有往来，他们送山货，往回买盐、布、小百货，生意做了好几年了，有他们欠咱的，也有咱欠他们的，账上都有，这下子断了，往来结下了情谊，怎么也得去看看。

我说："我替你去吧。"

老爷子说："这事哪能替呢？"

"那我陪你去。"

"好。"

店伙计小有子赶车，老爷子和我坐了上去，那天有五六个人回榆树沟，一齐捎着。走了两个钟头，过了倒木沟，爬过头道岭，小有子不停地吆喝，两匹马紧蹬着，马脖子一摇一摇地，显得很费劲。翻过岭，天又热起来了，马背汗淋淋的，打着喷嚏。小有子说："翻过二道岭就是了。"再上岭时，我和几个年轻的跳下车，马拉着轻快多了。

在二道岭上往前望，大孤家的院墙还在，房子坍塌了，焦黑一片。走到近前，院门咧歪着，炭黑的房梁斜搭在半截墙上。院子里东倒西歪躺着几具尸体，散发着腐臭。

这家姓关，是老户，五口人，两口子领着老妈和两个孩子种地过日子，这下全让日本人杀了。

车上的人谁也没吱声，到房根找来锹、镐，在院子里默默地挖坑，把一家人掩埋了。

关家人辈辈都是和善的，路过的人乐意到屋里喝口水，歇歇脚，唠唠嗑儿。小鬼子到了这里见一个杀一个，烧了房子，牵走了牛，抓走了猪和鸡。老关家全完了。

这是第一家，往前不知还能惨成啥样。

走了三里地，到了小孤家，房子烧成灰了，半截墙烧红了，木栅栏烧剩一半，院子里有三座新坟。他家姓马。自己开荒种地，老实的小户人家，两口子领着两个孩子，上面的大坟该是两口子的。可能是亲属来收拾掩埋的，可能埋完了刚走。唉，家园变成了坟场。

老爷子脸煞白，脑门沁出汗来，说心口痛，坐下来歇一会儿。搭车的几个人看了这两家更着急，打个招呼奔家去了。

小有子打开包袱，拿出杂和面饽饽和咸菜疙瘩条，把水壶盖拧开送给老爷子。老爷子起来，往坟头摆块干粮，倒一点水，哑着嗓子说："马老四，你刘大爷看你来了。"又回到原处，就着水，吃力地嚼杂和面饽饽。

四周静极了，没有风，巴掌大的树叶一动不动，前面马老四的地里，潮湿的地气向上蒸腾着，苞米苗有一拃高，嫩莹莹齐刷刷的，正在稠头遍地，犁杖还插在地头。

我们爷仨都懒得说话，垫巴一口，老爷子的脸色缓过来了，又坐上车闷头往前走。

道上看不到一个人，又闷又热，只有马蜂围着，嗡嗡地叫，小有子拿桦树条子不停地赶，两匹马不停地甩尾巴。

到了柳树河，二十多户的屯子成了一片焦土，新坟错杂其间。从坟的数量上看，鬼子没有把柳树河的人杀绝，可除了躺在新坟里的，所有的人都走了，连只小猫小狗都看不见。

再往前走，到了胡家店。胡家店是个大车店，与咱家是同行，老远就闻到腐烂的尸臭味，店门半开，向里望去，堆着几十具尸体，不是被砍头的，就是被刺杀的，大车店成了屠场，可能是鬼子把抓来的人一个一个往里送，进一个，杀一个，杀完了扬长而去。可能是杀累了，杀完了连放火都忘了。不知哪来的苍蝇，趴在尸堆上黑压压一层，人来了嗡的一声飞起来，围着尸体打转，接着又密匝匝地落下来。尸首变形、痛苦的面容不忍目睹，刺鼻的强烈气味憋得人喘不过气来。

前面是青顶子，屯子比胡家店大，情景肯定更惨。我跟老爷子说，别往前走了。老爷子点点头，叫小有子绕到月亮泡往回走。

马车顺道下到沟底，呼兰河在沟底流淌着。到了河边，我们爷仨惊呆了，不由得吸口冷气，河水变红了。沿着河往上走，血红的河水，在我们身边无声地、缓缓地往下流，岸上的枝条刮在水面，冒出一串泡沫。河水在悲愤地、慢慢地诉说，无休无止慢慢地诉说。

闻到了尸臭味，尸臭味越来越浓，我们到了月亮泡。

月亮泡有100多户人家，是个大屯子。屯中央有五六十户人家，其余的沿着呼兰河一字排开。从屯子边开始，看到的是一户挨一户落架的房子，进到屯里，前后左右全是墨黑的烧焦的门窗、房梁，一间房子也没剩下。

月亮泡是个更大的屠杀场，泡子里的死尸，双手被反绑着，身子被泡肿了。日本鬼子是把人拉到泡子沿，刺杀后就推到泡子里。月亮泡很大，里面有200多具尸体。就是他们的血，染红了呼兰河。

月亮泡旁边还有一个屠杀场，是先把人活埋大半，站在坑里动弹不得，日本鬼子再端着刺刀刺杀，或者挥舞军刀砍杀。在这个屠杀场，也杀了百号人。

老爷子和胡家店掌柜的熟识，我还见过呢，在月亮泡认识的有十几户，可怎么找啊，尸首都烂了，分辨不出是谁了。原来打算见见面，说句话，看能帮上什么忙不，人家遭难了，咱们尽尽心意。哪能想到这么悲惨，知道这么悲惨就不来了。整个榆树沟成了大坟场，见不到一个活人，在胡家店面对成堆的尸体，我们爷仨干搓手，到了月亮泡也干搓手。一具两具尸体，十具八具尸体，我们都能埋好。可是这两处尸体太多，我们真是没办法。

天色暗下来，起晚风了，我们要回去了，老爷子扶着河边一棵树号啕大哭起来，撕心裂肺的，两边的山峦荡起回声，像所有的亡魂在和他一起哀号。老爷子见到的、听到的多了，老毛子制造的六十四屯惨案，日本人干的旅顺口惨案，他都知道得清清楚楚，可是看到这么多乡亲这样死在自己身边，他还是极度悲伤，忍不住痛哭。

我们走了，向岭口走一路上坡，小有子打马，马也走不快。迎着晚风，尸臭味不那么刺鼻了。暮色里，我坐在马车上往回望着，看不清月亮泡了，我觉得屠场更为恐怖，眼前浮现的都是乡亲们的尸体，被砍头的，被刺胸的，被水泡得肿胀的，还有殷红的呼兰河。

往回走，我们爷仨更是没话，心情更加沉重，胸口一直堵着，堵得人要发疯。

马车到岭上了，月亮升起来了，惨白惨白的，榆树沟的山、水、树、石，在月光的笼罩下，像个灵堂。

我跟老爷子说，到我大姑家吧，天晚了，看看他们，也歇一歇。老爷子点点头。我在院门口喊大姑，她们见到老爷子很吃惊，怎么这么晚还来了？怎么出这么大的事还来了？是不是四方街出大事了？

老爷子说，听说鬼子在榆树沟推大沟，那里不少要好的，处一辈子了，过来看看，想不到杀得这样惨，回来顺路看看你们。

我们进屋，寒暄一阵，姑父陪老爷子上了炕头。屋里人多，长长的对面炕，炕沿、炕里都坐满了人。姑父说，他妹妹家在柳树河，妹夫和16岁的外甥叫鬼子杀了，房子也给烧了，他把妹妹、妹妹的婆婆和两个孩子接来了。老太太朝我们点点头，叹口气。姑父的妹妹，我得叫表姑吧，用手抹眼泪，眼睛又红又肿的，她说，能干活的人都给杀了，还不如叫我们也死了。姑父呲嗒说，你上有老，下有小，咋能说这话。我摸摸两个孩子的头，大的十来岁，小的七八岁，他俩紧闭嘴，瞪着大眼睛，一眨不眨地瞅着地面。

"大哥，大哥来啦。"二姑听说我们来，赶过来了，人未到声先到。

姑姑家吃过晚饭了，我们爷仨洗洗脸，啃苞米饽饽，喝碗汤，简单吃点。再坐到炕上，自然唠起榆树沟。

老爷子说，在这块土地上，有史以来，没发生过这样大的惨案，能死多少人？

姑父说，大屯子被集中杀害的能有个数，沟沟岔岔的散户不好拢数了，这样说吧，整个榆树沟有400多户，2000多人，少说给杀了一半，总有1000多人吧。

二姑说鬼子杀得太绝了，太过了，连他们自己都看不下眼，杀到桂家街绑了300多号人，一个官大的鬼子从县里过来，说不要杀了，才住了手，要不300多人又没命了。

表姑说，鬼子太没人性了，大小子和他爹被反绑着，张着嘴，瞪着眼睛看着鬼子端刺刀往胸膛刺，身上的血一喷多高，这些天，我一闭上眼睛就看见喷出的血。

二姑说，说鬼子没人性，那是太没人性了。偏脸子有个孕妇，跑不动，让鬼子抓住了，扒光衣服，豁开肚子，让孩子冒出来，他们站在一旁笑。

大姑说，还有呢，水曲柳的老李家，全被鬼子杀害了，只剩一岁多的孩子爬到他妈身上找奶吃，鬼子把刺刀从孩子的背上捅进去，再挑起来玩耍，看孩子在刺刀上乱动，嗷嗷大哭，鬼子开心地哈哈大笑。

老爷子说，听说恶魔吃人是恶啦啦的，日本鬼子却杀人取乐，比恶魔凶煞可恨百倍。

表姑说，听邻居讲，鬼子吃人心，他亲眼看见鬼子把一个人绑在树干上，用刀把他的心挖出来，是带血的一跳一跳的，捧到后院炒着给一个大佐吃，说是治病。一忽儿日本兵又跑过来，从人堆挑年轻人，绑起来挖心，说不够，得两颗人心。

屋里的人听了恶心，头皮发麻，不是说得有根有据，不相信世界上有这样的人。

表姑还讲，日本兵回来就在院子里磨刀，哇里哇啦讲，你今天杀几个，我今天杀几个，这几天一共杀多少，摽着搞杀人比赛。

我说，日本武士不把杀人当回事，说是一个武士得了一把新刀，要试试刀口怎么样，顺手就把一个路过的砍了，武士只是擦净刀上的血，看刀刃卷没卷，一点不在乎，杀死人了，也没人追究。日本有个虾夷族，被认为是最低贱的种族，一般日本人瞧不起他们，厌恶到什么份儿上呢，说是一个虾夷族人到他家讨一口水喝，他正眼不瞅递过一杯水，虾夷族人喝完，拜谢，刚走出他家，就听背后"啪"的一声，把杯子摔得粉碎。狭隘、偏执到极点，这就是日本人。你怎么想都想不出的丑事、恶事，日本人都能做出来。虾夷族是日本的土著民，还遭到极端的蔑视，对我们中国人更不客气了。

二姑说，日本人也不撒泡尿照照自己，看看自己的尿样，不成个儿的丑八怪，还瞧不起这个瞧不起那个的。

老爷子说，听没听说叫人解恨的事？

姑父说，怎么没听说。在东山头有个叫韩大个子的，一家三口在沟里开荒种地。韩大个子长得五大三粗，心地却又善又软，他家杀鸡宰鸭都是媳妇的事，过年杀猪他让媳妇请人帮忙，自己躲出去，估摸杀完了才回家。日本人见他年轻高大，必杀不可，把他押到月亮泡，要他自己挖坑。韩大个子心里骂，要杀我，还要我自己挖坑，狗日的。边挖边瞄着站在旁边的日本兵，冷不丁一铁锹就把那个鬼子拍死了，别的鬼子听到叫声围过来，他又拿铁锹打伤两个，最后被鬼子开枪打死了。韩大个子不善吧，鸡都不敢杀，杀日本鬼子干得痛快利索。

老爷子咧嘴笑了，他说，韩大个子有种。日本兵屠杀中国老百姓只不过要威风，砢碜到家了，咱们的老实人也比日本兵厉害多了。

老爷子问表姑，今后怎么办？

姑父抢着说，这一场大屠杀，像她家这样，只剩下女人、老人、孩子，房子也没了，两手空空的，有 100 来户投亲靠友走了。没有走的，剩下的都是一家人，在一起过，吃啥穿啥都一样。

表姑说，我这个哥哥可真是的，孩子他爹是跑腿子，刚成家时就帮我们，现在又是。

姑父说，我的妹夫真是好样的，成家不几年，日子就起来了，可惜了这个人。

老爷子说，多好的两个孩子，咱家的几个孩子都不错，好好养育，供他们念书，长大了，有文化，有胸襟，小日本见了也得害怕。我们家过得强点，妹夫说得好，剩下的是一家人，有什么难处找我。

大姑家炕上挤，我们到二姑家住了一宿。

经过这场大劫难，人心脆了许多，临别时，大人孩子都出来送，个个泪水涟涟的。

日本人在榆树沟杀够了，消停了一些日子。大车店的客人不多，来往的人和四方街的人一样，闷头过着灰暗的日子。

有一天，我在家里闲着没事，刘聪过来了。他以前到我家来过，来得不多。他穿着立领中山装上衣，脸上干干净净的，很轻松的样子。我说，你怎么有闲工夫？他说闲了两天了。我说，舌属首也，哪能会闲着呢？他说西村调走了，新的还没来。

"西村在榆树沟杀人有功，升迁了吧？"

"不是。"

"平调？"

"也不是。"

"贬了？"

"有点吧。"

"为啥？"

"出了新闻了，我告诉你，你别往外说。"

"费劲，信得过我就说，信不过就不说。"

"唉，你不说别人也知道，但还是别说，议论起来不好。"

他告诉我，西村出事了，因为吃人头。

我大吃一惊，不相信还有吃人头的人。西村家离我家不远，住了两三年，一点儿没发觉。

他说西村吃人头一直很小心，自己动手剃发刮毛，煮的时候把锅沿用黄泥封好，怕冒出气味让邻居闻着。

我说，我家后窗有时闻到不好闻的气味，你嫂子嘟囔过，关了几次，可谁能想到是煮人头。

"那自然，黄泥封得很严，揭锅总要散发气味，特难闻，别人闻到了也不能往那方面想。西村偷着吃了几回，别人一直没发现。他好这口，认为最有营养，还把精心做好的人头，寄回日本，孝敬老娘。西村出事是因为人头难得，在榆树沟杀了1000多人，哪能放过这个好机会，用麻袋装了几颗带回来了。天热不能久放，西村动手煮人头。人头多，气味大，让人发现了。这事传来飞快，报纸也登了，西村待不下去了，就给调走了。那两天你没在家是不？"

"你怎么知道？"

"丁耙子跟你们到大孤家，看你们挖坑埋死人，认为是亲戚，没再跟。"

"盯我的梢，若去联系抗联，真给抓住了。"

"丁耙子不是个东西，在榆树沟银元首饰没少抢，回来还牵了几头大牛卖了。你也别生气，你家抗日的人还少啊，小心点吧。"

他捅这一句，我倒没话说了，点点头谢他，又问西村调到哪儿了。

"进关内到野战部队了，不让他在宪兵系统直接管杀人的事。在野战部队生死难卜，随时会掉脑袋，西村走时情绪很低落。"

"你们送别没合影留念？我猜想，合影照片、全家福照片在西村眼里都是一盘大餐，看着看着会淌出哈喇子。"

"你别说，警察所有个年轻人，妈的跟你我一个姓，长得肥头大耳，嘴巴溜光，西村见到他就拍拍说，你的头，大大的好。现在明白西村的意思了，吓得他魂都飞了。"

扯了一阵，刘聪告辞了。

我说，跟日本人干，得留点心眼。他叹口气点点头。

晚上，我把刘聪讲的西村的事告诉老爷子，老爷子听了也是大吃一惊。他说我活了60多岁，头一回听说这种事，吃人头，把人头当美餐，这哪是人啊。

后来，他又说，这就是日本武士、日本宝贝、日本特产。日本人在甲午海战、日俄战争两次得手，都认为武士道是个东西，可咱们看武士道怎么就不地道，不是个玩意呢？你是个读大书的，你说说。

我说，介绍武士道的书我看过两本，都是日本人写的，把武士道当作日本的宝贝、国家的精华、民族的灵魂，用中国儒家的忠义仁礼粉饰，一点不靠谱。日本书上编的和现实演的完全是两回事。

老爷子点点头。

我说，日本武士道的鼻祖就不是正经货。一个江湖大盗，在官军追击之下，穷极无奈用刀划开胸腹，取出一块内脏扔了过去。这个打发举动，竟引得官军大为赞赏，推崇备至，捧为鼻祖，其实不过是好勇斗狠的流氓伎俩。

日本武士道最不讲忠了，幕府时代的天皇，还不如溥仪，连个傀儡角色都不给，躲在冷宫发呆。

日本武士道和仁字不沾边，在国内屠城的事没少干，男女老少一概杀光。侵略我国，屠杀旅顺口上万人的事件，平顶山、榆树沟屠杀上千人的事件，一场接一场不断上演。屠杀百姓是军人的耻辱，武士道却以此为能。开到哪儿都是一路烧杀奸淫，并且以杀人为乐，更是武士道的独家法门。

武士无义可言，日本武士是一条受雇的疯狗，谁出钱他给谁卖命，天皇出钱他效忠天皇，幕府出钱他受幕府驱使，只认钱，不顾义。你看日本兵哪有良知，该不该侵略中国？将来怎么收场？他们全不想。

武士道的礼是虚伪的，下级对上级表面很恭顺，实际上那个国度最没有权威，总理都是短命的，能维持两年的都不多见，走马灯似的轮换，个个都不行，天皇不合心思也得靠边。日本天皇也尿，从来不敢得罪武士之流。

我大致说了这些，老爷子说，还行，书没白读。

第四章

敲　诈

　　老爷子要到太平川走一走。太平川有老房子，有100多垧地，有老乡亲。地都租出去了，我和你叔走的是读书做事这条路，压根没想当庄稼人；老爷子转到木场、大车店和杂货店了，只有全租出去了。

　　咱家的地，有一多半是自己垦出来的，一少半是后来置办的。或许是对这块土地有感情，或许觉得办木场、开店都不牢靠，只有地是实实在在的，撒了种就长庄稼，不偷懒，谁也搬不动，偷不走，跑不了，所以，全家离开了太平川，也没卖地。

　　没卖地，也就没卖房子，留着回来时落脚方便。每年秋冬收租子时回来一次，看租地有什么变动没有。今年才入夏，老爷子就要到太平川走一走，可能是榆树沟惨案闹的，惦记着看看这一拨乡亲，还有忽然想看看老房子漏不漏，墙皮掉了没有，大门和围墙歪了没有，需要收拾的话，好做个打算。

　　小有子选了一匹高大老实的老马，套好了车，用麻袋装好草料、豆饼，放在后面的小马槽里，又给我挑了一支短马鞭，鞭杆是用三股竹梢拧的，拿在手里轻轻巧巧。他对我说，少东家，老马听话好用，放心赶吧，准保没事。老爷子嘱咐他，大车店这一摊交给你了，白天晚上精心管着，小心火，照顾好旅客，答对好宪兵警察。小有子说，我知道，掌柜的不在家，我更得尽心，您老放心好了。

我赶着马车出了四方街，往东北岔方向走去。这一路傍着漂尔河走，河的两岸是山。这里的山不像榆树沟，那里山又高又长，像堵墙，长近百里，一通到底。漂尔河两岸的山要小些，一座连着一座，遇有支流，又向上伸出一条沟谷，支支叉叉的像叶脉。漂尔河是条大沟，两边支支叉叉的是小沟，住在三道拐、老头沟、盖家沟、盖家后沟，以至太平川、东北岔的，四方街的人都管他们叫沟里人，咱家以前就是沟里人，我总管你大舅爷叫沟里舅。

我们逆河上行，往上走，山更高了，林更密了，道也更弯更窄了。漂尔河不老实，走一时辰，它贴着右边的山，再走一时辰，它又贴着左边的山了。道只能在离山宽的一侧，漂尔河扭一次脖，我们就要过一次河。小有子套的这匹高大的老马真顶事，下河时，只要我吆喝一声，用鞭子轻轻打一打，它就昂着头，一步一步稳稳地拉过去，遇见水深的地方，水上车厢板了，它还是稳稳地拉着，比我沉得住气。

蹚了五六次河，到了晌午了，我们选一块干燥的地方，停下来休息。我解马套，老爷子见着笑了，不用解，这点道，它不累。我就把马槽子解下来，放在老马前面。我们爷俩坐在地上，打开包袱吃杂和面煎饼和咸菜疙瘩条。干噎咽不下，就到河边捧河水喝，漂尔河的水清凉，有甜味。

吃过饭，又蹚了几次河，过了几道弯，突然前面豁然开朗，一片平地看不到头，山退得很远，变矮了，平地的中间有四五十户人家，太平川到了。

在这个偏僻安静的屯子，来个人是件大事、新鲜事。我们赶着马车到了屯子边，在地里的男人停下手中的活，直起腰，向这边张望；进了屯子，妇女倚在门口看着我们，孩子飞快地从屋里跑到院外，像争着看什么热闹。屯里来个人，满屯的人不仅知道是去谁家的，而且知道来的是谁，是什么亲戚，好像来人跟他家沾亲似的。

到了老房子，我在大门外高声喊了两声，大爷兴冲冲地急忙出来开门，嘴里一个劲儿地说，光昭来啦，大侄来啦，你们怎么来了呢？

大爷是出了五服的本家，中年丧妻，成了跑腿子，后来到了咱家，咱家搬到四方街，他就留下看房子。大爷和老爷子是从小一起长大的，相处得比亲兄弟还亲。

大爷从我的手里接过缰绳，卸了车，亲热地拍拍马脖子，把马牵到棚里。

我们在炕沿刚坐下，大爷抱一抱干柴进来，在灶口生火。炕洞长年没进火，潮气太大，木柴不起火，只冒烟，大爷呛得直咳嗽，我们也熏得流眼泪，捂着鼻子跑到院子里。大爷把窗户全打开，说炕太潮了，不熏哪行，一会儿就好了，一会儿就好了。过了一阵子，果然好了。热火把潮气顶出去，青烟从烟囱畅快地冒出来，灶里的火噼噼啪啪呼呼作响，屋里炕缝也不冒烟了，老哥俩都笑了。

大爷顺手刷锅，炖豆角，贴苞米饼子，三下五除二，老跑腿子一锅出做得很麻利。老爷子笑着问，橡子面舍不得吃啊？大爷说，亡国饭，就不吃，苞米不够了，吃土豆也不吃橡子面。

我们正在院子里吃饭，佃户赵宝生来了。他一进门就说，大掌柜吃上啦，我来晚了，特地请你，明晚到我家吧。

老爷子说，我随便回来看看，你用不着费心，用不着客气。

宝生说，大掌柜的难得回来一次，到我们家也就是家常便饭，瞧得起俺就来，瞧不起就当俺没说。

老爷子笑了，不吃你的饭还犯罪了呢，好吧，明晚。

老赵家刚走，老王家来了。他知道老赵家刚走，说话更硬气，后天到我家吧，无论如何得去，到老赵家，不到我家，那可太掩人啦。

老爷子笑道，有你这么请客的吗？比胡子还凶。

"别管那个，就说去不得了。"

"后天。"

老王家刚走，老刘家、老左家、老佟家又来了，好像商量好了似的，一家接着一家来，一家比一家横。老爷子没有一点儿脾气，乖乖答应了。

他们走了，老爷子纳闷，就问大爷，好不秧的请什么客呢，你说怪不怪？大爷说，东家来了，恭敬恭敬是应该的。恭敬还在其次，你在外面知道得多，借恭敬的由子，打听打听榆树沟的情况倒是真的，现在人心惶惶的，家家都在议论这个事。

老爷子说，就差丁小店没来了，怕我吃他一碗苞米楂子，吃穷他了。

大爷说丁小店可不比以前了，以前勾嘎不舍，一张煎饼、半个饼子也不肯送人，抠搜，小惦，小家子气，现在儿子当了特务队长，他鼻子朝天了，咋会请你，还等着你请他呢。

第二天，山里的雾还没散，草木上的露水还很重，我们就看地去了。每次到太平川，老爷子都要看一遍地，就像开大车店，每天把屋里屋外检视一遍一样。

咱家这100多垧地，在购置的那部分当中，有一个大份是老关家的50垧。这50垧在太平川的腰窝，是太平川最肥的地块，挖下三尺还是黑油油的土，抓一把松松软软的，50垧一大片，平平整整的，地垄打得倍儿直，垄沟里一块石头也找不到。

老爷子说这地板才叫家产，世世代代吃不光，用不尽。

这老关家是太平川的老户，垦得早，自然占最好的地，有了地有了钱，后来在外地做买卖发了财，搬到了哈尔滨。他家的少爷是独子，抽上了大烟，后来回来卖了地。

咱家给的钱不少，50垧地花了4000大洋。那个大烟鬼拿到钱还是大哭一场，这么好的地卖得心疼，败家作孽，卖了地比挖了祖坟还难受。

买下这块地，原来的佃户都没变，老爷子不只顺从佃户，还为关大少惋惜，这么好的地，花钱买都不忍心。关大少要是又发了财，要买回这块地，他就不加一文地还回去。可是关大少哪有那个志气，哪有那份能耐，4000大洋，除了还债，抽大烟，逛窑子，不到半年造得溜光。后来听说关少爷冻死在秋林公司门口，蜷蜷着，只剩一把骨头，不如一条狗。

咱家开的地在山脚跟，山脚地也肥。地块不是很平整，可千年万年腐叶积成的土特有劲，种人参都行。开地的时候，老爷子20多岁，正当年，烧荒，伐树，翻地，打垄，天不亮就起来，一直干到月亮上了天。你奶奶刚过门，她是旗人，天足，和男人一起开荒，能干着呢，烟熏火燎，脸弄得黢黑，只有一口牙和眼白是白的。邻里乡亲谁见了都夸，说刘家日子准会火起来。老爷子现在还记得，哪块地，当年伐的什么树，树有多粗，伐了多少，来一次讲一遍，不知讲了多少遍。

咱家的地，庄稼长得都不赖，玉米、大豆、谷子，苗壮劲不输给哪一家。

老爷子也有担心的，就是丁小店租的3垧地，年年不上粪，庄稼锈不搭的。那块地和丁小店的地挨着，丁小店缠着要租，说是侍候方便，可他租了又像有仇似的，年年只下种不上粪，再好的地也给踢蹬了。老爷子以前和丁小店说过，丁小店也许愿来年好好上粪，说归说，丁小店还是一筐粪不施。

我们走到那块地，果然，丁小店地里的庄稼和咱家地里的庄稼青黄分明，高矮差一截子。

老爷子气不打一处来，说要找丁小店理论理论，不种就收回来，别这么把地毁了。

大爷说，光昭，我不是说你，丁小店你还不知道，一个马粪蛋都是好东西，哪能舍得撒到咱地里，你以前和他说过了，他不听，现在他儿子是特务队长，更不听你的了，弄僵了咱要吃亏。

老爷子更生气了，丁小店不是租地，是熊人，你说是不是熊人，说说还不行啊。

到了自家地，本来是得意的事，反倒生了一肚子气，爷仨耷拉着头回到了屯子。

傍晚，赵宝生过来请了。

他家的院子利利索索的，牲口棚、磨房、苞米楼子、猪圈，有模有样的，牛车、犁杖、碌子贴着院墙整齐地放着，锄、镐、耙、镰在房檐下挂了一排，烟囱脖子上的鸡窝编得周周正正的，就连烧柴也是码得齐刷刷的。日子过得糟心，可还有过日子的老样子。

赵家嫂子从屋里迎出来，用围裙擦着两只手，眼睛和嘴角弯了起来，笑眯眯地挨个问候："叔叔好，叔叔好，少爷好。"两个孩子拉着手也出来了，见了我们又好奇又怕生，只瞅着不说话。老爷子有准备，给每个孩子五角大洋，孩子想接又不敢接，嫂子教他们："双手接，谢谢爷爷。"老爷子呵呵乐起来，用手捏捏孩子的圆脸蛋。

他家是三间房，对面屋，我们进了西屋，小炕桌摆在炕中间，几碟小菜摆上了，烫好的酒也摆上了。

礼让一番，老爷子坐在首座，大爷和宝生两边陪着，我在末座，挨着大爷，嫂子在屋地站着伺候，两个孩子给撵到了东屋。

菜端上来了，一盆豆角、茄子、土豆一锅出，有黄有绿，炖得稀烂，冒着热气；一小盆鸡肉，干乎乎的鸡块，堆成尖儿，一股扑鼻的香气；一盘切开的咸鸭蛋；一盘黄瓜丝凉菜。

嫂子低着头，搓着手说："老东家，刘叔，真不好意思，没啥好吃的。"

老爷子也真动气了："我们随便来瞧瞧，杀鸡干吗？"

嫂子见老爷子铁青的脸，不敢回话，宝生赶紧说："这只鸡不下蛋，早就该杀了，俺没把您老当客人，老爷子别生气。"

沉默了一会儿，端起酒盅，唠起嗑儿来，气氛和缓了。

扯一阵闲篇儿，宝生端起酒盅说："老东家，这两年'出荷'重，催得紧，欠了你的地租，多亏您高抬贵手，让俺家过活。你知道我不担酒，我干了这杯谢你。"一杯酒倒下，宝生的脖子根红了。

老爷子说："我知道，你实在没法子，不怪你。"

"可是，今年呢，今年交齐租子，这话我不敢说，明年呢，还不是一个屌样，也许更孬，总欠着也不是曲子，老东家，您要把地收回去，我啥说没有。"

"我不是说了吗，不怪你，你别多想。"

"我不是偷懒的人，辛辛苦苦，就是活不下去，妈了个巴子。"

"我正要跟你说呢，今年我的老房子要修一修，房顶插草、抹墙、掏炕、补院墙，活不少，割地前帮我整整，地租能交多少交多少，欠着的用工抵。"

"那当然好。可是邻里乡亲谁家盖房修房不是互相帮忙啊，用租子顶，更让人不好意思。"

"也别不好意思，就算小日本给我修房吧。"

宝生听了，乐了，又急着问榆树沟的事："听说鬼子推大沟，见人就杀，榆树沟死了1000多人，呼兰河都红了；听说鬼子杀人取乐，没有一点儿人性；听说榆树沟房子全给烧了……"

老爷子说："榆树沟有几家和我家杂货铺有往来，处得很好，推大沟之后，我们去看了一下，实在太惨了，你想不出怎么个惨法，小鬼子干得太绝了，你听说的，全是真的，那里的情况比你听说的还要惨。我们要看的几家都没碰到，碰到的两家，我们只是收收尸，埋了埋。鬼子挨家杀，有的杀全家，一个不剩，有的把成年男人杀了，只剩下妇女孩子，房子是到一家烧一家，全烧光了，剩下不多的人，没有劳动能力，怎么活下去，只好四处投奔亲戚去了。集中杀人的地场，一处杀二三百口，鬼子为了省子弹，大部分是用刺刀捅死的，血哪能少流，我们看到的呼兰河通红的，冒着沫子。死尸太多，榆树沟熏臭了，听说现在有了瘟疫。鬼子用刺刀剖开孕妇肚子，把孩子挑在刺刀上玩耍，一边作恶，一边哈哈笑，那事确实有，是哪家的媳妇，哪家的孩子，从榆树沟逃出的人说得一清二楚。你没听说，鬼子从活人胸口剜心，炒着吃，说是大补，治病；你没听说，鬼子割下人头，煮着吃，当成美味，像吃叫花鸡那种吃法。这类事太多了，鬼子不是人，不够人。"

宝生听得目瞪口呆，他问："鬼子推大沟，能到太平川来吗？"

老爷子说："这事我哪知道，太平川有个宝贝丁耙子，当了特务队长，你问他好了。"

宝生笑着说："可也是。"

老爷子反问："鬼子推大沟，到了太平川，你们怎么办？"

宝生说："我们天天琢磨这个事，也没什么好办法。鬼子推大沟，撞见了没个好，躲又躲不了。太平川偏僻，可榆树沟也够偏僻的了，鬼子照样去。别说没处躲，就是有处躲，我们祖祖辈辈在这儿，这儿是我们的根，这儿是我们的家，凭啥躲呀？没办法，在家里等着，反正是一死，鬼子真来了，不能让他便宜了。"

老爷子说："看不出来，赵家的人不糠。"

宝生说："不只是我家，这些天屯子里为榆树沟的事慌慌着，都在做准备，斧子、铁叉、扎枪、猎枪，家家暗地里预备好了，小日本来了，就拼命吧。"

席间，我看老爷子只吃一锅出和黄瓜凉菜，炖鸡和咸鸭蛋碰都不碰。宝生一再让，老爷子哼哼应承着，还是不碰。我和大爷看在眼里，也只吃一锅出和黄瓜凉菜。

回来后我问老爷子不碰鸡肉和鸭蛋是不是有什么规矩。

老爷子说,咱这地方规矩倒有,可不是这穷规矩。咱这待客的规矩是,要全,八盘八碗,鱼、肉、山珍,摆全了;要鲜,新鲜肉,肉茬有亮光,又嫩又香;要尽,要多吃,多吃显得你实在,多吃是抬举主人做得好,你吃得多,主人才高兴。今天上哪讲这些规矩去。咱们走了,我想宝生两口子,谁也舍不得吃一口鸡肉,都让给孩子。两个孩子生不逢时,苟劳坏了。

接下来几天,又去了几家,唠的嗑儿差不多,鬼子推大沟太残暴了,鬼子能来太平川吗?来了咋整?结论,也叫不上结论,是个没招的事吧:鬼子来,老百姓挡不住,只好拼了,反正是来杀人放火的,拼死了,不算白死,能活下来就赚着了。

我们要回去了,来了几天丁小店都不露面,老爷子说,咱去看看他。大爷说,你就心疼那块地。老爷子说,咋不心疼,当年一镐一镐刨出来的,上等的地板,踢蹬成这样,种啥长得没劲儿。大爷说,好好跟人说话,犯小人可不中。老爷子叹口气,真懒得跟那个主儿打交道,不去又不成,去了怎么说,这两天一直没琢磨好。

丁小店的故事可多了,老爷子最看不上他那种小里小气的人。

丁小店所有的心眼都用在占小便宜上,哪件事,哪怕是再小的事,不占点便宜他就难受,比别人吃大亏还难受。

哪家做吃的了,都兴往邻居家送一送,人家往他家送是实实惠惠的大盘大碗,他往人家送饺子要挑浅盘子,送酸汤子稀里光汤的,酸条子不到半碗。这么送出去,他才偷偷乐。

磨豆子、磨苞米,不管干磨水磨,他预先瞅好了,有人在前面磨,才端出盆去等着,人家刚磨完,他就抢上去,说不用收拾了,俺家有急事,我接着磨吧。他家磨完了,又不着急了,收拾得那个细呀,一个渣都剩不下,把人家填磨眼的粮食全刮去了。

屯里哪家办事情,齐盆齐碗,他家挑旧的往外借,办完了事情,又挑新的往家拿。

过年互相拜年,因为还礼要略微重一些,他家就抢着先到人家拜年,大过年的，人家还没起来呢，他家就去敲门。

丁小店的哲学是处处留心，处处有便宜。种地也是，自家的地，粪上得足，租来的地，一点不上。他认为往人家地里上粪是白扔，太亏了，上粪多打粮食那笔大账他就不算了。

他的儿子更有出息，赶上办事情吃席，上来一道菜，刚落桌，他就一筷子戳上大半盘子剜到自己碗里，所以人家叫他丁耙子。

等到晚饭后，我们爷仨到了丁小店家。

丁小店家屋里屋外收拾得干干净净，半根杂草都看不见。

两口子故作惊讶："大哥什么时候回来的呀？"以前口口声声叫东家，这会儿改口了。"回来好几天啦！早知道请你来家吃饭，俺家没啥好吃的，请请应该的，你们不挑就行。"这两口子的话听了就不舒服，假客套也显得小气。

我们爷仨一溜坐在炕沿上，他两口子并排坐在对面的炕沿上。老爷子和和气气地说："我去看了，那3垧地不上粪，长势差不少，收成少，你们要吃亏的。"丁小店说："可不是，收成少，去了'出荷'的，就短了你们地租，今年长得这样，免不了还要短的。俺家积的粪少，要不肯定多往你的地里上。"老爷子说："咱们商量商量，你看这样行不行，明年撂荒一年，撂荒一年地力就上来了。"丁小店说："你是嫌我白种你的地吗？不是要收回去吧？"老爷子说："不是那个意思，别人家也有短租子的，我哪家都没动，不信你问问。"丁小店说："撂荒了，'出荷'粮谁出啊，日本人可不好说话。"老爷子说："咱们撂荒是实情，才一年，才3垧，你家大小子那么出息，这点小事让他说说。"丁小店说："这倒是个办法，孩子要说不成呢？"老爷子说："那你想咋种就咋种。"丁小店问老爷子啥时回去，老爷子说明天就走，丁小店说急啥，还没吃俺家饭呢。老爷子笑笑，没答腔就告辞了。

回到家里，大爷说，我看丁小店不想撂荒，也不想给你上粪，还不给你租子，就想这么蹭下去。老爷子说，他就不怕咱把地收回来？我和他商量撂荒一年，像求他似的，只是不想伤和气，总赖下去，免不了要撕破脸皮。大爷说，丁小店现在怕谁呀，儿子那么威风，你没看咱们从他家出来，他只送到房门口，连院门都没到。老爷子说，可不是，他还摆上了，像打发要饭的。丁小店爱占小便宜，为人抠搜，胆子也小，树叶掉下来怕砸到脑袋，做点损事别人一急眼，他就把头缩回去了。世道变了，人变得也快，仗着儿子，丁小店不是他了。

正说着，我表弟大志骑着马来了。他进了屋，大姑父、大哥、大爷挨个问候一遍。我们奇怪他怎么会来了，他笑着说，我爸我妈请你们过去住两天。老爷子说，你们怎么知道我们来了？他说，哪个太平川的人碰到我们都会告诉的，我爸挑你理呢。老爷子说，你爸厉害，专打发人过来，告诉他我明天就去。本打算明天一早回四方街，你若晚来一天，还找不到我们呢。表弟得到信，上马回去了。

东北岔离太平川有30多里，不算远，可挺扛走，差不多3个钟头才到地方。东北岔有二十来户人家，沟谷不宽，沟底有一条清清的小河，翻着白白的浪花，人家都住在山脚下，小河边，一字向上排开。种的地都是小块的山坡地，东一片西一片的。如果过了村子，再往左走，转过山角，有一个大湖，湖里鱼多，湖边的村子叫聂司马，小时候我去过。往右走是三十六峰，山高林密，那边我只听说，从来没去过。

到了沟里舅家，舅舅、舅妈、表弟、弟妹还有孩子都迎到院门口，脸上喜滋滋的。几条狗叫唤两声，听到主人喝斥，就躲到后面，摇起了尾巴。到了屋里，锅里炖着鱼呢，老爷子说，好香。沟里舅说，香也白搭，不请不来。老爷子高声笑起来，仰着脸坐到了炕上。

开饭了，沟里人没多少讲究，桌边几碟咸菜，中间一大盆鱼肉，全家都围坐在一起，孩子偎在奶奶怀里。

几盅酒下肚，聊几句闲话，沟里舅说，你家老二前些天来了。"是吗？"我们爷仨惊异地望着他。"他来不是你请的。"老爷子说。沟里舅笑了："部队在聂司马那边宿营，他晚上过来的。他说，鬼子在榆树沟推大沟的时候，他们离那儿不远，没打，怕鬼子不住手，杀老百姓更多。他叫我们防备着，半夜别睡得太死，家家有个联系，互相报个信，鬼子来了能躲就躲，躲不过就拼，你们家家有枪，枪法又好，不能白死。老二说得有理，把兔子逼急了还要咬人呢，何况东北岔家家是猎户。"舅妈说："老二挺精神的，就是巴巴瘦,啥时能把小日本撵出去呢,他也好下山。二嫂和孩子还好吧?"
我说:"梁子学习不错,在学校表琦照管着。我二婶和我老姨免不了提心
吊胆的。""唉,哪能不惦记呢。"舅妈抹了抹眼角。

我们在东北岔住了两天,我陪表弟打鱼,一天能弄100多斤灰耗子,
吃不了剖开晾起来。灰耗子是聂司马当地的鱼,一条有一二斤沉。

我们要回去了,表弟说:"秋天、冬天来吧,我带你打猎。"老爷子说:"你
们什么时候到四方街呢?怕是请也请不动。"沟里舅咧嘴笑了。

恋恋不舍地告别一家老小,我们上路了。一天的路程呢,到了太平川,
大爷回老房子,我们站站脚又接着走。中午找一处阴凉地,给老马喂上草
料,让它歇歇,我们也吃干粮垫巴垫巴,歇过来接着赶路。太阳快落山的
时候,我们看到了四方街。

进了大车店,院里冷冷清清的,只有两三辆住店的大车,小有子迎过
来,面色显得焦急:"掌柜的可回来了。"

老爷子问:"有什么事吗?"

小有子说:"这几天丁耙子半夜到店里抓人,带到特务队吊打,愣说
旅客是抗联,旅客交了保证金才放出来,弄得人不敢来住店了。"

老爷子听了,愣了一下说:"行了,我知道了。"

小有子又说:"丁耙子还问,掌柜的什么时候回来。"

"没说找我有什么事吗?"

"没有。"

回到家,你妈迎上前,笑着说:"爹回来了,路很远吧,很累吧。"

"还行。"老爷子乏了,钝钝地应承。

吃过晚饭,我打一盆热水端过去,老爷子洗完脚,我出来又换盆水泡
脚,坐了一天车,硬车板把浑身的骨头颠得又酸又疼。我歇了一会儿,到
上屋陪老爷子做功课,见他已经睡着了,不服老不行,看样子比我还累。
我给他盖上被子就退出来了。

丁耙子一搅,店里冷清了,可并没有什么事。我们歇了两三天,感觉
缓过来了。晚上做功课,老爷子有精神了,话也多了。

一天上午,几个警察和特务到大车店来了。很奇怪,他们一般是半夜

来查铺，怎么上午就来了呢？老爷子问他们有什么事，一个特务走到老爷子跟前说："刘掌柜，请跟我们走一趟。"他说话的时候，两个警察一左一右架住了老爷子的胳膊。老爷子见事不好，高声说："凭啥？啥事？""走吧，到警察局就知道了。"特务一挥手，就架着老爷子往外走。

我赶到门口拦住他们："凭什么抓人？"那个特务对我还算客气："大少爷，我们是奉命行事，要问到警察局去问。"

"不讲清，我不让走。"

"你不让开，我们就不客气了。"

正在争执，上来两个警察把我扯到一边，他们蜂拥出去了。

事情来得突然，小有子和其他几个伙计围在我身边，问我怎么办。我问他们老掌柜为啥被抓，他们都说是为钱，每天夜里抓人都是交了钱才放人，那个丁耙子最财迷了。我说，小有子你去打听打听，知道信儿赶紧回来告诉我，其他人该干啥干啥。

中午我回家，告诉你妈老爷子被抓了，你妈哎呀一声，愣了一会儿埋怨我，那你不去想办法，回家来干啥？我说现在不知因为啥，怎么想办法呢？我让小有子打听去了。

小有子出去3个钟头了，还没回来，我着急地在屋里来回走。因为啥呢，是给救国军捐款的事露了吗？是私通抗联他们有什么把柄了吗？咱家每年往木场送的物品不少，送没送给抗联连我都不知道。为了这两样，那就没辙了。是诈钱吗？是为了丁小店租的3垧地吗？为了这两样还有办法可想。

小有子回来了，满脸的泪，哭着跟我说，老爷子被吊起来用皮鞭打呢。你妈捂着嘴呜呜地哭了。我说，怎么审的，问的啥？小有子说，丁耙子说老爷子私通抗联，给抗联送东西，老爷子说没送，他们就打，老爷子死犟，怎么打也不改口。

事情严重了，逼问私通抗联，是敲诈呢，还是有实凭？我叫小有子再去打听，自己急匆匆地去找刘聪。

到了宪兵队，看见刘聪坐在办公室闲着没事，正低头修指甲。他见我进来，吃惊地问，你怎么来了？听了他的话，我放点心。我说我怎么不能来，看看老同学不行啊。刘聪笑着让座，坐，坐，老同学。我在他对面坐下说，你挺清闲哪。他说，每年都这样，冬季上山讨伐后，回来能轻松几个月。这回从榆树沟回来又没事了。我见他的样子，确实不知道老爷子被抓的茬儿，就说："我家老爷子被你们抓起来了。"

"是吗？抓老掌柜了，为啥？"

"我哪知道为啥，这不是来问你吗？"

"我说没事不来嘛，我不知道啊。"

"丁队长抓的。"

"啊，宪兵队大佐吉田刚来，丁队长正积极表现呢，每天很忙。我想没啥大事，你家有亲属在抗联……"

"可是没联系啊，是死是活都不知道，可能早死了呢。"

"私通抗联有证据的，宪兵队直接掌握，直接处理。你家有亲属在那边，丁队长问问是免不了的。"

我说我知道了，我找丁队长去，和刘聪告辞了。

回到大车店，我告诉你妈到县里找你二叔，骑上一匹快马就走了。路上我想，丁耙子肯定没证据，刘聪明里暗里点明了，真帮忙。又想，老爷子是不是真的私通抗联，杂货铺每年往木场成批送棉服，我就划魂儿。想到这里出了一身冷汗。希望老爷子帮抗联，做点硬成事，又希望没这档事，不留把柄，不惹麻烦，不知左右怎么好。又想老爷子能不能挺过严刑拷打呢，老爷子最有刚条的，这谁都知道，可毕竟上了年纪。他吃苦遭大罪，他说什么我都不会埋怨，他是我爹啊。正在胡思乱想，忽然往外一悠，差点掉下马来，我定神一看是飞马在转弯。

到了学校，教研室的老师说刘老师在上课，没等他下课，我直接到教室去找，表琦见我来了，停下课吃惊地问我什么事？我说老爹被丁耙子抓起来了，正在吊打。

"因为啥？"

"私通抗联。"

"啊，哥，你先回去，上完课我就回家，咱们商量办法。"

"好。告诉二婶不？"

"先别告诉，她知道了只能干着急。"

我从县里回来的时候，天擦黑了，小有子、你妈、老姨一起在大车店门外等着我。

进了账房，小有子说："打听到了。"

"你说。"

"老掌柜被打惨了，他是条硬汉，真有刚条。"

"是嘛，你坐下来慢慢说。"

老掌柜被带到警察局后，是丁耙子领头审的。丁耙子连声大爷都不叫，板着脸问，知道因为啥抓你不？老爷子说，我还要问你呢。

"老实点，别装糊涂。"

"我一辈子没干一件坏事，不信你回去问问你爹。"

"有人说你私通抗联，往山上送东西。"

"有证据吗？抓住谁了？你空口诬陷，我看着你从小长大，怎么学得这么坏！"

"老刘头，看在认识的份儿上，你说了吧，再嘴硬可要动刑了。"

"说什么呀，你让我说，我说你爹私通抗联，他能说有那事吗？你家白种我的地，我还有罪啦，你下得了手，你就打。"

僵了一会儿，丁耙子把香烟头往地上一扔："再不说，可要动刑了。"

"没啥好说的。"

"吊起来，打！"

丁耙子说完出屋走了。两个警察把老掌柜的上衣扒下来，把两手吊在房梁上，用皮鞭狠狠抽打，一鞭子下去，老掌柜的光背上就是一道血檩子，打几下问一遍说不说，老掌柜咬牙挺着，一声不吭，打他不吭声，问他也不吭声。

老掌柜的后背给打烂了，丁耙子进来说："还是说了吧，遭这个罪干啥？"老掌柜说："我明白了，我是得说，告诉你爹，那3坰地不用撂荒了，想要就给你们家了，把我弄死了，不也就那点事吗？"丁耙子笑了："好，我以为你不会说话了呢。抗联的事还没完，歇歇再审。"

小有子顿了一下说："少当家的，赶紧想办法吧，不然老掌柜非给活活打死不可。"

你姨奶、你妈听了不停地哭。我说你们回家等我，我到钱庄取钱，她俩点点头。

晚上，表琦回来了，他借了辆自行车，蹬得满头大汗。

我们和他一起吃饭，一边吃，一边把小有子说的情况和刘聪讲的话告诉了他。

表琦问我的打算，我说，丁耙子说老爷子私通抗联，现在看来他没有证据，折腾老爷子是为了钱，为了丁小店租咱家的地，还为了在新来的吉田面前显积极。他为钱还好办，咱就送钱。

表琦说，哥哥说得对。

老姨说，那咱家不成了摇钱树了，借着你二叔和慧颖在山上，想要钱就来抓一次人。

表琦说，是这么回事，可眼下救人要紧，老爷子年岁大了，别给打死了。哥，钱准备了吗？

"下午从钱庄取回来了。"

"打算送多少？"

"200元，我反复掂量了，200不算少，也就咱家拿这个数，一般被丁耙子敲诈的都拿20、30，顶多拿50。再一个200能买3垧地，摆明咱们不想为租地闹叽咯。"

"我看行。"

老姨也点头同意。

我说："那咱们分两路，我上丁耙子家送钱，表琦和你嫂子到警察局看老爷子，打点打点看守。老姨看家，你是抗属，你别露面。"

我到了丁耙子家门口，屋里点着汽灯，窗口通亮。我敲门，屋里娇滴滴的声音问："谁呀？"我知道她是县师范的校花，硬让丁耙子划拉来了，当了太太，整天只干一件事，就是打扮自己。

她听了我的回话，打开门，身上一股香气呛鼻子，我随她进了里屋，丁耙子欠了欠身，让我坐下。

我说："小时，在太平川咱们就在一起。我念书出来得早，回来一看，数你最有出息，在四方街是顶吃得开的人物了。"

丁耙子不屑跟我闲扯，听了我的奉承又感受用，勉强咧了咧嘴："哪里，哪里，还是刘家书念得好，有人才。"

"书念得好顶屁用，我在省里没混明白，回来在大车店管账，老二在北京念的大学，回来当个孩子王。跟你不能比，还请你多关照。"

"是为老爷子的事吧？"

"当然。"

"涉及抗联，不好办。"

"我二叔在抗联不假，可你知道他是职业军人，以前是民国正规军的，部队要抗日他有什么法子。我保证我家跟他、跟抗联没有一点儿联系，我二叔现在是死是活都不知道。我家老爷子要是给抗联送东西，事情犯到那里了，该杀就杀，我绝不来麻烦你。"

"你家还有在抗联的吧。"

"你是说慧颖，他是东北岔老齐家的外甥，他爸是哈尔滨人，他是和我家沾点亲，和你家也沾亲啊，你回去问问你爹。不能沾了点亲，就说人家通匪吧，我说你通匪，你答应吗？"

"通不通匪，你也别说那么死，要是老爷子供了呢？"

"老爷子供了我没二话，只当我没来。"

我又说："老爷子在你手里，还请关照，前几天我们爷俩还到太平川你爹家呢，那3垧地撂荒不撂荒不要紧，给你家也行，你们可别生气。这是一点意思，别驳我的面子。"说着我把一张银票放在桌子上。

"钱我不能收，哪能收钱呢。"

"你不收咱可处绝了，咱们几辈子的交情，怎能处绝了呢？你可能还有用得着我的地方，我在省里有几个过去的同事，干得大红大紫的，别看我不争气，你需要帮忙我可以效劳。"

"大哥真是好人，这事叫人不好意思。"

从丁耙子家回来，只有老姨一人在家，她问怎么样，我说送去了。我问他俩咋还没回来。老姨说，去的时间够长的了，是不是又出了什么事。我安慰老姨两句，又赶到警察局。原来，你二叔和你妈到警察局时，老爷子一直昏着。特务刚给老爷子灌辣椒水，拿个铁撬棍撬开牙，往嘴里硬灌，把肚子灌得老高，再用皮鞋往上一踩，辣椒水从嘴里穿箭子似的喷出来，老爷子顿时昏了过去。

我到时，老爷子在看守所刚刚醒过来。你妈的两眼哭红了。你二叔扶着老爷子，你妈喂饭，老爷子强撑着吃了两口，就仰头躺下了。我们围着老爷子坐着，看守躲到院门口了，我知道打点完了。我们在老爷子身边又守了一阵就回家了。

到家已经后半夜了，我们没让老姨回家，她和你妈住在我的屋里，我住在你二叔的屋里。

吹灯了，我那屋传来一阵阵的哭声，她娘俩在讲老爷子遭的罪。

我和你二叔讲了到丁耙子家的过程。他说："你提在上面有熟人对头，那个小爬虫在意这个，也告诉他别做得太绝，别没边。收了钱，该放人了。"

"如果他明天放人了，哪天高兴，可能又来抓人，尝到甜头不松口，像老姨讲的，我家成了他的摇钱树了。这个头开得不好，接着把老姨、二婶抓去咋办？她们哪能受得了那个罪。"

"真是个事。"

"还有，我们遭点罪花点钱不要紧，就算支持抗联了，老爷子如果真的私通抗联，让他们抓住把柄就坏了，送钱也不顶事了。"

"那你看老爷子是不是通抗联呢？"

"我也吃不准。丁耙子把老爷子抓起来，我就反复想，老爷子冤不冤，通抗联送物资怎么办？这回丁耙子没证据，勒我们的钱，以后盯着我们要立功，我们咋办？老爷子是不是通抗联，我拿不准，可觉得每年秋天往木场拉棉服数量多，我看木把也没都穿送去的棉服。"

"你看得挺细呢，别想那么多。"

"老爷子不跟我交底，是为我好，我知道。可丁耙子盯得紧，我得想办法防啊。"

"哥，知道为你好就行，咱家可就靠你。明天我还有事，睡吧。"

我醒来的时候，表琦不见了，把门的伙计说，天不亮他就骑马出去了。

我和你妈给老爷子送饭，老爷子不善，忍着疼喝碗稀饭，吃点咸菜。

看守说："老爷子一宿没睡，一直哼哼。"老爷子看着我，想说什么，又没有力气。

我到办公室找到丁耙子，丁耙子见昨晚灌辣椒水也没得到口供，叫特务把老爷子放了。我说："谢谢丁队长。"他说："刘哥，谁让咱们是从小一起长大的呢。"

我回到看守所，小有子也来了，他要回去套车，我说你扶起老爷子，我来背。小有子说，我来背。我挡住他，背起了老爷子。走到街上，人们围过来看，哄哄地议论着："哎哟，不是刘掌柜吗？给打成这样，认不出来了，肉给打烂了，太狠了……"老爷子挺沉，背到家我的衣服湿透了。

你姨奶和你妈扶老爷子上炕，再扶他躺下，老爷子闭着眼皱着眉摇头，嘴里冒着含混的话，大家怔一下，我忽然明白了："爹背后有伤，疼。"你妈从炕琴拽出两条厚被，对折铺在炕上，用手压压，觉得够软，又扶老爷子趴在上面。

你姨奶和你妈打温水，用毛巾给老爷子擦脸。擦完脸，要换衬衫，可衬衫牢牢地贴在后背，硬得像一块板子，上面透着一大片血迹。她俩又换一盆温水，小心地、轻轻地用湿毛巾慢慢浸衬衫上的血块，浸软了，血板化成水了，再屏着呼吸一点一点地往下揭。她俩含着泪水换温水，投毛巾，浸血块，揭衬衫。碰到疼的地方，老爷子也不吱声，可后背一颤动，她俩就激灵一下，泪水止不住掉下来。

屋里静悄悄的，只有她俩轻轻的抽搭声，大车店所有的伙计都来了，和我、小有子一起站在屋地盯盯地瞅她俩忙乎。

衬衫终于揭开了，她俩"啊"的一声，捂住了眼睛。老爷子后背的肉翻翻着，血肉一片，给打烂了。

你妈捂住眼睛坐在了炕上，你姨奶像疯了似的跳下炕，冲到外屋拿起了菜刀，口里喊着："丁耙子，你个狗汉奸！我×你妈！你太狠了！不是人！我宰了你！"我死死地抱住她，小有子夺下了菜刀。她还拼命往外挣，散乱的头发遮住了脸，大家过来把老姨围在中间，我不停地说："老姨，老姨，别闹。你再搭上去，老爷子还活不活了。"

老姨渐渐平静了，放开嗓子哭喊："姐夫啊，你可遭大罪了。"

老姨素来稳当沉静，说话办事不走板，虽听说她厉害，这回才头一次知道性子这么烈。

晚上，表琦回来了，他看了老爹的伤势，对我说，治外伤还是到县里请西医吧。我说好。他骑上马，又牵了一匹，找医生去了。

医生当夜来了，表琦陪着，手里拿一瓶碘酒，说是学校自制的。医生和表琦很要好，检查完他说，他都没有见过打得这么狠的，是不是打一鞭子能得多少钱啊，还好骨头没折。医生上药、包扎，处置完说，三天换一次药，到时他再来，老爷子硬实，十天半个月，顶多20多天就好了，别愁。

老爷子睡得多，只能趴着睡，睡得也累。过两天，吃得多一点了，"能吃一碗小米粥和鸡蛋了"，你妈喜滋滋地告诉我。老爷子渐渐长精神了，趴着累了，见他能坐起来，全家心上洒满阳光。老爷子的伤口有点干巴了，抽紧了，你妈说，等老爹好了，我把揭下的嘎巴留着，记着丁耙子这笔账。

没承想，就在那两天，四方街的人说，丁耙子被人刺杀了。丁耙子死在家里，是半夜行刺，飞镖正中丁耙子胸口，镖柄上刻着"三江好"。丁耙子的老婆被绑在椅子上，给吓疯了，只会直着眼睛乱说乱走。一枝漂亮花，没过两天好日子就摧折了。到底是谁干的呢？四方街的人在划魂儿，镖上不是刻着"三江好"吗？可事情发生在老爷子因"私通抗联"的罪名被拷打不久；说抗联干的，镖上明明刻着"三江好"。

我把这件事告诉老爷子，老爷子咧嘴轻轻笑了笑，他说："小丁耙子，只知作孽，想不到有这个下场。"老爷子对老姨说，前两天你拿菜刀要杀丁耙子，如果到了警察局，就白送小命了。老姨说，我最恨汉奸了，还说呢，不是你们拦着，我早就亲手把他宰了。老爷子笑着说，你先杀两只鸡练练再去吧。

给丁耙子送葬的，只有警察特务一干人员，四方街的老百姓没人去，太平川也只是丁小店自己家的人来了。有的特务问居民，我们队长死了，咋不朝面？人家说，哪敢呢，这年头要去了，半夜给我来一镖咋整。

后来，老房子的大爷捎信说，丁小店说了，今年扒炕的灰土都上到租咱家的地上，明年再多上粪，现在就攒着呢。老爷子说："他咋不说硬抢了一块地呢。"

第五章

襄灾

　　老爷子的伤太重了，整个后背全是伤，伤口很深。大夫隔三天来换一次药，告诫要多晒阳光，屋里要通风。青瘀的部位渐渐退色了，伤口起痂了，发痒了，大夫说，千万不能挠，挠破了就长不好了。把他手够得着的地方，用纱带包起来。翻翻肉的地方，将来痂掉了，也会落下疤。

　　我说，爹呀，将来好利索了，你的背也像烂泥塘似的。

　　老爷子说，那好哇，有了抓手，背小孙子掉不下来。

　　皮肉之伤一天天见好了，灌辣椒水的创伤很顽固，老爷子嗓子沙哑了，说话费劲，说不清楚，咳嗽，连着咳，震得腔子疼，眼泪都憋出来了，还流清鼻涕，不自觉地流，止不住。

　　我问来上药的西医大夫，能不能治。他说，那是破坏性的硬伤，只能开点消炎药，要靠老人家慢慢养。我又请教中医，先生说，中医是讲祖方的，灌辣椒水是日本人的法子，咱们哪里见得过，老爷子的病症，既不是火，又不是寒，是活剌啦硬给踢蹬的，上哪儿去找对症良药。

　　老爷子的精神头还好，见了来人眼里有光，说不清话，就附带着点头、摇头、微笑、撇嘴。

　　丁耙子被刺杀是个大新闻，连带老爷子被打也让人议论。人们说，丁耙子搂钱太狠，跟谁都不开面，手段太毒，挨他打的数不过来，被打死的也有，他死了活该。连刘会长也打，刘会长和三江好是拜把子兄弟，三江好能饶了他吗？刘掌柜是抗属，是抗联把丁耙子收拾了。刘掌柜给抗联送东西，车队好长，我都见过，刘会长受丁耙子欺负，能不干掉他吗？敢打刘会长，看他家有钱，管虎要皮。

这些议论，咱家听了心惊肉跳的。说的人只顾嘴上痛快，把往木场运东西，说成是送给抗联，谁担待得起啊。

这一议论，远近都知道老爷子挨打了。老乡邻隔老远地来看老爷子，亲戚更不用说，都来看望了。

二婶来了，她想伺候伺候老爷子，可梁子念书离不开她照顾，看了老爷子的伤情抹了不少眼泪，又回去了。

木场舅赶来了，来得真快，不知怎么得到的消息。他宽慰老爷子，没伤到骨头，没有要命的症就好。他住了一晚，第二天骑着马回去了，木场离不开他。

沟里舅来了，他反反复复地说，到我家时还好好的，几天不见给打成这样。又说，你年轻时是条硬汉，到老了也还行。

倒木沟的姑姑也来了，见了老哥哥的伤势大叫起来，伤得这么重，都不敢看，赶上榆树沟的于四了，他被鬼子捅了6刀，半夜从死人堆里爬出来，浑身像个血葫芦，大哥后背哪有一块好地方，当时也是个血葫芦吧。

想不到刘聪也来了，我拉着他的手，轻声问你怎么来了？他说看看令堂大人嘛。我见屋里人多，他跟老爷子不熟，等他问候两句就领到我的屋里去了。

我问，吃人头的西村走了，新来的怎么样？

他说，西村到了关内野战部队，在军营里没有机会吃人头了。新来的吉田，50多岁了，因为年龄大从前线撤下来了。这个人比西村斯文一点，可长得拿不出手。西村不管怎样，脑袋是圆的，五官安排不太咧歪。吉田长个蝙蝠脸，胡须少，瘪目瞎眼的。严格讲，长到这种程度，不宜出国，不宜担任公职。

我俩笑了一阵，我又问谁接任特务队长。

刘聪说是马球子。

我说我认识，没打过交道，听说人挺滑。刘聪说马球子让我捎话呢，说他不方便来，让我代他问候老爷子。

我说："奇怪，怎么让你捎信。"

"他知道咱们是同学。"

"和他又没什么来往，问候什么呀。"

"他又滑又圆，不想跟谁结怨，说以前的翻过去了，以后少不了打交道。"

"丁耙子只知道胡勒硬搂，还是马球子心眼多。"

我又问刘聪："怎么不成个家？"

"开玩笑，成什么家呀。丁耙子看到了吧，他没得好死，他老婆立时疯了。多好的一个人，模样、性格、文化样样好，师范学校的校花，在县里是拔尖人物，彻底毁了，说是肚里怀着孩子，疯疯癫癫的，恐怕要流产。她婆家在沟里，她从小娇生惯养的，能去吗？只好回县城娘家。当初订婚时娘家就不同意，半拉眼没看上不学无术、咋咋唬唬的丁耙子，现在不得不接纳闺女，当爹当娘的什么时候都心疼自己身上掉下的肉，哥哥、弟弟，还有一帮媳妇就没好脸了。昨天还像个天仙似的，今天变成狗屎了。我们是把脑袋掖在裤腰上的人，晚上不做好梦，料不到什么时候有个好歹，哪有心思成家呀，成家也是把人家姑娘往火坑里拽。"

"你说得过于严重了。你是刘家的独子，你不上心，令堂大人要急着催吧。我们刘聪人帅、聪明，位居要津，正是风华之年，提亲的肯定少不了了。"

"那还用说，我一回家满眼见的、满耳灌的全是这档事。地方的人眼光浅，说媒的和姑娘家以为嫁给我等是什么好事呢，飞蛾扑火、自投罗网、水中捞月、白日做梦，这些挖苦人的词送给他们全合适。所以我很少回家，宪兵队这个地方，我爹我娘也不能随便来，着急就让他们着急去吧。我看还是你好，躲开政治，藏在家里，守份家产足矣。"

"我是在省里没混明白，不得已回来的，顶没志气，没出息了。你家财产不小，你看我这样好，怎么不回家接手呢？"

"老爹不让，算计我在宪兵队，他借光更好，真是糊涂透顶。我在日本留过学，这样的人很难找，当上翻译，再要洗手不干，根本没门。像丁耙子落个横死算是便宜的，以后如果日本人败了，那才叫惨呢。"

"侵华战争怎么样，现在还不好说。"

"我有几个要好的日本人，留学时的同学，他们私下讲，日本必败，很悲观，说日本在战略上是错误的。到那时我爹我妈瞧好吧。要给我娶媳妇，这套张罗和日本战略一样，都错误的。"

"你可真能扯。"

"不说那个战略结局，就是眼下伺候日本的滋味……哼，谁伺候，谁知道，稍有自尊心，就有难言的痛苦。"

我和刘聪来往并不多，在中学时他学习成绩不错，我是知道的，后来出去留学见不着了。现在回来当翻译，我在心里瞧不起他，可为了老爷子挨打的事，为了二婶、老姨两家抗属不受欺负，还得找他帮忙。

想不到他会来看老爷子，说了这么一大堆话。他是因为我们家有抗联的人说的呢，还是因为丁耙子的死好像和我家有点儿联系跟我说的呢？我搞不清楚。不过他说得实在，是他的心里话。知识分子的不同之处，是要把是非成败弄个清楚。这与丁耙子、吃人头的西村、杀人作乐的武士道的差别太大了。他们长着一颗猪脑袋，张牙舞爪，不可一世，将来会有什么下场根本不管。

不管怎么说，刘聪这次来了以后，我们走得近了。他呢，话都说出来了，没法收回去，我也就只有赞许的份儿，何况还是真心赞许呢。

丁耙子一死，大车店消停多了。他死之前专在半夜三更闯大车店，领着日本宪兵和汉奸特务，端着刺刀把长炕上人都撮弄起来，用强光手电筒挨个往脸上照。旅客出门在外，本来就疲乏，睡得正香给折腾起来，糊里糊涂慢了一点儿就挨巴掌、枪托和臭骂。丁耙子嚷嚷检查证件，人家拿出来，他又不大瞅，专盯着人看，估摸有油水，不由分说就强行带走。旅客到警察局挨了鞭子，交了保证金，又央求又感谢才放行。检查女间，更是百般刁难，弄得吱哇乱叫。

马球子就不一样了，检查证件不吓唬人，证件有疑问的他容你解释，他不诈钱，检查女客也有个人样。这样小有子和几个伙计就夸马球子，说马球子是好人，说丁耙子早该死了。

吉田在四方街露面了，走到哪儿，人们都远远地躲开了，躲得很快，生怕来不及。人们都知道，日本军官举洋刀很吓人，不把杀人当回事，日本军官跟人说话，或者笑一声更吓人，都以为要吃人头。吉田挎着洋刀，挺着脖子，翘着鼻子，一副日本军官做派，自然比瘟神还让人惧怕。

大车店的人气上来了，旅客在饭堂、在长炕上的议论又多了起来。他们交头接耳说着来自四面八方的消息。有的说老爷岭的汽车给炸翻了，有的说哪个地方的警察所给端了，有的说在寒葱沟鬼子的车队给劫了，类似的消息天天听得到。每天和老爷子做功课的时候，我讲的都是这些事情。

老爷子的鞭伤愈见好了，大夫说不用换药了，伤口上的硬痂结得很厚，再过些日子，自然脱落了就算好了。

老爷子受欺负，咱家一直窝着火，讲这些事情痛快痛快，能安神祛火。

有一天，我跟老爷子说，我给你讲一个红衣白马双枪女杰的事吧。老爷子"嗯"了一声。我见他眯起眼睛在注意听，就说开了。

在黑龙江，有一块红地盘，鬼子给赶跑了，也没有汉奸横行霸道，男人扛枪上阵打鬼子，妇女孩子在家种地放哨，老百姓不用交"出荷"粮，日子过得可好了。鬼子把这块红地盘看作眼中钉、肉中刺，不断派兵攻打。

一天，我们的王团长率队跟鬼子接上了火，那仗打得苦，从早打到晚，鬼子越打越多，把我们包围了。王团长见子弹快打没了，撤又撤不出来，跟战士说："我们一定要战斗到底，敌人再上来，子弹打光了，就拼刺刀。"

正在这危急时刻，忽然敌人背后枪声大作，一个红氅女杰骑着一匹白马，在敌阵左冲右突，手使双枪，弹无虚发，鬼子纷纷应声倒下，这般神兵打个敌人猝不及防。那白马闪电般来到王团长面前，王团长定睛一看，惊喜地叫道："瘦李！瘦李！"鬼子以为碰见了天兵天将，慌忙撤了。

据说，那瘦李在外有个名字叫赵一曼，进过军事院校，打仗在行，人长得清秀漂亮，写一手好字，口才也好，是个人才。

老爷子说，这么讲来，你说的不是瞎话，而是确有其人。

我说，当然，我是按报纸的消息讲的，没添枝加叶，有夸张的成分也是报纸编的，与我无干。

老爷子说，了不起，老百姓盼着神兵天将下来，你说的女豪杰果然来了。

又有一天，吃过晚饭，我照常看看书报，之后到上屋陪老爷子做功课。

我说，爹，我给你讲一个红衣白马双枪女杰的事吧。

老爷子说，看你，年轻轻的，比我老头子还糊涂，不是讲过了吗，怎么还讲，莫非又有一个？

我说，还是老爷子厉害，真的另有一个。昨天讲的瘦李离咱们远点，今天讲的这个人就在四方街这一带，我二叔还肯定认识。

老爷子说稀奇，你给我好好讲讲。

我说，李杜、王德林撤出东北之后，也就过了一年半载，在牡丹江、寒葱沟、长白山这一带出了个白马双枪女杰。她快捷如流星，出没如游龙，双枪一举，电闪雷鸣，所到之处，鬼子立刻遭殃。炸火车、劫车队、袭军营，哪里有战事，哪里有红衣白马双枪女杰的身影。鬼子听到她的名，见到她的影，立刻吓破了胆，吓丢了魂。鬼子自然不甘心，派重兵非要抓住她不可。

也是冤家路窄，一天，鬼子大部队和白马女杰的人马遭遇了，鬼子有300多人，白马女杰只有百十人。他们被包围在一个村子里。

鬼子军官狞笑了："白马女匪插翅难逃，伸手抓来太容易了。"

敌人的子弹像下雨似的往村里射，包围圈越缩越小，白马女杰说："弟兄们，不要怕，你们坚守岗位，沉着射击，祁老五就在旁边，我去去就回。"只见说时迟那时快，白马一声长鸣，一道闪电就出去了。不多时，引来祁老五的2000人马，给鬼子来个反包围。鬼子刚才还在做活捉白马女杰的美梦，不承想被"包饺子"了。

这个白马女杰是抗日救国军副司令孔宪荣的夫人，人称孔夫人。王德林、孔宪荣、吴义成、姚振山、祁永全是拜把子五兄弟。嗡声碴子事件后，王德林高举义旗，孔吴姚祁是旗下的四大金刚。王德林、孔宪荣撤走后，吴义成代司令，孔夫人也披挂上阵，他们收拢旧部继续抗日。孔夫人有勇有谋，骑射娴熟，手持二十响匣枪，百步穿杨，敌人闻风丧胆，见过她的各路好汉没有不佩服的。

我说，我说的只算个引子，孔夫人究竟如何，您老人家可问我二叔。

老爷子眯起眼微笑着点点头。

这一时期，也就是李杜撤退后两年左右，抗日斗争风起云涌，又掀起了高潮。抗日武装拉起了10路军，有30万人。遍地烽火，斗争日趋激烈。敌人也在增加，四方街起初只有四五个日本兵，后来增加到10多个，又增加到20多个，现在有了四五十个，看样子还要增加。这些日本兵，是中国人心上的石头，老百姓不拿正眼瞅他们，可日本兵越来越多。

入冬以后，咱家照例把工具、粮草、棉服运到木场，自己家的车不够用，还要雇两辆，送一趟要四五天，小有子押车，他当成美差。木场又忙活伐木了。伐木了，老爷子就上木场了，每年都要待上一两个月。我们劝他，岁数大了别去了，你一个人上山，家里的人都跟着担心。老爷子说，山上事多，不去哪行。我去也就是看看，想干也干不动了。

鬼子、汉奸又进山"讨伐"去了。鬼子、汉奸傍过年时下来，走的时候整整齐齐，耀武扬威的，回来时垂头丧气的，有用绷带包扎的，有冻伤的，有躺在担架上的，还有胸前挎着骨灰盒的。

敌人有伤亡，我们想，抗联也免不了损失。冰天雪地中战斗是极端严酷的。黑瞎子还要躲到树仓里过冬，战士在露天里怎么熬呢，没有吃，没有穿，还要战斗。很久没有二叔和慧颖的信了，没信就是没事，老爷子和我都这样暗暗安慰自己。可毕竟没信，担忧在慢慢增长。

老爷子和我总想见见二婶和老姨，她俩也想见我们。见面了又没说的，因为只看对方一眼就知道没信，又装出一副轻松的样子给对方看。二婶、老姨是不是在夜里抹泪呢，我不敢想。

日复一日，家家都在担忧中煎熬，怎么才能缓解呢？

"跳萨满吧。"做功课时，老爷子对我说。

我听了一愣。跳什么萨满呢？跳萨满干什么？

老爷子见我一脸茫然的样子，没再说什么。

我回屋躺下了，总想不明白老爷子为啥要跳萨满。你妈见我反侧不安的样子问道："寻思啥呢？"我说："你家请过萨满吗？"

"从我记事以后没有，以前请没请过不知道。"

"你看过跳萨满吗？"

"听说过，可没看过。"

"你家是旗人，怎么不请萨满呢？"

"请萨满不分旗人汉人的，汉人也请。你家到关东来得晚，不信萨满就不请了，比你家来得晚的更多，自然汉人请得少了。"

"还能说出个其一其二呢，那你说，旗人为啥要请萨满呢？"

"看你，就说为啥要请萨满就得了，偏说旗人为啥要请萨满。"

"我说错了。你说为啥呀？"

"你问我，我也说不好。满族人信奉萨满教，我再不济也是个旗人，先辈讲过的，自己看过、听过的，还有一些，说说看吧。说不好，不许怪我。"

"别卖关子。"

"请萨满有过年请的。过年时请，是为了祈福禳灾，求神保佑全年或今后安康幸福。日子过得顺的，想福上加福要请；日子过得不顺的，想换换运气更要请。这是笼而统之的大理由，过年了，多半图个吉利。过年请萨满的排场大，一般要三天，有的要五天，咚咚咚，从白跳到黑，请的神不重样，上刀山，下火海，难得一见的节目也有。祈福请萨满的费用很大，吃的是套菜，多的一席九十六个菜，一般人家是请不起的。鬼子来了，家家穷，过年请萨满的，听都听不到。以前可不是，在省城大户人家请萨满多着呢，咚咚咚的手鼓声，嘟嘟嘟的腰铃声，老远就听得见。这是一种，还有得病请萨满的，这是不得已的，为了驱邪治病嘛。跳神驱邪，看你信不信了。有的病谁也看不明白，治不了，就认准了请萨满这个法子。我是不信跳神治病的，我们家都不信，可也有跳完了神，病竟然好了的。信不信，各由各的吧。不过好的萨满确实是医道高手，医术是代代传承的，脉把得好，药也地道，自己采，自己配。这样的萨满，你求他只治病，不跳神，也是答应的。跳神治病，碰见巫婆神汉下三滥，装神弄鬼，把病耽搁的，常常听得到，人们不愿说破，心里都有数。还有是为逝者请萨满，祈求逝者在另一世界达愿。人与天的沟通全靠萨满了，丧主的悲伤之痛，祈愿之诚，委托在他的身上。不管你信不信鬼神，办丧事请萨满，尽孝尽善，是不受责备的。当然请萨满还有其他理由。我说了这三桩，不知能不能及格。"

"你的萨满学问做得还可以,看来我这个旗人姑爷不够格,要补课了。"

"你太抬举我了,我只是把我知道的说给你听,浮皮潦草,一知半解的。哎,我还要问你呢,你问萨满的事干什么? 咱家要请吗?"

"爹要请,可我不明白,他为啥要请。"

"这个别问我了,连你都不知道,我上哪儿知道。你说你当姑爷不够格,我看当儿子也不太够格。"

"我正为猜闷犯愁呢,你还有心思说笑。"

"哎,你不会问问老姨。"

老姨听到我问她老爷子为啥要跳萨满,哈哈笑起来,说我是个大孝子,伺候老爷子上心。

我说,孝也是愚孝,弄不明白老爷子的心思。老爷子不信神,我们家连灶王爷都不供,只有清明祭扫,过年拜祖,这个你是知道的,怎么突然想起要跳萨满呢?

老姨说,他不信萨满就对了,哪个神能保佑他不受丁耙子敲诈。你别以为老爷子要跳萨满就是信萨满,我想他要跳萨满的理由很简单,就是看看热闹。他受丁耙子欺负,心里憋屈,鬼子上山"追剿",你二叔和慧颖又一直没有信,心一直悬着,就想排解排解。

我说,老姨说得对,老爷子说过了,我摸不到头脑。再问他,他又不以为然,说是随便说说。本来很简单的事,我偏往复杂了想,越想越摸不到边,害得我昨晚睡不好觉。旗人的萨满赫赫有名的,一定很好看吧。可惜我只听说过,没看过。小时在太平川,听到邻家跳萨满敲鼓、甩铃,心里慌慌着想去看,可我妈看着我,不让小孩儿去,怕丢了魂。

"你看你,真是的,关东生,关东长,身上有一半旗人的血,连跳萨满都没见过。"

"这回能开眼了吧?"

"过去跳萨满,大户人家排场大,有跳三天的,有跳五天的,跳几天节目都不重样,主人摆的席是最好的,多的十二道菜,一道八个菜,一共九十六个菜,谁能尝遍了。难怪你没看过跳萨满,日本人来了,在你头上拉屎,谁还祈什么福,再说,现在这口吃的,怎么请萨满?"

"老姨这么讲，俺家老爷子看跳萨满的念头又没了。"

"也不是不能办。老爷子的伤还没好利索，咱们请萨满就说禳灾治病。只图看热闹嘛，请萨满跳一晚就足够了。吃的吗，不管好孬，想法子凑八个菜，都能谅解的，不是舍不得钱，是拿不出，再说弄多了，让日本人知道了成了罪状，就不是禳灾，而是招祸了。"

"好，咱不跟老爷子说，让他干赚着看热闹就行了。跟他说了，没准变卦又不让请了。咱先准备着，到时给他一个惊喜。可到哪儿去请萨满呢？"

"这个就得我来了，现在看不到跳萨满的，你找不着。萨满也有三六九等，你分不出高低。"

老姨领我找的是赵屯的一个老萨满，在当地萨满中辈分最高，老姨说，是最有名的。

老姨说这位老萨满神通大，禳灾祛邪灵着呢，以前大户人家请萨满专请他。

老萨满比老爷子的岁数要大一些，长方脸，鼻直口阔，态度大气，稍瘦一点，两眼有神，头发、眉毛、胡子白了，高个子，腰身轻盈，手脚敏捷，看他的举止，确与凡人不同。

他问为啥来请，老姨说老姐夫被丁耙子打了，下手太狠，一直好不利索，请老萨满消消灾。

老萨满笑了，露出的牙整齐洁白，他说刘掌柜我认识，可我们一辈子没打过交道。我记得你姐姐死的时候，他就没请萨满。你姐姐是百里挑一的人物，死得太早了，乡亲都为她惋惜，劝你姐夫请萨满送送，到另一世界能享享福，可你姐夫不信，只知道哭，哭得倒是够伤心的。你姐夫有本事，挣了不小的家业，一辈子没再娶，这份心思你姐姐最受用了，比我们跳三天三宿还强。他怎么想起请萨满的，我看他不会信的。

老姨说，请萨满是他自己提出来的，我外甥在这儿，不信你问他，要不直接问我姐夫。他要请萨满，我们就来请你了，也没管他信还是不信。人老了，也会变的。日本人来了，他受欺负，又看不到亮，心里憋屈久了，就想到了请萨满。

老姨说着，眼泪淌到了腮边。

老萨满说，请萨满消灾，好。打算怎么办呢？

"没打算大办，就跳一个晚上行吗？"

"行，行。"

"谢谢大萨满。还有吃的，请包涵，拿不出来好嚼谷，小日本闹的，寒碜人。"

"这个不用说，没法子的事情，谁都明白。"

"还有，你带几位萨满？"

"四位。"

"还有，我们要准备什么？"

"摆一张供桌，供品、供烛放好，买 200 斤炭，不用搭棚子。"

"还有，日子定在哪天？"

"日子你们定吧。"

"腊月二十怎么样？"

"行。还有什么？"

老姨笑了，又想了想说："没有了，我现在就想到这些。"

从赵屯回来，我和老姨向老爷子说，萨满请好了。

老爷子责怪说，我闲么见儿说那么一句，表瑾就当真了，我不是告诉你别当回事吗，怎么就去请啦。

老姨说，老爷子张嘴就是圣旨，晚辈哪敢不当回事，现在说啥都晚了。

"请的是哪位？"

"你猜。"

"赵屯的老萨满关祭司。"

"姐夫厉害，一猜就中。"

"让我猜，我从最高的往下数呗。"

"要请就请最有名望的大萨满。"

"关祭司是神选萨满，他原来姓石，年轻时就是个好人才，丰伟顾硕，聪慧异常，突然得了一场大病，昏迷了三天三夜，老萨满给他叫魂，他说他是关萨满转世。得病前，请神、降神、领神、送神，他啥也不会，他说自己是关萨满转世，谁能信呢？于是召集大神、二神和族中长老对他会考。

结果他沟通三界、扮演诸神、代神立言、上刀山、下火海，啥啥都精，手段格外漂亮，还能舌舔烙铁、口喷火焰，在场的人都服了，一夜成了大萨满。说的这些是晚上讲瞎话听来的。我没和他打过交道，20年前，他跳神时我看过热闹，真是身手不凡。你们请他，他要亲自来，不是派弟子打发咱，够意思。"

"老爷子不信那个，知道得倒不少。"

"我是旗人姑爷，常常听到见到，也就知道这些。这跟信不信的两码事。咱们看看，日本人灌辣椒水整得我直咳嗽，汉奸勒大脖子叫我憋气难受，大萨满来了能怎么治。"

屋里的三个人都笑了。

离跳萨满的日子没几天了，你妈可忙了。我买回500斤炭，你妈领人仔细挑好，把石块、铁屑那些东西拣出去，拣不净到时会伤人的。她还要备好供品，把蜡烛、果点、牺牲一样一样摆好。还准备四桌席，不声张，谁也不请，特别是不要惊动宪兵警察，可大车店的伙计得打招呼，左右近邻来了，你不能不让人进门。

日子到了。下午，我把大萨满和四位弟子请来了。老爷子把大萨满迎进里屋，在八仙桌两边坐下。

"大萨满亲自来，小弟受宠若惊啊。"

大萨满说："禳灾除病是萨满的义务。刘掌柜第一次请，哪能不来呢。"

"你这份情谊，就是一服良药啊。"

"刘掌柜哪儿出毛病啦？"

"你看我嗓子哑了，说话费力，说不清楚，鼻子淌清鼻涕，总得擦，最遭罪的是咳嗽，一咳就是好半天，震得腔子疼，震得头晕。"

"什么时候得的？怎么得的？"

"别看我六十多了，以前从来不咳嗽，半年前，在特务队，给我灌了辣椒水，就这样了。"

"我知道了，不是生病，是创伤。"

"我的后背，一到下雨阴天，发痒，皮子紧，夏天一晒着，又火烧火燎的。"

"我看看。"大萨满掀开后背一看，吃了一惊，"哎哟，下手太狠了，整个后背都给打烂了。"

"还有，岁数大了，本来觉就少，现在整宿睡不着，中了邪魔了。大萨满，我的这些病，治得了，还是治不了。"

大萨满沉吟半晌说："刘掌柜后背的皮肉伤，打得太重，仗着你身板好，护理好，痊愈到这个程度顶不错了，冬夏都不舒服实在难免。咳嗽吗，我开点药，能缓解一下，减轻痛苦。我说过，那是人为的破坏性创伤，针药没法疗祛的，只能治标而已。至于整宿睡不着，那是心病，是大病。萨满的手段是天人共赴，除邪祛恶，要靠你我齐心联手。心病分两种，一种是生邪，一种邪侵。刘掌柜英明一世，自然是邪侵。在人界，鬼神莫及者有之，所以神力不如人力。萨满自当尽力，根本要靠自己，你说对不对？"

"对，说得对。"

这边说话之间，人来齐了，家人把前院大门关严闩好。

冬季昼短夜长，月亮早早升起来了，清冷的月辉当空洒下，远处的山坡、各家的房顶、后院的园子覆盖着厚厚的白雪，天地一片银光。

木炭烧红了，小有子和几个伙计在二神的指点下，把木炭铺成宽6尺、长6丈、厚半尺的火池，用大板锹把木炭拍平拍实，8个簸箕不停地扇，火池的炭火越烧越旺，一尺多高的火舌卷着淡蓝色的焰浪，熊熊腾起，发出"呸呸"、"吱吱"、"啪啪"吓人的声响，炽热把围在四边的人逼出三步以外。

刀山架好了，有两丈多高，一排闪着寒光的利刃铺向空中。

神案摆设好了，丰满的供品像小塔似的，斤蜡点亮了，巨香插上了，烟云缭绕，满院飘香。

大萨满和老爷子出来了，他俩先向神案鞠了一躬，老爷子按照指点在东南角坐好，在场的人环侍左右，大萨满走到西北角站好。

大萨满身着神衣，戴着神帽，神衣上垂满了画着神符的布条，神帽上有鹰，有翎，有宝石。他左手持鼓，右手持槌，腰悬一排响铃，有48个，一看就是神秘的出天入地往来三界的使者。

大萨满不慌不忙，双眼半睁半闭，接连打几个哈欠，预示神渐渐近体，他的凡灵逸出休息了。大萨满稍作抖擞，敲起了鼓，"咚咚呛，咚咚呛，咚呛咚呛咚咚呛"，随着古老的鼓点舞起来了，腰铃"哗啦啦，哗啦啦"响起来了，时而曼舞，时而跳跃，沉稳而灵动。舞着舞着大萨满深沉地唱道：

  白山黑水，
  吾土吾邦，
  世代绵延，
  无止无疆。

  四位二神击鼓摆铃，随着舞，跟着唱。四周的人也拍着手，跟着唱，反复唱。
  大萨满又唱道：

  白山黑水，
  美哉吾乡，
  林丰草茂，
  遍地牛羊。

  唱过这一通，又接着唱：

  白山黑水，
  人俊才良，
  英雄辈出，
  所顾八荒。

  唱罢三通，大萨满停鼓歇铃，扬起右手说道："敬神。"
  我端起木案，案上放着一个猪首，恭恭敬敬地献上，接着朝祖宗牌位磕头。我不知做得对不对，确是诚惶诚恐地做。我看看大萨满，见他似乎满意，也就放心了。

大萨满又敲起鼓来，鼓声渐紧，他下巴哆嗦，牙齿咬得嘎嘎响，双目紧闭，周身摇晃。我紧张地问二神是怎么回事。二神说，别怕，神附体时人感到痛苦，是正常的。二神拿起红火炭放在大萨满脚前，为神引路。大萨满表情更为痛苦，浑身抖动更为剧烈，鼓声突然停下来，二神告诉我，魂已附体。一个苍老的声音从大萨满的口中传出来："你们请我来有什么事？"二神对我说："这是祖先神附体，借大萨满的口问我们，快回答。"我说："后人刘光昭有恙，久治不愈，惊动老祖宗来驱邪看病。"

大萨满再次击起鼓来，边击边唱，逐个询问各路神圣，看与哪位相犯。虎、熊、蟒、鹰四神问过了，并无相干。狼、虫、豹、雕四神问过了，也未冒犯。鼓声骤紧，大萨满扬声问道："是西方的耶稣神吗？"没有反应；"是北方的东正神吗？"没有反应；"是南方的释迦牟尼神吗？"没有反应；"是东方的太上老君吗？"没有反应；大萨满啊了一声，又问："是海岛之上的天照大神吗？"老爷子听了浑身一震，大萨满马上说："啊，知道了，知道了。"

大萨满一个跃步，腾空而起，落地又左蹬右踢，前击后搏，鼓声更紧，铃声大作，二神解释，是在与恶魔夺魂。

说着大萨满高叫"虎神来也"。随着一声虎啸，跳到中间，扑噬如奔雷，跳跃如闪电，闪转如旋风，奔腾如怒涛，狂跳醉舞，满场飞奔，所有的人一齐叫好。大萨满紧敲三声鼓响，骤然停下，虎神跳出场外。

稍停片刻，大萨满昂起头来，双手高举，鼓声又起，越敲越紧，二神说道："熊神来了。"一声熊吼，山应谷鸣，林木瑟瑟，熊神猛扑如黑云压顶，立起如拄地擎天，撕咬如斧劈刀切，搏打如锤击石砸，好似力量无穷，无恶不惩，无坚不摧，痛快淋漓，又博得一片喝彩。

鼓声又停又起，再上场的是蛇神。

但见蛇神蜿蜒而行，悄无声息，千姿百态，变幻莫测，或如龙潜深渊，或如龙驾浮云，或如龙喷巨水，或如龙噬邪魔，法力无边，不可揣测。

喝彩声中，最后是鹰神登场。

鹰神上下盘旋，满场飞舞，翼如巨伞，目如闪电，爪如钢钳，啄如利剑，或俯冲，或闪击，或擒拿，或啄撕，把满场喝彩推向高潮。

鼓声停下来，二神对我说，要追击邪魔了。

大萨满和四位二神脱下鞋子，把手中的皮鼓换成扎枪，赤足绕着火池边舞边唱，歌词的大意是恳请祖先大神保佑平安。舞过三周，大萨满突然精神大振，唱腔顿时高亢起来，他又拿起鼓来，边唱边扇向火池，周围的人料想越扇火势越旺，奇怪的是越扇火势越弱，火池漆黑一片，不见光亮。封住了火池，他们又拿起了扎枪，大萨满风驰电掣般从火池这头跑向那头，脚步下火苗蹿升，火花四溅，呼呼作响，身后腾起一条火龙。四位二神随后依次蹚过火池，火龙起伏，火光明灭，如是者三。人们从惊愕中醒来，又一阵欢呼。二神下场后，我仔细看他们的脚和腿，竟丝毫未损。

紧接着大萨满把鼓敲得骤雨般急促，一位二神健步来到刀山架下，朝神案施一大礼，鼓声停歇，人们屏住呼吸，他转身攀爬刀山，双足踏上霜刃，轻捷平稳，不疾不徐，片刻到了顶端，扬手作驱赶邪魔之势。下来后人们团团把他围住，但见脚底略略发红而已。

大萨满又敲起了鼓，"咚咚呛，咚咚呛，咚呛咚呛咚咚呛"，且歌且舞，把祖先神送走，驱邪仪式到此结束。

家人把大神二神和所有客人请到屋里，分桌坐下。

在主桌，大萨满对老爷子说，邪魔已被驱赶，可你的伤太重，恐怕病根留下来了。

老爷子说，留点病根不打紧，驱走邪魔，不再作祟人间才是咱所求的。谢谢大萨满，谢谢各位萨满。我年轻时看过大萨满主祭，如今不减当年。

大萨满说，过奖，不过，我跳了一辈子大神，数今晚最痛快。

菜上齐了，老姨连说太简单，太简单，实在抱歉。几位萨满连连回答，蛮好，蛮好，谢谢。老姨拿出红包，说是老爷子的心意，每人发一个。

大萨满说，为病人除灾是萨满的义务，这个使不得。

老姨说，太简慢了，你若不收，我们实在过意不去。

大萨满见全家人都很诚恳，勉强收下了。

吃饭是风卷残云。

客人散去时到了后半夜。

后来我问老爷子，大萨满的谈吐、唱词不错，读过书吗？老爷子说，读过私塾，有国文底子。

我又说，大萨满的胆子真大，竟敢点天照大神的名。

老爷子说，可不是，我一听吓了一跳，大萨满马上就说，知道了，知道了，掩饰得倒快。点天照时说得又轻又快，因为在问我嘛，我尖着耳朵听，不知别人听清没有。

我说我站在大萨满旁边，听得清一点，但愿别招灾。

老爷子说，我想借跳萨满出口恶气，谁知大萨满也是这个想法。

有一天，刘聪对我说："你家前几天跳神了？"

我说："是啊，你怎么知道？"

刘聪说："鼓、铃震天响，谁不知道啊，吉田问什么的干活？"

"你怎么说？"

"我说他家里有病人，治病。吉田哼了一声，摇摇头，没说别的。"

我听了惊出一身冷汗，没跟老爷子、你妈说，提心吊胆地过了许多天，晚上尽做噩梦。

第六章

并 屯

　　过了年，转眼到了清明。冻土化了一锹深，农民开始种蒜、种麦了，接着谷、豆、黍、粱等大路晚秋作物都开播了。农民下到地里，大车店进入淡季。来往的旅客稀稀拉拉，住店的也就十来个，不是买种子的，就是有什么急事的，看不到闲人。日子难过还得过，再苦再累也得忙，巨大的惯性推着农民进入了农忙季节。从播种到挂锄，足足要忙两个多月。

　　到了挂锄，集市上人又多了。农民上街卖点粮、菜、山货，或者卖自己编的筐、篓、席、苫，候上半天，换点现钱，再买回盐、油、针线，还是为了打发生活。为了生活，农民不得不忙，忙得一点儿意思也没有。

　　在黑暗的日子里，人们痛苦、忧郁、麻木，在苦难的生活中磨着磨着，过得太没劲了。

　　就像一个结满丰硕果实的园子，突然闯进一头野猪，把园子祸害得一塌糊涂，你一时又拿他没办法，收拾没法收拾，撵又撵不走，干什么都没有心思。

　　过去的庄稼院扫得干干净净的，草编的鸡窝周周正正的，木板钉的狗舍立立整整的，猪圈、牛棚干干爽爽的，掏出的猪粪、牛粪在院墙外面堆得有棱有角的，现在可看不到那个劲头了。过去的庄稼院打算长远，木桦子码得像墙一样，又高又长，几年烧不完；咸菜缸有两抱粗，一人来高，腌了好几缸，几年吃不完；采的老山参给后人留着，打的熊胆给后人留着，连老人的寿板、小孩子将来盖房用的梁材都预备得好好的，现在哪家还有这个心思啊。今天就够难过的，哪还想着应付更糟的明天。

男人的脾气变坏了，过去的关东人以憨厚、温良、礼让著称，现在说话像放了火药似的，冲，呛人，说两句就不耐烦，抬杠，发火，还动不动伸出拳脚，弄得老婆孩子见了他，像耗子遇到猫似的。

老百姓遭了殃，宪兵警察的日子似乎也不好过。年年进山"讨伐"，可抗联越"剿"越多，他们很想和抗联打一仗，可连个影子也抓不到。他们四处搜捕，想尽办法获取抗联情报，时常听到宪兵队里传出的惨叫声，对他们认为的嫌犯，像对待老爷子那样施以酷刑。

黑暗之中，抗联的消息又多起来了，这是人们唯一感兴趣的东西。各地都有抗联的消息，南来的北往的旅客在饭桌边、在床铺间交头接耳悄悄唠的都是这些事。这个"兴趣"太危险了，我在大厅、饭堂、寝间贴上了"莫谈国事"；警告旅客宪兵警察在四处捕人；暗示大车店可能混有便衣，连我都分辨不出来；恫吓旅客如被抓走，不仅受酷刑，还要喂狼狗。我最讨厌的就是从大车店抓人，人在大车店被抓走，大车店成什么了。

可是，我也爱听抗联的消息，老爷子也爱听抗联的消息。晚上做功课时，我把从旅客当中听到的，从收音机听到的消息，什么杨靖宇把精锐索旅干掉了，索景升哭着回热河了；什么杨靖宇五打汉奸邵本良，邵本良血本无归，在日本医院死了；什么赵尚志、张济周攻下巴彦县城，等等，老爷子听了比看跳萨满还高兴。

可是，形势一天比一天紧张，日本兵还在增加，驻在四方街的有100多个。马球子领着宪兵和警察常来大车店检查，在日本人面前，他吆五喝六那副嘴脸赶上丁耙子了。

有一个女旅客找到了我，说她男人昨晚叫汉奸抓走了，求我把人领出来。

我说早就告诉你们加小心，怎么不听呢？这忙我帮不了。

她说掌柜的太不近人情了，人在你的店里给抓走的，连出面说句话都不肯。

我说，你不知道，我要出面帮忙，那是越帮越忙，帮倒忙。他们以通匪为借口，把我家老爷子抓去了，好一顿打，还灌辣椒水，花了不少钱才赎回来，老爷子的伤现在还没好利索。我要出面，可能会无中生有，拐带咱们两家。

女旅客听了，立刻号啕起来："我的天哪，叫我怎么办哪？"

我喝住她说："你号，什么用也不顶，把昨晚的情况说清楚，咱们再商量办法。"

她抽抽搭搭地说起来。

这对夫妻是从山东来的，叔叔在黑龙江，病重，他俩一是看望叔叔，二是家乡发水，想就手移居东北。一路走了一个月路过这里，一人背个布包袱，身上没有多少钱。昨晚是他男人吃饭时，跟人闲聊一路听到的抗联的事，不知让谁告了密，半夜把人带走了。

我说，你男人只是嘴不老实，不知加小心，他们迟早要放人的，你去说说情，再贿赂贿赂，叫他快点出来，少吃点苦。

女旅客说，我们逃难的，背两个包袱，里边有点破衣破被，就是全部家当了，哪来钱孝敬他们，他们把我男人打死可咋办呀？说着又哭了。

我掏出 20 元钱给她，让她快去。

第二天，她领着她男人向我告辞，她男人挨了一顿皮鞭，走路挪不开步，我说住几天，养好再走吧。那女的说，哪还敢住，走得越快越好。他俩千恩万谢，眼睛红肿满腹辛酸地走了。我没问那女的找了谁、怎么讲的，那女的年轻，有几分姿色，也不知受欺负了没有。那年头，狗日的鬼子汉奸什么事都干得出来，你知道了又能怎样。

这时候，关内到东北逃荒的已经不多了，山海关把得紧，不许移民。探亲的、做工的也得雁过拔毛，交上入境费，还得向警察私下贿赂。出了关，进入伪满洲国，也就是进了人间地狱，这对夫妇千辛万苦，还没走到地方就受到这些屈辱。

日寇对付抗联不断增加兵力，手段上又升级了，使出了最彻底、最毒辣的办法，就是归大屯。发出了布告，命令散户、十几户、几十户的村屯一律并入规定的中心部落,在部落外制造无人区,切断抗联和群众的联系,借着东北漫长而又极冷的冬季,要冻死、饿死、病死抗联战士。这一计划是十分残忍的,日本人在朝鲜殖民地实行过,又在东北用来"围剿"抗联。

咱这儿是山区、半山区,地广人稀,散户、小村小屯居多,像孤家子、两家子、三家子、四间、五家山、半拉撮落、官马、小倒木沟等等数不尽的居住所在,按照日伪的布告统统在清除之列。沟里舅的东北岔是个大屯子了,有20多户,也难逃此劫。

农民要搬家太不容易了。除了人,还有牲口,还有猪羊狗鸡鸭鹅,除了住房,还有仓房、磨房、牛舍、猪圈,就是柴垛、粪堆也是不可少的。何况老住户已经住了几辈子,深深扎下了根,宅院、菜园、水井,山前屋后的土地,无不浸润着深深的感情。几辈子生于斯,长于斯,谁舍得离开啊。最要命的,离开了,种地够不上,吃啥?

面对日伪的恫吓和催逼,有的人家开始拆房了,把拆开的木料运到集团部落,用来再建房子。他们是含着眼泪拆的,住得好好的,硬叫人拆,大梁二梁还能用,柱脚、椽子能将就用的不多,窗扇、门扇一卸就零碎了,房草都得换新的,已经进入深秋了,晚上很凉了,脱土坯干不透。要忙秋,还要拆房、盖房,缺东少西,天气一天比一天冷,新房能盖上吗?盖上了也是湿房子,冬天墙壁上得挂厚厚一层霜。破家值万贯,仓房、牛舍、猪圈、鸡舍,看着不值钱,新置新建就得银子了。拆不出东西来,材料得新备不说,人工更是问题,以前哪家盖房子,全屯的人帮忙,现在家家要拆房、建房,都在忙,谁能来帮你呢。人住的房子都难抢着盖出来,哪还能想家畜的事。家里青壮劳力多的,还有人干;老人、孩子多的,就没辙了,干瞅着,干抓瞎;有的家里有病人、有孕妇,赶上这事,更糟心。

并屯就是一场灾难,像把住在暖房子里的人,突然推到雪地里一样。

还有不少人没有拆房,在硬挺着。或者觉得搬到大屯没法过,盖房不易,种地太远;或者觉得故土难离,老人、孩子都在这儿生的,干啥要搬?有的老人发话了,要搬你们搬,我说啥也不走,要死死在这里;或者觉得拆不出多少料,一个好端端的家,要拆也下不了手。

硬挺着的农户在不停地打听,紧张地观望,见有不少户没拆,增加了底气。硬挺着能挺过去吗？日本人什么事都干得出来，他们是知道的，榆树沟的推大沟，他们听过、见过。可他们也看清了并屯叫他们很难活，是把他们往死里逼。要烧要杀也不过一个死，他们无奈地挺着，紧张地观望，反正没有好结果，挺到最后再说吧。

天凉了，关东秋冬的降临极为爽利，一场霜就把树叶打黄了，农户割地要穿小棉袄了。霜一场比一场重，紧着收秋，撂倒庄稼，还没拉到场院，头场雪下上了。早上乡道的蹄窝里结了冰，太阳一照就化了，中午的路上汪着一层水，下午太阳一落山，路面又是又硬又滑的冰。

一天，老爷子、你妈和我正在园子里忙活，黄瓜、茄子、豆角罢园了，我们在起土豆、起萝卜、起芥菜、砍白菜。预备一家人和大车店一冬吃的，不是简单的事，全家人起早贪黑忙活几天了。正忙着，小有子从大车店跑过来，气喘吁吁地边跑边喊："老掌柜，老掌柜，店里来客了。"老爷子停住手问："来客你招呼着就完了，喊什么？""嗨，那个我还不知道吗？来的那些客都没钱，我不收就哭天喊地的，咱这是旅店，不是救济院，我不敢收。"听明白了小有子的话，老爷子对我说，走，回去看看。

路上我就犯嘀咕，怎么还有强住店的？现在的人怎么了，没钱别出门，没钱要住店讲不出道理。

进到大车店厅堂一看，小有子还是没说明白，来的不是外地旅客，而是周边的邻居。二道沟的老汪家，汪瘸子老两口、小两口儿还有一个刚会走的孩子，还有一条狗，围聚在客厅中间，脚旁几个包袱。他们极度伤心，男人怔怔地低着头，悲痛、绝望，女人的泪水打湿的头发散乱地贴在脸上，小孩子惊恐地躲在大人中间。老爷子和我进屋了，走到汪瘸子跟前了，他还是麻木着。老爷子问："咋的啦？"汪瘸子扭着头说："家让鬼子烧了。"

老爷子问了好多话，知道了事情的大概。

中午，他家来了一队日本兵，叽哩哇啦地把人撵出屋，回身把房子点着了，烈火呼呼作响，火光冲向半空，他们几个大人冒死进屋，抢出了一点衣服和被子，粮食、家具全给烧光了。

房子落架了，鬼子看着哈哈乐。

汪瘸子领着全家，十几里的路，走了半天才到四方街。

汪瘸子年轻时一表人才，长得高，皮肤白，人人都夸奖。有一次拉柴，车翻了，把他的一条腿砸折了，沟里又找不到好郎中，落了残疾。汪瘸子走路时一耸一耸的，特别卖力，就是走不快，全家看着他，揪着心。汪嫂也走不了路，腰弯了，上身僵直地向前探着，脚下迈不动步。她年轻时漂亮着呢，过年扭秧歌是摆花船的角儿，都爱看她。可她操持家不顾命，家里地里不闲着，年积月累，腰直不起来了。像她这副样子的上年纪妇女，能见到不少，都是恨眼前有活的持家好手。

并屯的通知下来有两个月了，可他家哪有力量到四方街盖房呢？就是到了四方街，十几里的路，汪瘸子又怎能去种地呢？这回小鬼子找上门了，不搬家就是通匪，不由分说，一把火就把房子烧了。

汪瘸子说，二道沟住他们一家，二道后沟有一家，三家子有两家，都没搬，房子都让鬼子烧了。那三家有的在四方街找亲戚住下了，有的到外地投奔亲友了。

汪瘸子跑腿子出身，没什么亲戚，没办法才到了大车店。汪瘸子是个老实人，他不哀求我们收留，他想，家给日本人烧个精光，两手空空，没有资格向我们求情。如果我们说，住在大车店不方便，他会一声不吭领着全家老小走开。

老爷子说，汪兄弟来了，我怎么也不能让你在马路上过夜。

汪瘸子木个桩地说声谢谢。

他很尴尬，空口说声谢谢，从不亏别人的他感到为难；老爷子收留他，他又不能不说声谢谢。

我按照老爷子的吩咐，把他们一家老小安排在北炕炕梢。吃晚饭时，我问汪家今后打算怎么办。小子抢着说，先去拉房料，盖个地窖子，明年种地，我们俩去，老人孩子留在家里。我看看小两口，稚气还没有脱尽，拍拍小子的肩膀说，行，不愧是老汪的儿子。我告诉他们安心住下去，账可以记着，还不还，啥时还，还多少都行。

我把这些告诉了老爷子，说汪瘸子还行，有这么个儿子，不至于饿死。老爷子点头，说过日子靠人，子女争气就有指望了。

汪瘸子一家来了不要紧，紧接着大孤家、两家子、棒子沟的难民从四面八方来了，好像是汪瘸子领来的。

来的都是房子被烧了的，来的都是两手空空的，来的都是无处投靠的，来的都是哭天喊地的。来的人都处于绝境，不能往外推，只要有一点点儿的同情心，就不能往外推。

可是，头两天还能招架，把来的人家安排在北炕，挨着汪家，从炕梢往炕头排。人越来越多，北炕住满了，人还在往上上，我们傻眼了。

安排到南炕吗？那样的话，店就不用开了。真的让来的人住马路吗？我们已经尽力了，拒绝后来的，也在情理之中，可冬天来了，让人睡马路，这事谁能干得出。

我问老爷子怎么办？老爷子也想不出什么好办法。

来的人坐在包袱上，等待掌柜的打发。谁都知道，他们实在无处可去。

快到晚上了，老爷子来到客人中间说，平时我的店客人住满的时候少，我以为开得不小了，现在看开得不够大，真是有愧于大家。来的都是离咱十里、二十里的老乡亲，你们来到这里，是看得起我，你们来到咱这儿，也就是到了家。这个家，这个样子，这个条件，大家看怎么办好？

老爷子的话实在，虽然没有揽着说留，因为人多太挤，留不好，但绝对没有、丁点儿没有撵的意思，听起来暖乎乎的，大家紧张的脸色变轻松了。

一户说，冬天死老冷的，马路不能睡，只要在屋里有个小旮旯儿冻不死就行了。

一户说，南炕有空的话，我先打个掌子，旅客来了，麻溜儿让出来。

一户说，借我一捆谷草，晚上打地铺，早上收起来。

一户说，饭堂晚饭过后，我睡在凳子上。

……

大家说啥的都有。

老爷子笑着说，好，好，大家不稀外就好，大家说得都对，就按大家说的办。咱们要住得下，还要开着店，是不是？

这一天来了三户，好歹算安排下了。

晚上做功课时，我对老爷子说，爹会做好人，成了活菩萨了。

老爷子说，现在做好人太容易了，来的一户户难民，受的苦，受的难，谁都看不下眼，稍稍有点儿良心，就会伸手帮帮。咱可不是菩萨，菩萨是恩惠，咱们顶多是报恩。关东人最淳朴、最热心、最善良了。我这辈和上一辈人逃荒闯关东的时候，只背一个破铺盖，两手空空，不管走到哪儿，没少受当地人优待。讨饭，端给你的是热的，借宿，把你当客待，开荒种地更少不了人家指点，老乡亲们才是菩萨心肠。有句话是大恩大德不言报，咱受的恩太大了，没法报还。现在恨大车店办得不够大，是我的心里话。

要说这些人苦，真是苦到了极点。我给老爷子讲了住在大车店的几家的遭遇。

老盖家一家人正在屋里吃饭，日本兵来了，用刺刀把他们撵到外面，接着点火烧房子，盖家人一看不好，拼死进屋抢出点吃的、穿的。房子着了，日本兵在一旁开心地笑。

烧了老百姓最心疼的东西，才是日本人最开心的事情，他们长的什么心。我在场的话，非跟他们拼命不可。

盖家的房子是去年建成的新房，就在路边，新式门窗镶着玻璃，房顶苫得平展展、齐刷刷的，很漂亮，路过的人都要瞅上几眼。为了盖这房子，盖家花了十多年心血，攒钱、选料，请好工匠，才建成了沟里最好的房子，一把火，全没了，你说盖家的人有多伤心。

老关家也是，房子给点着了，他们要进去抢东西，日本兵硬是用刺刀拦着，眼睁睁看着所有家当化为灰烬。一家人空手出来，吃啥，穿啥，日子怎么过？日本人做事就是绝，凶狠、恶毒得没边，只知道全烧了痛快，才不管你死活。不干到这个份上，不叫日本人。

还有更绝的，烧房子的时候，老索家的老两口和孙子在屋里，日本兵先找个木棒子把门死死顶住，然后再点火，里边的人怎么推也推不开，活活烧死在里边。儿子儿媳是戴孝到咱车店来的。儿媳不吃不喝，就是哭，别人越劝，她越伤心。

索家老两口子信佛，平时连个蚂蚁都不踩，见了苍蝇、蚊子也不打，只用甩子轰轰，平白遭此大难，哪有天理啊。

还有更惨的，日本兵要烧房子，老吴家老两口对儿子、孙子说，你们出去，不要管我俩。儿子、孙子见状不好，抓住老两口，使劲往外拽，老两口死死地扳住炕沿，大声喊："混蛋，你们快出去，我俩死也死在家里，哪儿也不去。"房子点着了，还是拉不动，房子快烧落架了，儿子、孙子没办法，边哭边喊逃了出去。他们也是戴孝来到大车店的。小孙子给吓着了，半夜说梦话，喊爷爷，叫奶奶，他妈妈哭着哄他，大车店里的人跟着掉泪。

我问老爷子："老两口子为啥不走啊？"

老爷子说："吴家的地是他们亲手开的，井是亲手挖的，房子是亲手盖的，儿子、孙子是在这个房子出生的，庄稼院里里外外，凝聚着老两口毕生的心血，一草一木，每个物件，老两口都有深深的感情。这个家是老两口的命，老两口的根。日本人活喇喇地往外撵他们，凭啥？撵还不算，硬把家毁了。毁了这个家，也就毁了老两口。老两口不被烧死，一想起那个家，那个亲手建的，住了一辈子的家，伤心也伤心死了。"

我说："我盘算了一下，四方街周边，小鬼子烧遍了。沟里舅那边没消息，看这架势免不了被烧，东北岔离三十六峰最近，可能最先从他那儿烧的。"

"我早就捎信给你大舅了，假如房子给烧了，到咱太平川老屋住，现在也没个回信。你妈要是活着，得急死了。"

我说托人到老屋问问大爷。

我想起了一个主意，问老爷子的意见："在大车店住的，啥也没带出来，可他家有柴火、桦子，我们拉来，按四方街的价，该给多少钱，给多少钱，两下方便好不好。"

"好是好，你要跟人家说，咱们家缺柴，请他帮忙，别整得好像咱嫌人家没钱似的。"

我把买柴的事向住店的各户说了，没有不高兴的，跟各户约好了日子，去的时候他们派人领道、装车。

我们先到老索家，小有子还没套好车，老索家两口子就到院子里等着了。女的提一捆烧纸。男的说，她也要去，还说回来重载，他俩不坐车。我说，嫂子回去看看应该的，家里出了大事情，回去不要过于伤心，别糟蹋身子，咱们还要活着。回来时，咱们男人跟车走，嫂子坐车。

　　说着话，我们就动身走了。出了四方街，走不多远，两边都是林子了。头几场雪不算厚，没把山岗、苇塘、道路盖严了。到索家沟有15里，得走一个半钟头。小有子说，等雪厚了，咱们套爬犁出来就轻快多了。早晨没风，可天很冷。我把腿放在草料袋子下面，两手插进袖管里，帽耳朵放下了，露出的颧骨感到针扎似的疼，鼻子吸气得轻点儿，空气太凉，吸急了刺人。

　　途中路过两家，一家是自己拆的，房顶没了，四面墙好好的。一家是火烧的，黑漆漆的木梁斜立着，土墙只剩下半截。索兄说，这两家都住在四方街亲戚家里。

　　索家院子在这条沟的紧里头，再往前望望，横着一面山坡。

　　离索家半里地，有一座冻土和雪堆成的新坟，索兄索嫂叫车停下来，索兄说，把祖孙三人埋在一起了，我爹紧紧抱着孙子，分不开。开头想把新坟就埋在房宅里，那里的土挖得动，再想一想，等过两年小日本完蛋，又能回来了，就把坟埋在回家路过的地方。

　　我们按照他的指点到了索家院子，房场一片焦土，黑黢燎光的，我和小有子默默地往车上装桦子。

　　索家的木桦子真不少，贴着菜园子的杖子，码得整整齐齐的，有三丈长，一人多高，够他家烧几年的了。

　　索兄烧完纸过来了，我说，你真是过日子好手，劈这么多桦子。索兄说，这还是几年前攒的呢，近两年净烧秋板柴，懒得整。你家真搭救人，跑这么远拉桦子，四方街哪还缺烧的。

　　正说着，传来索嫂撕心裂肺的哭号。我说，大哥，你过去劝劝，别哭坏了。他说，哭吧，哭一阵就好了。这几天晚上她天天在被窝里偷偷哭。我爹我娘待她像亲闺女似的，那个孩子也招人喜欢，哭吧，哭一阵就好了。我看索兄的眼圈也红了。

　　索家的桦子拉了三天，每天索嫂都跟着去，后两天索嫂哭泣得不是很厉害了，哭完了还过来帮我们装车。

　　拉桦子拉了将近一个月，四面八方的沟沟岔岔几乎都去了。我对老爷子说，小日本干得挺绝，一户不剩，全烧光了。你算是好人做到底了，不会有哪户到大车店求宿了。老爷子说，你拉回的样子，咱家五年也烧不了，给你老姨送一些，再想着给你二婶捎两车。

抗联和村镇之间的无人区形成了，鬼子、伪军继续在山里"讨伐"，抗联怎么样，太让人担心了。听不到抗联的消息，我们更加惦记。听不到消息，人人心里不安，可谁也不说那事。我不说，老爷子也沉得住气。老姨来得勤了，说点闲话，干坐一会儿，也不往那上唠。二婶过来了，看看我们，估摸没啥消息告诉她，落寞地回去了。我天天偷听无线电，也没得到炸火车、袭警署、劫车队一类的消息。我又一想，这类消息在夏秋时多，冬季历来少。

抗联没消息，沟里舅那面也没信。他们没到老房子来，鬼子也不能把东北岔留着呀，我要过去看看。老爷子说，你大舅也真是的，是死是活整个动静，放个屁也行，自个儿干眯着，什么事呢？又说，再等等看看。

大车店太挤了。

住在北炕的人说，能不能拉块布，各家之间挡一挡，晚上脱衣服方便点。

我说，行，你看怎么好，咱们就怎么办。

我让伙计拉上了铁丝，扯几块更生布挂上去，晚上拉开，白天收拢到墙边。讲究点了，都说好。

在饭堂搭地铺的、睡凳子的，得等旅客吃完了，收拾过后才能过去。旅客什么时候吃完没个准，这些人只好坐在长炕间的炕沿上等着。

吃饭的旅客，有来得晚的，有边吃边喝的，有边吃边唠的，还有划拳猜令的，慢慢打发时光，一点儿不着急。他们哪里知道，有不少人在等着用板凳、用饭堂的空地睡觉。

炕沿上坐了一排人，大人忍耐着，熬着，孩子熬不过就趴在大人身上睡着了。

饭堂收拾利索了，他们赶紧过去，有时是后半夜了。两条长凳拼成的床，又硬又窄，孩子睡觉毛愣，时不时掉下来，大人跟着睡不实。在地上用谷草做铺，看着又软又暖，你一躺下来就知道了，阴冷的寒风贴着地皮呼呼袭来，直吹脑门儿，冷得你扛不住。睡地铺不得病太难了。

可是，第二天，睡地铺的怕耽误饭堂开早餐，早早起来了，把谷草捆好，把地扫得干干净净，看不见一点儿草棍草叶。

我跟老爷子说，睡饭堂的，哪里是睡觉，简直是上刑。咱们不能收人家的宿费。老爷子说，是啊，遭着罪还给宿费，那钱太扎手了。

听说睡饭堂不收宿费，住北炕的人要跟他们换，争争讲讲的，我看不下去，躲开了。晚上跟你妈说这件事，她又落泪了，说小日本把人逼到这个份上，活得真难啊，太可怜了。

那个年头，说福福不至，道祸祸就来了。

吴家老爷子睡地铺发烧了，我们把他抬到南炕，过几天还是不好，请大夫看，抓药吃，也不见效。吴家老爷子烧得直说胡话，不是要回家，就是要和小鬼子拼命。连着折腾几天，他死了。老人瘦骨嶙峋，白发苍苍的，十分可怜。

老爷子说，他还没有我大呢，以前体格也不错，都是这几年糟害的。

我小心地找吴家的人说，你家老爷子停在院里不方便。

吴家说，这个我懂。买了副棺材，当天就发送出去了。天寒地冻，打不了圹子，只好搁在烧焦的房场里，等到来年春再下葬。房子给烧了，老爹又没了，老吴家这一冬倒霉透了。

吃的也是问题。我单拉出来三桌，叫伙房分开给难民做。杂和面、咸菜条是有的，窖里的土豆、萝卜、白菜明显不够，酸菜也没多渍。谁能料到会有这个局面呢。

我跟难民商量，吃饭全靠店里的话，我们拿不出什么好吃的，又不是住一天两天，起码要过一个冬天，不要把人苟劳坏了。能不能大家都想办法，用店里的伙房自己起伙，缺啥我们再给你们想办法。大家听说，立时高兴了，说这个好，到你家住店真是到家了。房子给烧了，地窖还在，苞米楼子没烧的，把苞米拉过来，比吃橡子面强。一起搭伙省钱，实惠。这么一来，吃饭的事就由他们自己张罗去了。

店里难民多，有个好处，就是日伪宪兵特务懒得来。以前半夜三更大呼小叫地天天闯进来，现在来得少了。难民看他们眼里冒火，挺着胸脯往前迎，意思是说，房子给你们烧了，人给你们杀了，还要怎么地，还要我跟你拼命吗？这些难民没有油水，只有麻烦，宪兵警察躲开点，算他们聪明。

我拢了一下账，旅店营业主要是南炕 15 个铺位，少了一半，收入少了四成，因为以前 30 个铺位不是天天住满的。杂货铺的进出量下降了，沟沟岔岔的住户都给清走了，只有大屯子，所谓集中部落能做买卖。四方街的人多了，日杂用品销售量增加了，所谓日杂用品也就是盐、火柴、煤油、肥皂等不得不用，又不值钱的东西。销售额不大，增加了也是好的。那年头，像我穿胶鞋的，在老百姓当中没有，老爷子穿的也是布鞋。穿胶鞋是极大的奢侈。做一双布鞋不容易，遇到下雨天，人们要把布鞋脱下来，拎在手里，免得泡湿了，沤烂了。两头的经营有减有增，总账马马虎虎，没有亏。

能维持，咱家和难民都安心了。我跟店里伙计说，要注意节约，处处省着点，大家也都明白。

要说亏，就数被讹诈的去黑龙江的两口子那档事了，我们一下子掏了 20 块，够买 3 亩地的。当然，这涉及人命，不是生意上的事，再遇见这种事，还得照样往外掏。眼下千万别碰到这种事了，掏一次，半年缓不过来。

庄稼人闲不住，上山砍来柞木杆子，做成爬犁，牵着牲口伐木备料了。住店的十来家都在备料了，连女人都跟着去了。按山里的规矩，女人不能到伐木现场，不吉利。他们不管那个了，什么吉利不吉利，还有比家给烧光了更不吉利的吗？

他们走得早，吃完早饭，天没亮就出去了。十来张爬犁，20 多个人，阵势不小。女人上山不是没有用，男人伐木，女人砍枝丫，中午还能烧火，把干粮烤热了。回来时一路下坡，爬犁推着老牛走，男人一溜烟不见了，女人结伴下山，并不坠脚。

晚上他们一回来大车店就热闹了。男人卸了套喂牲口，女人露口白牙，微笑着给男人扑打身上的雪。人人都有成就感。

晚饭后，把炭火从灶坑里扒出来，女人又围在一起烤衣服、烤鞋。她们的眼睛可尖了，谁家的湿东西也落不下。

我问他们，备料得多少天？他们说，快，十天半个月就得。"这么快，盖什么房子呀？""盖个地窨子，能凑合就中。""盖一回挺费劲，怎么不盖个好的？""庄稼人离不开地，等小日本走了，我们再回去。"

我常在四方街转悠，新房场里，起房的少，挖地窨子的多，大都像住店人的打算。

我跟老爷子说，留阳间的少，进地狱的多。

老爷子听了，很不高兴，说我贫嘴不中听。

挖地窨子比盖房省不少工，用料少，房顶好对付，把土铺上，再盖上草就行，门窗也不用讲究。可住着别扭，阴暗，潮湿，低矮，人进去直不起腰来，总像虾一样弯着。

起房的人家，住着也不得劲儿。急急忙忙地盖，像用高粱秆扎阴宅似的。泥还湿着呢，就上冻了，墙上的霜有一寸多厚，炕烧得挺热，水缸却结了冰，晚上睡觉，下边烙人，上边冻脸。等春天暖了，霜化开了，泥墙又成核桃酥了，泥土哗哗往下掉，再往上抹黄泥，还沾不住。心血花多少，懊恼就会有多少。

住在大车店处处不方便，坐没坐处，站没站处，吃的也不顺口，可寄居在亲属家也有苦情，好不到哪儿去。

老曾家的哥哥在四方街，哥哥是亲属中最近的了。哥哥家不算宽敞，是中间一厨，东西两间的三间房。弟弟来了，他家五口挤到西间，把东间让出来。可弟弟有九个孩子，小炕不大，横躺竖卧挤得登登的，好歹算睡下了。

间隔一二岁，一顺水排下的九个孩子在一起，吵闹是难免的。

曾老二想，因为我们来，两家挤着住，带来了很大的不便，孩子再闹更不应该了。哥哥没啥，哪差点儿事没说的，可嫂子怎么想呢？惹嫂子生气更对不起哥哥了。

孩子在一起哪有不闹的，何况是九个。孩子乐也不是，乐了疯闹，太吵，曾老二横眉瞪眼喝斥一声，孩子都吓鼠迷了。孩子哭更不行，曾老二说，你给我憋回去，再哭，整死你。孩子吓得不哭了，再哭，曾老二真有整死他的心。

全家人憋憋屈屈地小心过日子，曾老二烦闷了，又把火发在老婆身上："都是你，不争气，一个小子都生不下。"

老婆一向温顺的，平时也怪自己不争气，曾老二这么怨她，她也不干了："你怨谁呀，睁眼看看，都是谁的狗崽子？"

曾老二也在盖房，孩子多，挖个地窖子也得大一些的，就他一个人干活，盖起来更不容易。

老话说，亲戚远来香，意思是说，亲戚挨近了可能变臭。这回印证了是至理名言。

四方街的老颜家是女的说了算。虽然女的说了算，也真让人佩服。女的长得大方漂亮，手脚麻利，家务活样样好，更难得的是说话办事极为周到，老的小的，家里家外都说她好。

她在娘家是老大，下有两个妹妹。两个妹妹都出门子了，住在沟里。和老大虽然相距不远，平时各忙各的，走动也不多，当然时常惦记。这回并屯，颜家的小姨子不仅来了，而且来了两家。尽管沟里房子给烧了，姐妹相聚也是高兴，亲亲热热，房窄人多也不嫌挤。

不到一个月，味道有些不对了。舌头碰牙的事越攒越多，什么洗脸老大的孩子先洗啦，睡觉老二的孩子睡箱子啦，老大给两个外甥的衣服不一样啦，等等。男人还好，三个连襟事事量得开。女人毕竟是女人，就是老大那样的人物，也免不了心细、敏感、爱挑刺儿。老大的嘴上起泡了。她们还真不简单，舌头碰牙是舌头碰牙，大面还过得去。

有一天，老二来找我，问住店行不行。

我说打地铺都没地方了，要住，只有牲口棚。

老二笑了，说你骂我也白骂，我不生气。接着她又说，你说话可得算话，等天暖了，我真来住牲口棚。

我说天暖了，你家房子不盖好了吗？

她说盖好得到夏天，早搬出一天早好。

我说，那可不太好，你住牲口棚，你家大姐的脸往哪儿搁。

她说，看你反悔了不是？

临走她红着脸，正经地跟我说，少掌柜说得是，我怎么犯糊涂了呢？

老姨是靠有几处房产，吃租金过日子的。我问老姨，四方街的房子紧了，租得还好吧？她说，租倒好租，瞅他们过日子闹心。以前，有人租房我得挑一挑，职业好一点儿的，生活习惯好一点儿的，或者性格好一点儿的，总之我看顺眼的才肯租给他。现在来的都是逃难的，沟里的房子都烧了，到了你这儿，你只好啥也别挑，何况人家租房还给钱。有两口子，干净和气，挺好的。住了一段以后，男的开始喝酒，总在外面喝，每次回来里倒外斜醉醺醺的。前几天也是冷，男的滑倒了就没起来。女的找到他时，身子已经硬了。都说冻死鬼的脸是笑模样，真是那样的。女的跟我说，到了四方街，他只有倒下的两分钟是开心的。男的死了后，女的退了房，回娘家去了。我问她，娘家怎样？她摇摇头说，这年头，死了太容易，活着太难了。

那年头冻死鬼多，进入腊月，隔三差五就听说在哪个道边有个路倒。人心里苦，用酒打发日子，加上吃的不行，身板差，穷，穿得薄，天气又比现在冷，一不小心就栽下去了。

第七章

东北岔

没有抗联的消息，人的心里暗暗发急。

晚上我和老爷子做功课，结束得比往常早了。回到我的屋里就紧张地听伪满台、南京台、新华社的广播。上海、南京一带打得紧，长城口战事不断,关于东北抗联的只说关东军在"讨伐"。"讨伐"也罢,加紧"讨伐"说明抗联还在，还可能壮大了。

我把这个消息告诉老爷子，老爷子说我乐观，说我讲的也不是没有道理。

天天收听电台,消息多起来了。在通化、桓仁一带,"讨伐"队遭到伏击,显然是杨靖宇部队干的。在黑龙江宝清,"讨伐"队遭重创,可能与二叔、慧颖的部队有关系。

我把消息告诉老爷子、老姨、二婶，他们悬着的心放下来一些。

沟里舅怎样了，同样让人揪心。老爷子分析，东北岔在大山边上，并屯从那里开始，肯定给烧了，还有可能给推大沟了。老姨听房客讲,东北岔给烧了，人咋样不知道。老房子的大爷捎信也是这么说。我从那边过来的旅客当中,也没打听到更细的东西。东北岔太偏了,很难听到那里的消息。

我跟老爷子说，到东北岔去一趟。老爷子说，去吧，咱们等了几个月了，也没听到准信。你进山摸不着头，让小有子和你一起去。

要走了，我和你妈按老爷子的意思，从杂货铺拿来了盐、火柴、肥皂、蜡烛，给他家五口人一人挑了一双棉胶鞋。老姨赶来了，我说，老姨你要去可不行，外面乱。老姨说，我知道你准不让我去，把这些捎着。你妈把老姨拿的包打开一看，有给舅母和弟妹的毛围巾，她亲手织的，两件颜色式样不一样，给弟妹的织得时髦，她们不知怎么喜欢呢；有给孩子的帽子，帽子面是红的，白兔子皮；还有给舅舅和表弟的手闷子，都是她亲手做的。我和你妈说，老姨真巧。老姨说，原来预备过年时送给他们，这回捎去吧，一点儿意思，不值钱的。

小有子给马换了掌，套了张轻便的爬犁。他在爬犁上铺张狍皮，狍皮上盖着粗布厚被，后面横放一个草料口袋，人可以倚着。你妈说，哎哟，这个爬犁够暖的，小有子人不大，想得真周到。小有子还告诉我坐爬犁要穿毡靴。

出了四方街就奔太平川，这条道每年都要走几趟，闭着眼睛也可以找到。

道两边只有两种颜色，乌黑的林子和白白的雪。每到沟口，往里望去，过去有人家的地方，都支棱着歪斜的房梁，黑漆漆的，半截墙也让火燎黑了，在白雪的映照下格外刺眼。

这次出门可不像以往回太平川那么轻松。我问小有子，你说东北岔准给烧了吗？小有子说，九成吧，少掌柜，你再想啊，不给烧了，能没信吗？沟里舅早捎过话来了。"这里沟沟岔岔都是一户两户的散户，东北岔可是20多户的屯子，全给烧了，赶上推大沟了。""我还是那句话，剩不下，小鬼子啥时客气过。""可也是怪事，沟里舅家没信，别的人家也没信，人都哪去了呢？"

老爷子让小有子和我一起出来，是由于一向把他当自己家人待。

小有子的父亲是木把，在咱家的木场抬小杠，一次上楞，一脚踩空，掉下来，残废了。只能扶墙走，勉强自理。那年小有子才十五六岁，他娘死得早，爹残废了，他也不念书了，种地，伺候爹。一个半大小子，里外忙，将将巴巴地度日，种地打下了爷俩的口粮，伺候爹，一日好歹弄了三餐，总算没饿着。

咱家开大车店，老爷子想搭救木把老伙计，头一个把小有子招来了。他也聪明能干，莳弄菜园子、喂牲口、赶车，样样拿得起来；招呼客人透珑、得体，交给他什么事，准给你办得妥妥当当的。老爷子爱支使他，叫他干啥放心，给他的工钱也是最高的，伙房里掌勺的也挣不过他。店伙计管他叫"小管家"。

小有子把大车店当成自己的家，除了伺候老爹吃饭和回家睡觉，他都在大车店。白天杂事多，他总是忙，晚上我和老爷子在家做功课，大车店就由小有子打理，他要等吹灯了才回家。

小有子对刘家不仅是报恩，还有亲情的感情成分。老爷子受刑挨打，他跟我一样难受，沟里舅没消息，他听我们念叨，和咱家人一样着急。

我们到太平川的时候，太阳挨着西山了。从屯里穿过时，看见盖了些新房子，还有人在新房场干木匠活。

大爷见我们来了，自然高兴。掉了牙的嘴张开了，眼角的皱纹像菊花似的。他给我俩做了猪肉炖粉条。"刚杀了猪，准备捎下去，正好你们来了。"大爷说着拿来烫好的酒。他酒量不大，平时喝一点点儿，要不太寂寞了。

大爷说，东北岔那边咋样了，没少打听。太平川和那边有亲戚的，我挨家去问，问几遍了，都说不清楚，他们和咱一样着急，还向我打听消息呢。我特地做了张小爬犁，到往东北岔去的道上捡粪，碰见人就问，都没得到实在消息。不见东北岔的人下来。东北岔是个死葫芦头，过往的人又不路过那里。屯里的人猜测，下面的散户都烧光了，东北岔肯定剩不下。我说，这次来要到东北岔去一趟，明天就去，看看究竟是怎么回事。大爷说，屯里设了警察所，要去早点走，省得遇见警察啰唆。

喝口酒，大爷的话多了，大爷讲，闹并屯，太平川来了10多户，房子立刻紧张起来，咱这老房子闲着，有几户要租，我说给东北岔的亲戚留着不外租。他们说，东北岔的人连个影都看不见，还留着干啥？我说只要不见尸就得留着，别看没见到影，说不定立马就来到眼前。这样把来租房的人都挡住了。

大爷还讲了丁小店的事。想不到这回并屯丁小店变了，他那个人，以前占不占别人便宜不说，反正他处处不吃亏。见着人恨不得躲得远远的，生怕碰着身上一根毛。这回他把东面房倒出来借给亲戚，吃的用的跟以前一样，不抠搜，待人热乎和气，不给脸子看。邻居都说，这哪是丁小店啊。前些天选牌长，都说丁小店合适。丁小店说，饶了我吧，儿子当特务队长没得好死，哪能没记性，当什么牌长。邻居说，你儿子在警察那里有面子，你当牌长能办动事，俺们借借光。硬把他架弄上了。

丁耙子死了以后，丁小店见我客气多了，老远就打招呼。你们这次回来，跟警察有什么麻烦，找他或许有用。

我说，丁小店的变化真难得，以前他一味见小，只知道盯着芝麻打主意，现在看到大处了，他的聪明劲用在算大账上可不简单了。

小有子说，少掌柜还夸他呢，怎么忘了丁耙子差点儿把老爷子打死，丁小店变了，怎么不把 200 大洋吐出来？

我说，丁小店和丁耙子不一样，丁小店是一毛不拔，办什么事自己不吃亏，丁耙子是专门祸害人。

小有子说，丁小店一毛不拔就不祸害人啦，咱们的 3 垧地怎么叫他踢蹬的。

我说，你可真记仇，就算我夸他，他处事和以前确实不一样了嘛。丁耙子没死时，胡作非为，丁小店还挺得意。丁耙子一死，他知道这个亏吃得太大了，捞个汉奸名，搭上了小命，多少寻思过滋味来了。

大爷说，我对丁小店的客气感到别扭，好像丁耙子是咱家弄死的，他还说他服了。

我说，是啊，可别把丁耙子的死和咱家联系起来，那个麻烦沾不得。你想，咱家要有那个能耐，何必给他 200 大洋呢？ 200 大洋哪是个小数。

走了一天的路，又喝了点酒，唠一阵爷仁睡下了。

次日，天蒙蒙亮，大爷把我和小有子叫醒了。碰到警察怎么说呢？我想反正不能说到东北岔，那里情况不明，说不定哪句话惹祸，就说去黑龙江走亲戚，给沟里舅送的东西，正是走亲戚用的。

我们悄悄地往外走，一个人没碰到，出了屯子，小有子打上一鞭，马奔跑起来。

往上走，山更高，林更密，马跑了 5 里路，嘴上喷着热气，马身上出汗了，结了一层白霜，小有子放缓了速度。遇到人家，我们拐进去，看到房场上烧毁的房架，有的房场起了新坟，有的房场停着白茬棺材。太平川上边散户死的人，要比下边的多。东北岔只能更糟，我俩这样想着，打马快走。拐到去东北岔的道了，路面被雪盖着，上面没有爬犁印，没有牲口印，什么印都没有。雪没了马蹄子，马一点头一点头地走，吃力。周围很静，我俩谁也不说话。

傍中午到了地方。往上一望，断壁残垣，焦黑的房场，一家连着一家，从沟口一直排到沟头顶上。

我俩下了爬犁挨家查看。烧得很干净，住房不用说了，仓房、牛舍、猪圈、苞米楼子都烧光了，柴火垛也点着了，小有子直骂小日本太狠。

到了沟里舅家，主房只剩半截木刻楞了，我用木棍在废墟里掘，找到了火盆，找到了一只饭桌腿，找到了半截炕沿，找到了炕琴的铜拉手、了吊、包角，本来平展展、黄灿灿的，烧得扭歪了，褪色了，小有子捡起来，放在包袱里。我们把各处搜遍了，没有看到最不愿意看到的尸首、人骨，没有新坟，我俩把各家都搜遍了，两口井看过了，几棵大树底下和周围都看过了，没有看到不愿看到的那些。

该找的地方都找了，仔细想想，再仔细想想，确认没落下哪家，没落下哪个角落。没有死人是最好的了，我俩坐在爬犁上，打开包袱，嚼干粮，吃咸菜，把马喂饱了，一溜烟儿地出沟了。

人到哪儿去了呢？"肯定进山了。"大爷说，"东北岔家家是猎户，家家在大山里都有地戗子，入冬进山狩猎。咱们进山，啥啥没辙，没法活，他们进山如鱼得水。"进山怎么个进法呢？我没去过，小有子也没去过。大爷说，到了东北岔，车到头了，再往前走是单人走的毛毛道。东北岔往里是三十六峰，毛毛道有几条，要去哪个峰得走哪条道。

"明天上山，小有子敢去不敢去？"我问。

"少掌柜都敢去，我哪能不敢去。"

"说说还要上山哪，那可不中。你回去就跟你爹讲，就说我说的，齐家和东北岔的人进山了，准保没事。那三十六峰大着呢，你俩进去麻达了，我怎么和光昭交待。"

"我们好不容易来一次，没见到人，回去空口说沟里舅一家没事，老爷子、老姨嘴里不说什么，心里还会划魂儿，那样我们还不如不来了，让他们白盼一场。再说，没见到人，显得我俩太没用了，哪好意思回去。"我说。

"实在要去，我领你们去。"

"那可不行，大爷奔七十的人了，让你领着我们蹚雪窝子，回家老爷子还不骂死我。"

"山林子的毛毛道，当地的猎户走得好，你俩根本认不出来。我去认道也费劲，可吃的咸盐多，不会出什么岔子。"

"没事，你老放心，山上有雪，我们怎样上去，再踩着脚印怎样下来就是了。"

"这么说倒简单。这样，明早天不亮就走，在山上的时间长些。我跟你们到东北岔，在那里看牲口，等你们，我拿支猎枪，最晚听到枪声就下来。"

约定好了，半夜就起来做饭、吃饭，3点多钟，还在天最黑的时候，套上爬犁出发了。

我们到东北岔的时候，太阳升起来了。在沟头，小有子拣来干柴，拢起火，大爷要等大半天，让他烤着。牲口喂上了，两根木棒砍好了，当拄杖挺合手。小有子真能干。

大爷说："还是我领道吧。看你们两个力巴上山，别扭。"

我说："说定的事不能变，你指指道就行了。"

"你看，这条白线，是爬犁道，顺着它走，约莫5里，爬犁道没了，再往上走，先定好目标，选定哪个山峰，尽量照直走。在山上最好走山脊，雪浅，省力，看得宽。山窝子要小心，雪深，掉里要出来可费劲了。要用心查看有没有脚印，看见脚印就有望了。"

"知道了。"

"下午听见枪声就下山。"

"知道了。"

"下山从原道回。"

"知道了。"

"你们不下来，我也不能回去。"

"知道了。大爷，我们走了。"

小有子说，我在前面走，少掌柜你在后边踩着我的脚窝，省劲。

雪没膝盖，小有子在前面走，我跟得挺紧。走一阵身子发热了，再走一阵，有点喘，帽檐有汗了。往回一瞅，没走出多远。我向大爷招手，大爷摆手，让我们继续走。

这面坡很长，耐走。走着走着，我给小有子落下了。他走一段就停下来，回头等着我。我低着头，两眼紧盯着他的脚窝，一步一步地挪。往回瞅瞅，还能看见大爷，大爷的轮廓变小了。

我还行，一刻不停地走。大约走了半个钟头，快到坡顶了，腿有点软，抬着费劲，蹬着无力，我想这才刚刚开始呀。往上看看，小有子已经到了岗梁，朝我招手笑呢。我鼓足劲，咬着牙，爬上山梁就坐下了，喘得不得了。

从岗梁往下瞅，还能看见大爷，只剩一个小点了。

喘息平静了，热汗变凉了，我俩站起来朝前望，群峰起伏，无边无际，犹如波涛。小有子指着前面的一座峰说，我想三十六峰，这是第一峰，咱们先爬这个。我一听，好家伙，费了好大劲，才刚刚来到三十六峰的边上。我俩朝着第一峰的方向，在脊梁上走。大爷说得对，走在山脊上省力，眼宽。

要到第一峰，还得先下到谷底，再往上爬。小有子折了一抱松柏枝子，分成两摞，说你看我的。他坐上去，一溜烟下到谷底，站起来，拍拍身上的雪，朝我招手笑。我按他的样子，顺着他的道，霎时到了谷底，好刺激。

我俩开始爬第一座峰，山很陡，几乎贴着鼻子。我就认准了小有子的脚窝，一步一步，慢慢地往上爬。实在累了，停下来喘口气，再接着爬。不知歇了多少次，终于爬上了山顶。

第一座峰很高，周围的几座峰比它略矮些。第一座峰跟前面的峰是连着的，我们顺着山脊就过去了。在第二座峰，我说咱俩坐下来歇一会儿。小有子在四处张望，听了我的话，坐在我身边。我说，我们不是来爬山的，是来找人的，这个样子能找到人吗？小有子笑了，少掌柜在一心一意爬山，我可时时刻刻在找人啊。

"没看出来。"

"不管在山坡、在谷底，都要看周围有没有脚印，有没有人走动的痕迹。脚印是最值钱的，找到脚印就离找到人不远了。查看有没有脚印一定要细心，到一个地方，没搞清有没有脚印，那是白来。我们爬山顶，是要看看哪里有热气，哪里有鸟，有人的地方有热气，有热气、有人扔的可吃的东西就有鸟。进山后，我不停地找，我敢说，我俩经过的地方，没有人的踪迹。"

"好小子，给我上了一课。让我自己来，得走个顶头碰，才能找到沟里舅。"

小有子开心地笑了："少掌柜是读书人，见得广，可进了山就没辙了。猎户的筏子确实难找，别说没进过山的，就是常在山里转的，走到筏子前，兴许还找不到呢。"

我俩又爬了三座峰，因为相隔不太远，过前两座峰不算难，到了最后一座峰峰顶的时候，听到了枪声。我们得回去了，回去晚了，大爷在后面会着急的。我俩往后望望，虽然没有找到沟里舅，但是可以肯定，沟里舅没在我俩走过的地方的附近。往回走跟来时一样难，也要爬山下岭。走出大山，我几乎要累瘫了。到了看得见东北岔的山坡时，天已模糊黑了，两条腿像木头似的，使劲挪也走不动，估计扎一锥子，也不知道疼。

回家的一路上，我栽歪在爬犁上，实在没力气说话。大爷以为我没找到沟里舅不开心呢，安慰说，路没少走，爬了五座山，我老头子上去肯定爬不动。回家躺在炕上，我感到这么回四方街还是没法交待，那么大的山，我们来了，扎一头就回去了，那叫找人吗？找不着不要紧，这么回去叫老爷子笑话。我说明天还去找，大爷和小有子听了吓了一跳，说你还能爬得动吗？我说，爬不动也得去，要不老爷子会骂我庻货。大爷说，这样，你在家歇着，我去找。我说，大爷饶了我吧，你替我去，老爷子要笑我没用，还要骂我不孝。我说早点歇着，明天还是天不亮就走。

我真累透了，可还留了个心眼，别睡过头了，睡过了头，他俩扔下我上山倒有理了。我像一摊烂泥躺在炕上，浑身没有不疼的地方，连翻身的力气也没了，一闭上眼睛就睡过去了。不知什么时候，激灵一下醒来，以为他俩把我扔在家里上山了，睁开眼睛，眼前漆黑一片，我想再睡五分钟，眼睛一闭又过去了。再一激灵醒来，推小有子，没有，找大爷，没有，真睡过头了。我急忙起来，看见大爷在外屋弄饭，小有子在牲口棚拌料。他俩都没招呼我，多亏我留了个心眼。

我们又出发了，四周黑糊糊的，天上连个月亮也没有，勉强认出爬犁道。

大爷问我："昨天累坏了吧？"

我说："不累。"

大爷笑着点点头："有种。"

大爷说："今天上山，不能沿着昨天的道再往前走，那样回不来。今天咱们从左撇爬犁道上去。今天再找不到，明天也不来了。找得不算近，你俩顶多走这么远，光昭他明白。"

我说："那也行。"

在爬犁上坐一会儿，我又睡着了。到了沟头，我跟着小有子，连滚带爬走了一天，没找到一个脚印。

这一天回来更累，脱鞋上炕都费劲，就想躺着，饭都不愿吃。可是，看看大爷在外屋弄饭，小有子伺候牲口，自己也不好意思躺下来，强撑着靠墙坐着。还是小有子好，他进屋取东西，见我坐着，顺手拿过一个枕头，放在炕里，拍拍平，对我说，少掌柜累坏了，看着怪可怜的，躺下歇歇解解乏。我也没辞让，一歪就倒在枕头上了。我醒来的时候是第二天天亮了，是他俩帮我脱的衣，替我盖的被。

次日，我们歇了一天。太累了，这两天出了许多汗，口渴得厉害。大爷把枣炒煳了当茶，那枣不知是哪位乡亲从关里捎来的。我一口气喝了两大碗，还想喝，可是喝不进去了，大爷和小有子瞅着我笑。我们爷仨又守着火盆烤土豆吃。土豆烤好了，外面是焦黄的硬壳，里面是软的，掰开但见黄壳白瓤冒着热气，一股清香，可吃两个也吃不动了。

我说沟里舅在山里有土豆吃就饿不死，你看，土豆又当饭，又当菜。大爷说，哪有猎户饿死在山里的，可也不能总在山里，缺东少西的，长了成野人了。

我顺着大爷的话，突然想到一个问题，跟爷俩说，我看三十六峰，除了山还是山，走路不好走，种地不好种，不是什么好地方，除了打猎，别的什么都干不了。大爷、小有子，沟里舅能不能到别的地方去了？

小有子瞅瞅大爷，大爷说，有地方去，当然比进山强。可是，进大屯他们不愿来，咱把老房子给他留着，捎信请他们下来，就是不来，说是受不了鬼子汉奸的气。散户都烧光了，抗联一走一过都没处投宿，更别说他们能搬去落脚了。

大爷摇头说过之后，忽然又说，也别说除了大山无处可去，真有个地方，不知他们是不是去了那里。

"哪里？"我和小有子急切地问。

"榆树沟。推大沟以后，鬼子、汉奸再没去过那里。榆树沟阴气重，过了两年了，不知现在有人搬去没有。搬到那里撂荒地有的是，搭个马架子就能生活。"

"大爷说得是，回去我们到那里看看。能在榆树沟找到沟里舅可太好了。"

"榆树沟离这里近，有三十六峰挡着，绕一下，从西北岔走，到三岔口就能进榆树沟了，然后一直走，从倒木沟你姑家出去，就回四方街了。"

"好，咱们明天就这么走。"经大爷指点，我和小有子又来了精神。

绕道回去，路程增加不少，天不亮我们就出发了。轻快的爬犁悄悄疾行，只有马蹄踏雪的"咯咯"声。按照大爷指的路线，天亮到了西北岔，中午到了三岔口，下午进入榆树沟了。和上次去榆树沟不同的是，上次是从上面下来的，这次是从下面沟口上去。

进入榆树沟，步步上坡，爬犁不那么轻快了。沟口稀稀拉拉有几户人家。榆树沟八十里，早着呢。沟里寂静无声，厚雪把一切遮盖得严严实实，暗黑色的树木，伸着枝丫，一动不动，像石头雕的。往里走，路两旁的住户也没了。我和小有子紧张地向前望着，马走得吃力了，一步一点头，鼻子喷着热气，小有子不断地用小鞭子抽打。

到了大车店了，大雪捂着高低不平的废墟，想站下来歇歇，又想起当年堆着的上百具尸体，还是往前走吧。

昏暗的太阳，挨着前方的山了，我们快到死人最多、流血最多的月亮泡了。

突然，右边的山坡上出现一缕青青的炊烟，小有子用鞭子指着，兴奋地叫我看。他不说，我也看到了。我俩拴好爬犁，喂上草料，朝山坡走去。刚走不远，袋子门前的狗叫起来了。我们走近了，它叫得更欢，左右来回走，转着圈叫，又听见不远处邻家的狗也叫起来了。袋子门开了，一个中年汉子端着枪出来了。他见我们两个空着手，把枪立在门框边，叫住了狗，和善地打量我俩。我说我们从三岔口来，路过这里，顺便打听个事。他把我俩让进屋里，嫂子正在锅台忙活，朝我俩笑笑，两个孩子在炕上盯盯地瞅着我俩，有点认生。

"你搬到这有一年多了吧？"

"嗯。推大沟第二年搬来的。"

"这里好，不受气。"

"也就图这个。"

"榆树沟搬来了多少户？"

"和我前后脚的有三四户，搞并屯又来了四五户，一共十来户吧。"

"东北岔有人来吗？"

"没有。他们来了敢情好。"

"他们来了怎么好？"

"东北岔是猎户屯，他们来了胆子壮。榆树沟家家有枪，我们都是种地的，枪法和他们没个比。"

正说着，嫂子放上了炕桌，端来两碗开水，拿来一叠煎饼，端来一碗小豆腐，还端来一盘咸菜条。看见吃的，感觉饿了，想起出来一天没吃东西了。我们俩没客气，煎饼卷小豆腐很香，造了个饱。

我俩向两口子道了谢，又赶路了。

吃过饭，身子暖了，又有精神了。我说，这两口子真好，热情实在。小有子却不以为然，他说关东这疙瘩家家都一样，到我家也会满招待，就是到丁小店家，也能喝上热水吃上热饭。我说，你可别吹了，你家连个老婆都没有，水都烧不开。小有子笑了，没老婆照样活得挺好，来客亏不了他。我正经跟他说，得找一个。"不好找。""你要什么条件？""我穷，家里有个瘫爹，找的人怎么也得能干、心眼好才行。""看过吗？""看过。太差的，咱看不上；好一点的，人家看不上咱。都没成，没个成。""咱小有子聪明，勤快，干啥都成，怎么也得找个好姑娘。穷点更好，穷才能看出真心。""少掌柜夸我。我也觉得穷不是毛病，你家老爷子、太老爷子不也是靠两只手干出来的吗？""对，人穷才有志气。"

我俩闲唠，爬犁已经到了沟头，再往前走就到姑姑家了，原打算在那里住，再一想推大沟她家多了不少人，别再添麻烦了。

我说，咱们直接走吧。小有子说，不怕姑姑骂你？我说，不让她知道不就完了。我又说，她家来了不少人，不知现在过得怎么样？

小有子听了也没有话。天黑了，四周的雪隐隐地泛着白光，眼前的爬犁道向前伸着，伸着。爬上岭，出了沟，过了姑姑家，到四方街都是下坡路了。马似乎闻到了家里的味道，跑得又匀又快，爬犁下面的雪粒子沙沙地响。

到家已经后半夜了，马跑了一身汗。我俩睡个囫囵觉，早晨去见老爷子。

小有子把烧瘪咕的、沟里舅家炕琴上的铜件拿给老爷子看，老爷子的脸色立刻不对劲儿了，布满了惊恐和疑问。我说，爹，别担心，听我慢慢说。我把这几天做的事一五一十地告诉了老爷子，之后讲，我想人没有问题，人可能在三十六峰，怪我无能，走不到三十六峰的深处。老爷子说，你俩在三十六峰找了两天，很不易了。人还在就好。看来你大舅和鬼子叫上劲了，哪儿也不去，你来打我就去三十六峰，你走了我再回来。我一听还是老爹厉害，知道沟里舅的脾气，知道沟里舅怎么想的。我说，沟里舅不离开东北岔，我们怎么也能见到他。

老姨来了，她昨天就来了，前天也来了，见了我，脸上兴冲冲的。我又把经过和她说了说。"没见到你沟里舅，捎的东西还放在我这儿吧。"老姨白盼我回来，她只说可把孩子累坏了，这几天就瘦了不少，也黑了。她回去时，跟谁也没打招呼，悄悄地走了，我看到她的背影，恍惚感到她的孤单。

接着几天，老姨没过来。后来，她来了，说去东北岔时告诉她一声。

春天来了，路上的雪化没了，山上的雪也化没了，树林子冒绿了，风吹到脸上感到暖了，人伸开腰了，我和小有子准备再去东北岔。

上次没送出去的东西带好了，把盐、蜡、火柴、肥皂又添了些。老爷子拿来一个包，我接过来，挺沉，打开看看，有火药、弹丸、子弹，小心地放在车厢中间。老姨又送来一个包袱，她给大人孩子每人都准备了一件衣裳。

我和小有子带了够吃四五天的干粮，我们打算路过太平川不在老房子站脚，直接去东北岔，免得碰见警察，到了东北岔，见不到人，就把三十六峰找个遍。

轻车熟路，我们不紧不慢地走着，太阳快落山的时候，快到东北岔了。我想，见不到人就拢火睡一宿，晚上山里挺冷的。

突然，"站住！站住！"听到有人厉声喊话，我惊疑地四面瞅瞅，马车两旁从树上跳下两个人来。

两个人都是半大小子，手里拿着枪。

"你们来干什么？"

"找亲戚。"

"找哪家？"

"老齐家。"

"从哪儿来？"

"四方街。"

"姓什么？"

"姓刘。"

"你等着。"说完，他俩一个横在马头前，一个飞奔回去报信。

不大工夫，刚走的小家伙回来了，边跑边喊："叫他们上来吧。"

我们赶车往上走，一会儿，沟里舅和表弟迎下来了，扎煞着两只手，乐得合不拢嘴。走近了，他俩太让我吃惊了，又黑又瘦，沟里舅头发、胡子又白了不少。

"冬天我来过，只看到家给毁了，进山也没找到你们，你们怎么不下去呢？"

"这不是见到了吗？回去跟你说。"

村道两旁，有的窝棚、马架子已经搭好了，烟囱冒烟了；有的还在建，在天黑看不见之前，抢着和泥墁墙、刮树皮、做房梁。

到大舅家，舅母、弟妹和孩子在门口等着我们，舅母也老了，头发有白的了，大人都黑了，瘦了，才一个冬天，就折磨得变样了。只有孩子好，比一年前高出一头，也黑，也瘦，可瞅着结实。

大舅家的房子又起来了，真能啊，干得快。

大舅家的房子原来是木刻楞的，烧得剩了半截，他们清理后，把能将就用的都将就上了，只烧一层皮的还是好家伙，烧了不到一半的，往上接一接，黑黢燎光不好看不要紧。新建的房子比以前的矮多了，站在屋地一抬手就摸到棚了。灶坑是重垒的，炕还能用。门只做个框，用木条子编成扇当门，我想山里窝棚用的就是这种门。窗就是留个窟窿，立几根木棍，晚上得用东西堵好，挡住风。屋里什么家具也没有，板凳、饭桌、箱、柜，一概没有，又让我想起了烧得瘪咕的炕琴铜件。锅碗瓢盆堆在灶台上，没有水缸，用水桶装水。被褥、衣服堆在炕里。舅母客气，一再让我坐，白白的，刮得又平又光的白桦炕沿真不错，炕上还没有席子，铺着一层干草。

小有子把带的东西拿进屋里，看到盐、蜡烛、火柴、肥皂，舅母和弟妹的眼睛放出光来，"啊"了一声，说你们想得真周到，正缺这些东西呢。

大舅说，可没少带。

我说，上次来就带着，没找到你们，这次又加了些。

大舅说，把东西分一分，挨家送一送。

我说送吧，家里留一点就行，还缺啥，我们送来。

大舅笑了，缺的多了，屯里人合计合计拉个单子。我们有些山货要卖，正好来往一起做了。

小有子把弹药拎给大舅，我说是老爷子给你的。大舅和表弟打开看看，不言语，表弟麻溜拎出去，不知放在什么地方了。

小有子把老姨捎的东西递给舅母和弟妹。一人一套单衣，弟妹给孩子穿上，长短宽窄正合适，她纳闷老姑怎么知道孩子长多大了呢。再看围巾、棉帽、手套、鞋，舅母和弟妹眼里涌出了泪花。

舅母问，慧颖有消息吗？

我说，去年二叔回来，说慧颖干得不错，当连长了，再没听到消息，舅母见到老姨的东西就想到他了是不?

舅母说,你老姨惦记我们,更惦记自己的儿子,搞并屯,抗联更苦了,你姨父死得又早,你老姨多苦啊。

我听了,觉得自己糊涂。我知道老姨挂着大舅一家,却不知道大舅、舅母更挂着老姨。

吃饭了,小有子、表弟从外面搬来几块石头,上面放几根木棍,算是凳子,把饭菜摆在炕沿上,有人上炕,有人坐在下面,围着吃起来。吃的是狍子肉炖土豆,小有子把我们准备进山用的干粮拿来,正好搭配上了。

我说,上次来找了两天,爬了十来座山,累踢蹬了,连个脚印也没找着。

表弟笑了,你俩那是刚进山,远着呢。

我说,这回领我去看看,见识见识。

全家人都笑了。

大舅说,猎户的饹子可不好找,远,都是山路不说,你就是走到跟前,也找不着,藏得好。要不然小鬼子早把我们端了。

我们一边吃饭,大舅一边讲了东北岔遭劫的经过。

并屯的事早就通知到了,东北岔的人都不同意。东北岔都是旗人,祖祖辈辈在这里生活,谁愿意走哇,凭啥走哇。再说搬到太平川,种地够不上,家家都得扎脖,那我们更不干,挺着,就不往下搬。入冬的时候,鬼子"清乡"了,从下面开始往上烧散户,我们听说了,就把东西往山里搬。东北岔家家在山里有打猎窝棚。鬼子烧上来的时候,我们躲在屯边树林里看。看见鬼子点房子,有几个人气不过,开枪撂倒几个。鬼子中了冷枪,却不知从哪儿打来的,烧了房子就拉着尸体,匆匆忙忙下山了。

打死了鬼子,我们更不能下山了,所以你们让我搬到老房子住,也没法回信。

在山里住了一冬,开春还得来种地,就回来了。

鬼子肯定来报复,我们打定主意,他们来的少,就收拾掉,对不住,谁叫你来了;来的多,我们就进山,躲还不行吗?

我们重盖的房子是对付事的,能住就行。说不定哪会儿,又被鬼子烧了。小鬼子不完蛋,我们就别想住好房子。我们在下边放了岗,你俩上来了，两个孩子盘问，如果鬼子上来了，孩子一放枪，屯里人就上山了。

大舅问我，小鬼子能完蛋不？

我说，早晚的事，肯定完蛋。现在又在河北打上了，蛇吞象，完蛋更快。不只中国人这样说，有的日本人也这样说。

这一天晚上，大舅和表弟给各家分盐、分东西，从各家齐山货，记账，拉购物单，忙到后半夜。

早上，我和小有子下山，家家都出来相送。

东北岔的山货好转手，咱家杂货铺只是过路财神，卖多少钱，一分利不赚，全记在沟里舅账上。他们要的东西，弄到了，隔些日子就让小有子送一趟。

年底，例行的冬季"讨伐"又开始了。果然，东北岔又给烧光了。转年开春，沟里舅他们又从头忙起。

第八章

夺 地

　　这一年，所有的人，所有的方面都特别忙。

　　东北军残部一些人，一些市民和农民，盼望南京政府出兵东北，解救沦陷区人民于倒悬，可当局却忙于内战，"围剿"红军，不料想红军转战经年，辗转万里，竟然到了陕北，真是越忙越头疼。

　　日本这个愚蠢而疯狂的战争小丑，在战略上走不出一步对招，占了东北以后又在华北起事，搞两头挣。刘聪跟着吉田四处"讨伐"，不只冬天出去，夏天、秋天也上山"围剿"。可是东北军溃散之后，抗联的队伍越打越多，起初有2个军，后来有5个军，后来有了11个军。

　　伪满小朝廷的四梁八柱支巴起来了，他们是一些不知道害怕的人，附逆作恶，拾人牙慧，弹冠相庆，得过且过，不想将来怎样收场。我的一些旧同事，供伪职也面露得意。他们不是白吃饭的，也很忙，忙什么呢？一早晨就督促学生朝拜天皇，到了年底就搜刮粮食，运到前线作为军粮，天天督促产煤、产铁、产油，运到前线作为军需。他们的得意，遭到国人的憎恨。

　　天气暖了，借住大车店的人少了，大部分搬到新建的地窖子了，剩下的也快搬走了。家在附近沟里的忙于种地了。从四方街到地头，走一个钟头算近的了。有的天不亮就得走，干一天活，傍晚回来两条腿像灌了铅似的，走不动，也不愿走，到四方街已经很黑了。

这时候日伪当局忙着一件最大的事情，就是搞所谓的土地公有化。大张的布告贴出来了，省、县、村层层开会，要农民把所有的地契缴上来，伪满统一收购。农民耕种，再行购买。上缴地契是有期限的，逾期没收土地。有的地方被划为军事区，不仅要缴地契，房子也要倒出来，限期搬到指定的荒凉地方。

土地是大事，老爷子打开炕琴，从里面拿出一个包袱，包袱里有七八个地契，每个地契都是用绸布仔细包裹的，他挨个打开，端详了半天，又收到一起。他亲自到太平川交地契，回来就病倒了。

老爷子回来的时候，我老早就在家门口等候着，见他脸色不好，一点精神也没有。我扶他下车，进屋，他扶着炕沿说头晕，恶心，上炕躺下了。晚上发烧，说胡话。

我问小有子，走时好好的，怎么才两天，回来就病成这样？

小有子说，去的一路上，老爷子有说有笑的，见到一块地，他就跟我讲，是谁家的，啥时开的，有的地转过手，跟谁转的手，因为啥转手，哪方赚了，他都知道。他说，地是庄稼人的命根子，卖啥也不能卖地，赚多少也不能卖，地不能再生，卖一块少一块。在太平川自己家老房子吃住，都好好的。回来在车上，我看老爷子没精神，可想不到会生病。怎么会生病呢？想不出哪样没伺候好。地契都缴上去了，是不是急火攻心？

小有子说着眼圈红了。

我请来大夫，大夫也说是急火攻心，开了药方子，要老爷子静养。过了四五天，老爷子才退烧。

老爷子觉得饿了，能喝小米粥了，家里人放心了。得了这场病，老爷子瘦了，显得虚弱，说话有气无力的。

我，老姨，你妈，一齐守着他，静静地守着，谁也不好吱声。老爷子上的是急火，得的是心病，我们还能说啥。

你二叔回来看老爷子，他见老爷子发烧着急，坐不安立不稳的，说这世道太黑暗，把人往死里逼。我们劝他别火上浇油，再惹老爷子生气。

二婶和梁子也来了，老爷子见到梁子笑了，用手摸他的头。

梁子说："伯伯病好了，带我上木场。"老爷子满口答应，笑着说："好，好，放寒假时我带你去。到木场干什么？想你爹了，要看看大森林什么样是不是？大森林和咱这山上的林子差不多。"二婶正要埋怨梁子添麻烦，见老爷子有了兴致，就没说什么，随着大家哄老爷子。

老爷子能起炕了，老爷子刮胡子了，老爷子到大车店临事了，老爷子的病好了，每晚的功课照常做了。

功课我只能试着做，怕碰着老爷子的哪根痛苦的神经。

我讲了一个故事，是从电台听来的。

有个日本兵，叫伊田，是共产党员，持反战立场。

他是个辎重兵，开汽车送弹药的。今年夏天的时候，他所在的部队进攻抗联。怎么帮抗联呢？伊田想了个办法，他把汽车开到战场边上，找到一个日本兵不易发现，抗联又能找到的一个小树林，停下车把发动机破坏掉。车上载着10万发子弹，他这样做了，即使日本兵发现了，这些子弹也搬不走了。

他想，自己做了这件事，反正活不成了，就从笔记本上撕下纸来，给抗联写了一封信，讲了自己的身份，讲了自己的所作所为，希望抗联用他给的子弹，瞄准日本法西斯，打胜仗。他用一块石头把信压好，在不远处用手枪自尽了。

抗联战士在打扫战场时发现了整车的子弹、那封信和伊田的遗体。

抗联把伊田当作自己的战士埋葬了，还举行了隆重的追悼会。

可惜，我们只知道他叫伊田，是日本哪里的人、成长过程、家庭背景等等一概不知了，很想看看伊田长得什么样，连张照片也没留下。

伊田事件是颗精神炸弹，把日本军队吓坏了，立即进行整肃。伊田所在部队司令官被免了，有200多日本兵被关进了反省院，有的还给杀了。

我听了广播后，问过刘聪。刘聪问，你怎么知道的？我唬他，说是"新京"一个老同事告诉的。刘聪说，确有其事。

老爷子听了，脸上很严肃，说这个日本兵不简单，令人起敬。

后来老爷子给我讲了一个故事。说是木场的木把在一片树林里发现了8具日本兵尸体，都是吊死的。这事好奇怪，慢慢打听才知道，这几个日本兵不愿打侵略战争，偷偷跑出来找抗联，可又不知抗联在哪儿，进了山林，找了几天没找到，带的东西吃光了，又不能回去，没办法就上吊了，很惨。还是我们木把把他们解下来安葬了。咱木场捡了8条枪，还有不少子弹。上次给你沟里舅的子弹就是在那捡的。小日本做事太过，叫人看不下眼，不光遭咱们恨，他自己同胞也有恨他们的。

过一天，我顺着又讲了一个故事。有一个日本军医，在战斗中被抗联俘虏了，抗联执行俘虏政策，军医已经认罪，可以走人，还发路费。那个军医说，我不走，留在抗联当军医，一起战斗。军医在抗联样样事情干得很好，跟战士处得像亲兄弟似的。他说，等抗日胜利了，要入中国籍。可在一次战斗中，军医负伤了，又被日军俘虏了。日本人耻笑他，骂他叛徒。他破口大骂，告诉你们，我是中国人，你们日本人连狗都不如。后来，那个军医被杀了。

老爷子笑了，说这类故事好，可惜星嘣的，少了点。咱还是讲自己的吧。他讲起了去太平川的经过。

老爷子到了太平川，住在老房子，第二天早晨去村公所。小有子陪着他，说回来得拿不少钱，别让人抢了，揣了一把攮子跟着。到了村公所，屋子中间放着一张桌子，桌子后面坐着日本人、兴农社的职员和伪警。老爷子把所有的地契放在桌子上，在太平川数咱家的地多，交得又早，日本人见了，眼睛放光，连说"哟西，哟西"。

他们拿着地契，和老爷子一起去验地。咱家的地，大部分是熟地、平地、一等地，日本人硬从好地中挑出一半来，说是二等地。老爷子说，这地土最好，打粮最多，这地不是一等地，哪还有一等地。日本人也不和你分辩，只摇头说你说得不对。老爷子见他根本不讲理，真想上去揍他个兔崽子。兴农社的职员见老爷子生气，劝他说，老爷子，有50垧算了一等地，很不错了，不少人家全给算了二等、三等。100多垧地，大致看看，晌午回到村公所了。日本人用算盘算了算，叫人取钱。老爷子数了数，才1800元，眼前一黑，差点栽倒在地上。

平常地价，一等熟地一垧 70 元，日本人只给 20 元，还有一半压等，压等的地只给 10 元；坡地的好地每垧也值 50 元，日本人只给 10 元。咱家地总共值 8500 元，现在只拿到这一点点儿，强盗抢也不过这个样子。

小有子见只拿到这点钱，气呼呼瞅着日本人，恨不得拿出刀子，又见老爷子摇摇晃晃的，只好搀扶着回到老房子，大爷见他脸色煞白，额头冒汗，以为得了什么急症。老爷子说，日本人太狠了，咱家的地全没了。

老爷子讲了咱家 100 多垧地的来历。

咱家的 100 多垧地是三辈人辛辛苦苦用血汗攒下来的。我太爷爷那辈两手空空，刚来关东，几把镐头，一镐一镐地开了 10 多年，开了 10 多垧地。他死的时候，感到很满足，有 10 垧地，吃穿不愁了，刘家世代有了根基。我太爷爷 50 多岁就死了，那是累死的。刚到关东，人手少，又没有牲畜，开荒格外费劲。开生荒地，要先选地场。我太爷爷看中的是你姥姥家的山场。老齐家是咱家的恩人，大量，答应了开地，价钱不高，还说你们刚来手头紧，啥时有啥时给。有了地场，就伐木、打灌木棵子，清理出空地后，翻地，打垄。翻地打垄可费牛劲了，地下全是密密麻麻的树根、草根，还有大大小小的石头，一个人一天开不了几分地。翻了地，起垄没有牲畜犁杖，只得一镐一镐地背。开地开得慢，只好起大早，贪大黑。撒下种子后，铲生荒地也特别费劲，土中草根多，锄头搂不起来，要把锄板磨得像刀一样快，才能斩断青草。起早贪黑，年复一年，手上的硬茧不知起了多少层，锄把、镐把、镰把磨得光光的能照见人。每天不知流了多少汗，汗衫上总有一层白碱。我太爷爷四五十岁腰就弯了，胳膊疼、腿疼、腰疼，牙掉光了，人太累，精力不济，牙就掉得快。累了一辈子，到老了也闲不住，人又不是机器，自然去世早。

我爷爷子承父业，又开了 10 多垧地，家里养牲口了，种熟地省力，可开荒还要靠斧砍镐刨。我爷爷也是 50 多岁去世的。他们亲手开了 30 多垧地，是祖辈、父辈的光荣。

到老爷子这辈又开了 20 多垧，虽然也挨了不少累，可是有家底了，可以雇人，省力多了。有家底了，老爷子和二叔都能读书，老爷子在地里干了十来年，二叔一天也没干，读完书到部队当教官去了。

老爷子说，他离开土地是因为我在省里干事的时候，给咱家办了张山场执照。办山场赚点儿好钱，可老爷子还像我的太爷爷、爷爷那样，认为土地是咱家的根。把赚的钱买了地，没少买，买了60多晌，差不多把赚的钱都用上了。

虽然都是土地情结，老爷子和我的太爷爷、爷爷还不一样。他们认为，土地是成家立业的根基。他们认为得一点没错，有了他们两代的牺牲换来的土地，老爷子和二叔才读了书，比前辈有出息，再往后，我和表琦才能读大书。

我打断老爷子，说我和表琦书没少读，可没啥大出息。

我说完了，又怕老爷子以为我在发牢骚埋怨他。

老爷子没生气，他说这你可别怪我，你跟日本人说去呀，刘聪有出息，你随时可以走那条道，日本人还怕请不来你呢。

我俩都笑了。

老爷子接着说，他对土地的认识要比先辈更进一步。他认为购买土地是最稳当、最好的投资。你想啊，土地背不走，撂不坏，一百年，一千年，世世代代，一万年不会变。它的不可损，比坚硬的黄金还可靠。再一个土地会增值，祖辈有力气就可以开垦，现在可垦的土地少了，将来会更少，土地自然会升值。现在的地价，比30年前、50年前是成倍地增，除了小鬼子的硬抢。

现在干啥牢靠呢？干啥也不牢靠。和俄国人做买卖的大户，赚了不少，十月革命一来，原有的卢布变成了废纸，多少商家立时倾家荡产。和欧日做大豆生意的，一直顺手，大豆也要，豆饼也要，收多少卖多少，大把大把地赚钱，赶上世界经济大萧条，美元贬值，买卖立刻砸了，赔得血本无归。家里有闲钱，什么也不干，放在钱庄吃利是稳赚吧，那也没准儿，你知道钱庄哪天黄，大笔钱放在钱庄更危险。所以，我把咱家的家产都买了地。可是，国已不国，几辈子攒下的地、买来的地，眨眼全没了。

我说，地降价不要紧，咱趁机再买嘛。

老爷子说，傻孩子，哪是单单降价那么简单。日伪打着国有化的幌子，收地用最低的价格，几乎是抢，收了地是要留给日本移民，所以，你要买地的时候，好地是不卖的，孬地也不是收地的价，要贵好多。咱家130垧地，卖了不到2000元，再买地连一半也买不上。再说，买了地，我老了，干不动，你们哥俩又不是种地的料……

我说，我种地真种不来。

老爷子说，你俩种地，一垧地能收一石粮就烧高香了，怕连种子都收不回来。这样只能租出去，佃户交了租子，再把四成"出荷"，再扣除种子、饲料，他还能剩啥？佃户得罪不起日本人，"出荷"少不了，只好短咱们的租子。佃户不愿亏待咱，可他实在没办法呀。佃户辛辛苦苦一年，落得个两手空空，没有就是没有，谁能咋着，这地还租个什么劲儿。庄稼人的梦想是有块地，安安稳稳过太平日子。这个可怜的愿望，叫日伪一纸告示令给毁了。从你太爷爷算起，办木场你有功，也算得上，一共四辈人，四辈人的血汗白流了，辛辛苦苦累死累活打下的好好的基业一风吹了。先辈地下有知，得多伤心！老爷子说他得这场病没死，是命大，活活气死也是能够的。

老爷子说到了伤心之处，吐出了心中郁结，我想他能轻松一下了。可他停了一阵，盯住我说，咱家遭这一劫实在不小，地没了，那是咱的家底，还有一个木场。小日本把地收去了，让不让办木场也是没准的事，能守住的只有大车店了。我们原来在四方街开店是为了照看太平川的地和木场这两头，这两头要是没了，大车店算什么？哪能让你囚在这里，当初让你回来是我的主意，现在我放你走。

我听了吃了一惊，怎么唠到这个上面了。我说，我回来是自己的选择，只是为了逃职，不在乎家里有地没地的。

老爷子说，逃职可以逃到关内嘛，躲开日本人就成。

我听了不禁脱口说道，这个我考虑考虑。说完又怕老爷子伤心。

老爷子说，你考虑考虑，不必太顾虑这个家和我，年轻人的心思我懂。

我没再说什么，我真要好好考虑考虑。

我真想离开四方街。我窝在四方街，转眼五六年了，人已三十出头了，再窝几年，不废了吗？

我回到四方街，一是为了逃职，任伪职，给日本人干事，将来没法向后人交待。二是为了奉亲。老爷子是我们兄弟俩的骄傲。老爷子中年丧妻，再未续娶，是为了对我母亲的承诺，更是为了我俩不受后娘的气。后娘不是没有好的，但是太少了，古今中外的后娘都是嫉妒狠毒的代名词。老爷子手里有偌大家业，前来提亲说媒的要踏平门槛，为了我俩坚守一辈子不容易。我俩长大以后，老爷子还不续，心里还装着我妈，重情重义，更令人敬佩。我回到老爷子身边，侍奉老爷子实在是心甘情愿的。咱家的家产不算大，可在当地也是数得着的，从我曾祖父到老爷子创下的这笔家产，我有承继的义务。况且逃职和继产正好是一顺水的便利事。

但是，话还得分两面说。男子汉应该有志气，成大事，逃职、继产、奉亲，作为权宜之计尚可，作为终极目标未免太窝囊、太没出息了。我当时回来，还因为表琦在北平读书，如果我撇下老爷子到关内去，让老爷子过凄凉孤单的晚年，太没心肝了。现在好了，家产几乎让日本人一笔勾销了，无产一身轻，你二叔又在身边，我再继续窝着就说不过去了。

我跟你妈说："我想到关内去，跟我走吗？"

"废话。"

"关内可是很乱的。"

"还有比咱这更乱的吗？鬼魅横行，鬼子、汉奸、土匪，一个比一个凶。"

"远走他乡要吃大苦。"

"我只知道嫁鸡随鸡，嫁狗随狗。"

我想让你妈留在家里，我一个人出去利手利脚，方便很多。可这世界太乱了，死个人，像死个苍蝇似的，你妈又不放心。

做走的决定，我必须和表琦商量。

表琦听了我的打算问道，和北平方面联系了吗？我说正在联系，在北平的东北人不少，有各种抗日组织。

"这我知道。你当初回来是为了逃职，这回要出去抗日。抗日比逃职积极。可抗日，我们这是敌后一线，北平是二线，抗日是从北平往东北派人，哪有从东北往外走的，往外走算什么抗日。"

"照这么说，我不应该出关，而应该进山找抗联去。这个主意好，就该这么做。"

　　表琦笑了，马上止住我说："我的意思是，你不要进关，不是要你上山。上山找抗联，别人可以，你就免了吧。"

　　"为什么？"

　　"咱家二叔、慧颖都在抗联，老爷子、二婶、老姨整天提心吊胆地过日子，神经快要崩溃了，你就别再加码了。"

　　"国难当头，我们虽然没有附逆，可哥俩都年纪轻轻的，缩头缩脑地蜷在家里，算是什么事呢？"

　　"我的好哥哥，老爷子最看重你了，我也是从小对你敬重有加，你为人做事老成持重，有板有眼，有条不紊，不像我毛毛愣愣的。你在家里我们心里稳当。为了这个家，请你做点牺牲，不要张罗出去了。你要出去，老爷子嘴上赞成，可心里难过，咱俩伤了谁，也不能伤了老爷子。"

　　"表琦，你还为人师表呢，我看迂腐得可以了。国难当头，满嘴讲孝，不知是真孝，还是假孝。"

　　"好哥哥，如果我在北平不回来，你就安心在家里守着老爷子，是不是？"

　　"当然，我不是说过了嘛。"

　　"所以，为了这个家，请你做点牺牲，也符合你的意思。"

　　表琦见我一脸茫然，接着说："实话跟你说，我从北平回来是党组织派的。"

　　"哪个党，国民党？共产党？"

　　"共产党。我干的工作很危险，省委被破坏了，许多县委被破坏了，我的上级被捕了，被处死没几个月。他没有变节，我才留下来了。我们要继续干，随时会有牺牲。咱们家，咱老爷子就拜托哥哥了。你会照料好的，这也是你的本意。"

　　"我明白了，你干你的吧。请一定小心。"

　　表琦向我摊了牌，我自然无话可说。我留在家里才妥当，为了家，为了老爷子，为了表琦，没有别的选择。我在家里，表琦才能没有后顾之忧，所以他向我摊了牌。

　　老爷子还在观察我有什么动静，要走又不走了，怎么向他解释呢？正巧七七事变发生了，日本人扬言三个月灭掉中国，北平已开始撤离。我对老爷子说，华北打起来了，我哪儿也不去了，还是待在家里吧。老爷子点点头，没出声。我把这话跟你妈说了，她做了顿面片汤，全家吃得挺热乎。

表琦是共产党，我没想到。当共产党是要被杀头的，在伪满日伪杀，在关内国民党杀，直到西安事变才住手。

这件事要极端保密，表琦不是因为我要走把他逼急眼了，他不会告诉我。回来后，我没向老爷子提过，也没向你妈提过。表琦住在学校里，除了当教员，还忙些啥，我不知道，也不能打听。他在党组织里是什么角色，跟抗联有什么关系，办什么事，地下活动搞些什么，种种疑问，我只能没头没脑地揣测。表琦念书的时候就是学生运动的活跃分子，拿回来的报刊书籍，老爷子和我都看。从北平派回来的，肯定有任务，有职务，出事就是灭顶之灾。他不让我走，守好老爷子和家，显然做了随时牺牲的准备。我也只好守着这份担心，窝在四方街。想想家里二叔、慧颖、表琦三个人物，也不觉得太窝囊了。

有一次晚上做功课，我跟老爷子讲，相距不远的土龙山，因为日本人征地，引起了暴动，拉起了几千人的队伍，震惊伪满。

老爷子说，全是给逼的，我听过往的旅客讲，征地时日本人说，要不交地契，要不烧房子。他们那里一等熟地才给 10 元，熊人熊到家了，反正没有活路，有人一号召全起来暴动了。暴动当天打死了几个日本兵，其中还有日军大佐。

我说，暴动了就有出路，太平川的人太老实了。

老爷子说，不能那么说。说太平川的人老实，咱家在那里算大户，地最多，受害最深，就没有暴动的念头，没人挑头，暴动的事起不来。我岁数大了，暴动、拉杆子干不动。再说太平川屯子小，拉起几十人的队伍，打不到哪儿去。太平川的人不是老实好欺负的，并屯时家家预备了家伙，该拼时就拼上去了。你沟里舅是他们的近邻，早就暴动了，这回征地没他们的事。

我说，征地的价格，四方街比土龙山贵 10 块，是不是借了土龙山暴动的光。

老爷子说，应该是的。日本人也不是不知道害怕，各地全反了，小日本就完蛋了，关东军也没用，他能把东北三千万人全杀了？可惜没形成这样的局面。东北人都有文化、有觉悟，一个心眼，日本人就不敢来了。日本人看我们落后才敢打上门来。

我说，搞暴动我可以上啊。

老爷子笑了，领头暴动得是英雄人物，有号召力，振臂一呼，四方响应，你单枪匹马一个秀才，别看农民个个心里有火有恨，可哪个能相信你。

我说，爹这么一讲我真惭愧死了。山河破碎，生灵涂炭，我却这么没用。

老爷子说，瑾儿很不错嘛，有知识，有气节，都像你这样，就没有汉奸走狗了，伪满小朝廷就支巴不起来了。你还能帮沟里舅，帮并屯失所的难民，他们都说你的好，怎能说没用呢？

我说，我恨自己不是一块钢，危难深重的时候不顶事。

老爷子说，材料是各种各样的，各有各的用处。在这儿算不了钢，在那儿却能当钢用。

老爷子很会说话，我说不过他。

地契全上缴了，咱家没有一亩地了，也不打算再购置。老爷子讲过了，如果再买地，好地买不到，孬地的价也很高，用那1800块钱，买不了多少。再说以前把买地当储蓄，因为历朝历代，不管是大清国还是民国，土地价一直是稳，而且涨，买地是最划算、最放心的了。现在小日本把土地市场端个稀巴烂，谁知以后还会咋样？并且"出荷"太重，佃户没有账算，地主也没账算，干担风险，谁还去买地。

地没了，我和老爷子要把老房子卖了，请大爷到四方街来住。大爷不肯，说老房子好好的，要卖就不值钱了。不管咋的，还有二亩园子，我侍候着也是个营生，咱刘家世代务农，哪能一下子就一点儿不沾地。大爷还说，说不上哪天小日本滚蛋了，老房子还能用上。听了这些话，只好按大爷的意思，留着老房子。

沟里舅那边，地照样种，让太平川的人羡慕、佩服。种的农作物，小麦和土豆增加了。小麦早熟，能先到手就先到手，晚熟庄稼，夜长梦多，说不定几时叫小日本给毁了。土豆长在地下不用担心，而且又当粮又当菜。去年冬天，小日本到了东北岔，看见新建的地窨子、马架子，气得嗷嗷叫，又放火烧个精光。沟里舅他们早有准备，人到山里了没伤到一个，粮食也藏好了。今年春天，刚化冻，沟里舅他们又回来了，清清房场，搭建地窨子、马架子，又开犁种地了。沟里舅说，小日本能烧，俺们就能建，啥时他们不烧了，啥时算完。

有一天，我正在柜台拢账，一个女人的声音在叫"少掌柜"，听着怯生生的。我抬头看，一下子没认出来，那个女人对我笑着，让我认，又要提醒我，我猛然认得了，赶紧叫声："赵嫂！"赵嫂是太平川老佃户赵宝生家里的，一年多没见，变多了，原来结实的圆脸盘，瘪咕了，原来一说话就带笑，现在笑得费劲儿了。

我起身拎过她肩上的包袱，领她到账房，"爹，你看谁来了。"老爷子听到我的话，抬头见了一愣，立刻笑着说："哎哟，宝生家里的。怎么过的，瘦多了，好悬没认出来。"赵嫂说："别人咋过咱咋过呗，老东家不是也瘦了嘛。"

我招呼赵嫂坐下，端上一大碗茶水，赵嫂接过来一口气喝了半碗。我看她很渴，又很客气没有一口喝干，又给她倒满了。

我问赵嫂怎么来的，坐车还是走路。赵嫂说，走着来的，天不亮出门，这时到的，还行吧。我说嫂子不简单，我都走不过你。老爷子问，宝生怎么样？怎么你一个人出来了，他呢？赵嫂说，这次出来就是找宝生的。说着低下头，用手擦眼角。

赵嫂说，这回征地，他家地少，得的钱少，再买地，地更少了。太平川建日本移民部落了，你家的好地全给他们占了。我家的地不够种，就得租日本人的。过去我家租你们的地是四六分成，租日本人的地要少拿一成，宝生算算，给日本人一半，再加上"出荷"，剩不下啥，说这地没法种了，就出来到煤矿背煤了。前几个月往家捎信捎钱的，后来没动静了。下井背煤是阴间活，几个月没有他的消息，你们说我和孩子在家有多着急，想来想去就出来了，找找他，看到底怎么回事。

老爷子说，是该找找，宝生厚道，人高力气大，不会有事的。煤矿离这不远，明天我让小有子用马车送你，到矿上帮你找。赵嫂说，那可不行，太麻烦老东家了，以前就欠你家不少。老爷子说，别客气，路上、矿上都很乱，你一个女人去，我们也不放心。赵嫂见推辞不了，哭了，说老东家真是好人，站起来要下跪感谢，老爷子拦住说，别这样，乡里乡亲的帮点儿忙算什么，你路过这里想着看看我就很好，再客气，我就生气了。

老爷子说到了乡里乡亲，想到在太平川没了土地，心里很是伤感。

我请赵嫂到家里吃饭，她不肯，说在大车店吃饭很方便，不去家里麻烦了。我说到家里吃口便饭，一点麻烦没有，你不来我们也得吃饭嘛。我们回太平川到你家吃饭，这回你好不容易来了，怎么也得给个面子。赵嫂说不过，只得随我们到家了。

赵嫂和你妈头一次见面。你妈掂掇了4个菜，又烫了酒，吃完饭又聊起太平川的事。

"老孙家怎么样？"老爷子问。老孙家是咱家过去的另一个佃户。"他家跟我家一个屄样。地不够种，给开拓团日本人打工，一年忙到头，连根毛也剩不下。吃不饱，穿不暖，两个10多岁的孩子，瘦得麻秆似的。干挨累，活受罪，家家都是一样的苦日子。"

老爷子说："听说丁小店和以前不一样了。""丁小店跟以前是不一样了。见人有热乎气了，处事大方了，他家做黄米饭，能打发孩子给你端来上尖一碗。这两年，并屯修集团部落，挖沟垒墙，替日本人建移民村，外出修公路、修飞机场，数不清的公差，好劳力都给抽走了，宝生到煤矿背煤，也是为了躲劳工。他当了牌长，'出荷'下任务、各户派劳工，能替俺们讲情。屯里人都说丁耙子一死，丁小店想明白了。"

屋里人都惦记矿上的赵宝生，是死是活明天就知道了，谁也不提那个茬儿。赵嫂不知道，矿上死个人不当回事，瓦斯爆炸、冒顶、叫监工打死、病死等等悲惨故事常常有，天天往万人坑扔尸体，我们不愿意往那上想、往那上说。

我问赵大嫂："日本移民来了，他们怎样生活？人怎样？"

"这个可说不来。白天他们也有人下地干活，种的地只是一小块，大部分雇当地人给他们种。"

老爷子一听来气了："小日本把他们的祖宗，天照大神，弄来叫咱们拜，现在又弄来移民，给咱们当地主，真是骑在人脖颈儿上屙屎。"

"移民来了像贼似的，平时不敢出来，出来也得结成帮，怕咱们收拾他。晚上把门窗关得严严的，躲在屋子里。咱弄不明白，大老远地来，扯啥呀？"

次日一早，小有子套车和赵嫂到矿上去，后半晌回来了。

我从赵嫂的神色看，宝生没出事。

"见到了吧？"

"见到了。"

"咋这么快回来了？"

"见到人，知道没事就行了呗。"

小有子说，宝生给折磨得没了人样，瘦得只剩骨头棒子，黑得掉在地上找不到，活像一个鬼。住的是板房子大筒间，两面铺，中间空地有几个大铁炉子，一间住四五十人。吃的是一顿两个窝窝头，一勺白菜汤，吃不饱，推马轳辘心发慌，腿发软，慢了一点儿，日本监工的鞭子就打下来了，脸上、胳膊上留着鞭痕。穿得更差，去时穿的更生布褂子早零碎了，披着不知从哪儿捡来的麻袋片，连要饭的都不如。他下井是为了挣钱，一个月工资是50多元伪满票子，经过把头手，一个月得30元就算多的了。宝生说，这几个月干活只记账，没拿到现钱，没跟家里通信，年底结算就回家不干了。我看年底能不能拿到钱还两说着。赵嫂嘱咐他，钱不钱的是小事，一定要注意安全，大人孩子天天惦记你，年底一定回家。

老爷子说，宝生家里的说得对。小有子，咱这儿离矿上近，以后你时常看看宝生。有人去看，宝生也少受欺负。小有子听了，点头答应。

宝生没事，老爷子、你妈，咱全家都很高兴。第二天正好有一辆去黑龙江的马车，我跟老板子说好，顺便把赵嫂捎到太平川了。

一天，我在杂货店站柜台，太平川的老佃户李宝田过来了，买盐、肥皂。他车赶得好，是当地有名的车把式。听人说，重载车误在泥坑里了，别的老板子赶不出来，他到场，站在车辕子上，低声一喝，不出三鞭子，准保拉出去。他打的鞭子，响在马的耳根子，像炸雷似的，却不伤一根毛。

他人精神，走路的身架有气派，一看就不是一般的老板子。他走南闯北惯了，还能说会道的。

我问他，好久不见了，过得好哇。他说有什么好的，地本来就不够种，一闹征地，地更少了，现在给日本人吃劳金，在集团部落赶车，没法整，瞎混吧，不能叫大人孩子饿着是吧。我们扯了一阵太平川的事情，临走他说，这回给日本人赶车，断不了来。

以后他隔三岔五来一趟，来了就扯一阵，长了也就知道了移民部落的大概。

李宝田讲，太平川的日本开拓团，有20多户，六七十人，不算大，叫什么千野寮，据说是从北海道那边来的，在那边就叫这个名字，20多户都是从一个地方来的。他们相互之间有亲戚关系，可我看他们之间很冷淡，各过各的，有时还因为邻居之间鸡刨狗咬的小事闹纠纷。开拓团实行配给制，每户种的粮食一律上交，统一调运，每户吃的用的由供应站配给，我就常去拉这些东西。配给一般户的东西并不多，将将够吃够用，哪家的生活都不宽绰。团长就不一样了，他一个人的收入顶普通成员六七个人的，食物很丰盛，天天有鸡、鱼、肉。日本人等级观念很强，认为团长得的多、吃得好是应该的，没人有意见。

开拓团的日本人，到东北来很不习惯，这里有半年是干冷的冬季气候，腊月时气温低到零下四五十度，日本人穿十来层衣服还觉得冷。他们的衣服是麻布的，不保温，当然穿多少都没用。冬天脚上穿袜子和木屐，一伸出门外像光脚似的，从这屋到那屋的一段路得没命地跑，要快跑，可女人的裙口窄，"呱嗒呱嗒"地紧倒腾，像催命似的。

开拓团的地多，你家的好地都让他们占去了。日本人种不过来，就雇短工。雇工由团里统一雇，再分到各户。每户有四五个短工。开拓团的日本人，在老家有的是穷农民，有的是浮浪，浮浪就是没有固定职业的二流子，到东北来装一副主人嘴脸，当地主，成了统治者。日本人种地力巴，太平川大部分是旱田，种苞米、高粱要跟中国人学。种水田用他们自己的法子，把地泡了，漫撒种子，秋天一亩只打个400多斤，实在不咋着。

有的日本浮浪游手好闲，冬天偷咱中国人的柴。有宪兵、警察护着，被偷的人家又能把他怎么着，只好痛骂一顿泄愤。

开拓团的日本人来咱东北，样样不习惯，生活苦，心里更苦，战争前景怎样又不好说，打败了会很惨，死无葬身之地。他们在中国人面前装装样子，有苦在背后独吞。有时路过团员住户门前，听到里面有人低声哭泣，没人欺负他们，大概是想家了，要不就是厌倦开拓团的生活了，要不就是绝望了。哭吧，活该，谁让你来了。这还算好的，听别的车老板子说，外地有少年团，都是半大小子，得"垦殖症"，整日哭，精神崩溃了，有的结伙自杀。

第九章

放　排

　　日寇七七事变时扬言，要在三个月内灭亡中国，以为像侵略东北似的，当局拱手相让，如入无人之境。日寇侵华遭到步步抵抗，第二年就打不动了，接着进入战略相持。日寇提出讲和，这回是蒋介石不答应了。

　　日寇在大举侵华的同时，还增强了东北的兵力。关东军已达70万人，号称百万，对抗联的"讨伐"更为疯狂，不仅冬季"围剿"，夏季也不停歇，出动空军配合，以绝对优势兵力进行绞杀。

　　表琦跟我摊牌，说他是共产党，意思是他救国，由我守家。救国要把脑袋别在裤腰上，随时准备牺牲；守家则要好自为之，照顾好家人和财产，过消停日子。把生的路留给我，自己准备随时赴死，我的弟弟何其豪爽。但我并不领情。虽然救国是极其危险的，可是痛快；守家也不容易，国已破，家何以堪，以至要忍受屈辱。比如，老爷子被丁耙子打一顿，我要把大洋送上去；100多垧地，一纸告令就给夺了去，只能忍气吞声。如果让我选择，宁肯选择前者。表琦不给我选择的机会，他告诉我的是他的选择，让我做的是他所安排的守家。

　　对表琦的选择，我没法不赞成。表琦不仅抗日，而且是共产党。我曾在民国政府机关供职，没加入什么党派，一般讲在民国国民党的势力和影响要大得多。可是从"九一八"到七七事变，国民党一直不抵抗。东北军在齐齐哈尔、哈尔滨、牡丹江、海拉尔打了几仗，反而遭到中央政府的冷遇。东北人已由盼望到绝望，不存什么幻想了。只有共产党组织抗联，绝地奋起，叫人佩服。再加上苏联的成功就在身边，"五四"以后新思潮的文章我看了不少，对共产党抱有极大的希望。退一步讲，在那时的中国，扒拉扒拉，配人寄予希望的只有共产党。

咱们这个家，我也无法不守。不算小的家产要管，一家人要吃、要活要管。二叔、慧颖在抗联部队，这又冒出个表琦，共产党这一项就够杀头的了，不知他和抗联是什么关系。一家里有这么三个人物，灭门之灾是随时的。所以我更要守家，守着老爷子，守着二婶，守着老姨。我虽没大用，可有我，这个家就算有个囫囵个儿。

我说不走了，老爷子心里踏实了。他看不上年轻人在家里窝着，也不想用这点家产把我拴着，这个年月，他很想让我陪着，别的就顾不了很多。你二叔是共产党的事，那是天大的机密，一直没跟老爷子说，没跟老姨说，和你妈也没说。不知老爷子知不知道表琦是共产党，如果知道，我说不走了，他心里更踏实。

家里没地了，省得操心了。大车店的事，开门延客就是了，天天如此。待得腻了，每天练练字。我的字不如老爷子的，他是私塾底子，功夫深，我是读新式学堂的，练得松。可我的学历比他高，老爷子看我写的字不怎么满意也不说什么。

练字还觉得日子过得腻歪，我跟老爷子说，要到省里打理木材账，老爷子听了笑着说，对家里的生意上心了，好哇，啥时去？我说想从木场走，跟着木排下去，看看放木排是怎么回事。

老爷子脸上的笑容没了，说跟木排走，很危险啊。

我说，咱家开木场，我伐木不行，放排不中，总得跟一回看看热闹吧。

老爷子说，那热闹可不是好看的，你实在要去，得答应我过哨子的时候下来在岸上走。过哨子，你在排上，不只是危险，大卯子、二棹、小棹也不好办。

我说行。

老爷子说，说准了，过哨子之前一定要下排。

我说，说准了。

老爷子说，那就叫小有子跟你一起去，出门在外有个人前后照应才好。

小有子听说要随我出远门，欢天喜地的，走路一颠一颠的，嘴里哼着小调。我说，咱们这回出去，时间要长一些，你老爹自己在家能行吗？他说老爹腰腿不好动，烧火做饭还行。

我安排饭堂大师傅隔个十来天送去粮和菜。

老爷子把小有子叫过去，说少掌柜要看放木排，很危险的，我跟他说好了，过哨口一定下排，你一定看住了，记住了吗？小有子点头，结结实实地说了声"记住了"，老爷子才放心。

我们算了算，从四方街到木场是单程，回来不经木场的，赶车、骑马不合适，我俩得走过去，150里路，又是一路上坡，凭我的腿脚，要用两天。到了木场，赶上水卧子开排当然好，赶不上等个三天五天都是它。从水卧子到省城，水路600里，顺利的话得半个月。在省城办完事回来，前后得一个月。

我从钱庄取些零钱，备足了盘缠，为防意外，我和小有子分别带着。我又把我带的钱分开，一部分藏在裤子里边，一部分藏在上衣里边。你妈准备了头两天路上吃的干粮、咸菜。她埋怨，你单去省城，我跟你一起走，可偏要看什么放排。我说，过几天你到省城等我吧，在那里住几天，咱俩再一起回来。她说，这年月，我才不一个人出门呢，老老实实地看家。

我俩是轻装出行，可随身用的和吃的凑起来，也是鼓鼓囊囊的两个包袱，一人一个。临行时老爷子从柴火垛里找出两根棍子，剁齐两头，水曲柳的，5尺多长，溜直，粗细合手，沉甸甸的，可当拐杖，也能防身。我们没起大早，老爷子说，那点路，分两天走，用不着。

上路了，老爷子、你妈，还有大车店的伙计们在门口笑着送我俩，我俩摆摆手，轻松地说，过不了多少天就回来啦。

出了四方街，太阳升起来了，没走出几里，路两旁的树就很密了，在树荫下行走很舒服，一阵微风吹来凉丝丝的。

林子越走越深，前后左右全是树木，有的笔直挺拔，有的婆婆茂盛，红松、白松、沙松、水曲柳、柞树、楸子、黄波椤、椴树、色木，什么树都有，我叫不出名的，问小有子，他张口就来，没有不认识的。

树林里很静，道旁的松鼠不怕人，蹲在前面等我们，我们走近了，它一蹿一蹿地又到前面等我们。偶尔有漂亮的小鸟在我们头上叫几声，又扇着翅膀飞走了。

走上山岗，从高处往下望望，大森林漫山遍野，无边无际，莽莽苍苍。

我跟小有子说，出来可真痛快，没有小鬼子，咱这地方是世界上最好的了。小有子说，那还用说。我问小有子，这条路走过几次？小有子说，几次，少说有二三十趟了，冬天送草料，每年得走五六趟。这条道，我闭眼睛都能走到头。空爬犁下山，一天就回到四方街。我说，怪不得老爷子叫你陪我。小有子说，少掌柜头一次上木场，山里有好多讲究，你知道不知道？

"我正要问你呢，好好说说。"

"树墩不能坐，那是山神爷的椅子，对山神爷老把头不敬，要吃苦头的。"

"这个我听说过。"

"山里人对老把头最敬重了，托他保佑才能平安无事。老把头功德大，放山的拜，木把拜，狩猎的拜，采药的拜，淘金的拜，就连捕鱼的也拜，据说老把头最善良，顶灵验了。三月二十六是老把头节，那一天，五行八作都拜他。"

"好神好拜。木把怎么个拜法？"

"木场有老把头庙，庙不大，一人来高，里面端坐五绺长髯的老把头神，怀中一把月牙形的开山大斧。下第一场雪时，木场要举行祭拜仪式。在庙前摆上供桌，放好供品，点上香火，山把头率领全体木把一起磕头祷告：

山神爷老把头啊，
小孩子们都来了。
给你送香火来了，

给你送纸码来了，

给你送供猪来了，

请你吃个快当猪，

保佑孩子们在山上

平平安安，顺顺当当。

"谁领头，是我老舅吗？"

"他没领头，找了位岁数大的老木把，说老木把经历多，够资格。这说的是开山要拜，每年过年也要拜，摆案烧香，磕头祷告：

山神爷老把头啊，

山是你的山，

树是你的树，

求你老人家保佑，

树树都是顺山倒，

人人顺当又平安。

祷告完了，砍倒一棵大树，果然是顺山倒，木把们齐声高喊：'快当！快当！'说是一年都会顺当。"

"有意思，祷告说辞很简单，又浅又白，木把们没文化，老把头可能也没有文化。跟你说我不信什么神，山神、河神都不信。我敢说，小有子，到你老的时候，也就是再过几十年，肯定没人信的。"

"真的吗？"

"真的。我问你，你说俺家老爷子信不信？"

"他在山里干了大半辈子，木场的山神庙是他建的，我看他信。"

"他不信。我家的人都不信。可我们和老爷子又不一样。我和表琦不信，是因为读了书，知道世界上没有神；老爷子不信，是因为没见过神，再一个靠神靠不上，年年拜，年年出事，总有死的伤的，最终还得靠自己。老爷子连萨满、灶王爷都不信，你说他能信山神吗？他建山神庙，我想是因为大家信，他不信，不反对别人信。"

"他不是请了萨满吗？"

"他请萨满什么也没求，像请二人转似的，跳一跳，为了出一口恶气。那天晚上挺痛快吧？"

"痛快。"

"求萨满赶走小日本，瘟死小日本，萨满做得到吗？"

"倒也是。"

"小有子，你信不信山神爷呢？"

"拜山神爷，为了平安，平安就好嘛。大伙都信了，我就信了。是不是真信，没细想过。有时也想，山神爷怎么不保佑我爹呢？"

"小有子是聪明人，好多事你细想想，就弄明白了。比如，你爹受了伤，是山神爷不保佑呢，还是山神爷保佑不了呢？再联想别人，受过伤的，没受过伤的，比一比，能找出一些道理。不说这个，山里有什么故事给我讲讲。"

"讲什么呢？少掌柜刚进山，讲一个山里人借粮的规矩吧。放山的人每年进山都要把粮食带够，算计好了，要够吃多少天，还要略有剩余。可是保不准碰上想不到的事，碰上了就得另想办法。比如，参帮的人出戗子放山去了，端锅的也出去采蘑菇去了，来了个黑瞎子，进戗子得啥吃啥，见啥翻啥，把米面锅碗、行李卷，糟蹋个乱七八糟，参帮的人回来一看就傻眼了。米面不够吃了，帮把头拎着米口袋就出去借粮了。借粮得把头去，表示对人家的尊重，别人去不好。他到了别的参帮，看到戗子里有人，走近了就喊：'把头快当！''快当！快当！'戗子里的人，急忙出来把把头迎进戗子。'家里来客了，快好好招待招待。'戗子里头的把头高声说。在山里，你到哪个参帮都会受到欢迎，像遇到久别的亲人一样。如果赶上饭碗子，端锅的立刻添上碗筷，借粮的把头也不客气，盘腿就吃，稀里呼噜先造个饱再说。如果没赶上饭口，主人把头陪着说话，端锅的赶紧给客人做饭吃。饭做好了，借粮把头不说一句客气话，端碗造个沟满壕平。你既然来了，再说什么客气话就多余了，显得虚；人家实心实意地热情招待，也不是一句'谢谢'能答对得了的。

"借粮把头吃完饭，把别在后腰的米口袋抻出来，啥话也不用说，饶子把头看见了，就告诉端锅的，给多装点啊。装完米，借米把头背起米袋子，说声'把头快当'，转身打道回府了。

"其实，借粮把头是客气的，他并不多借，够吃几天的就行，吃没了，再到别的饶子去借，不能让这个饶子干锅歇碗。

"如果借粮把头到的时候，饶子里没人，就像黑瞎子到他的饶子时一样，就先进饶子抽袋烟，歇歇脚，也是等一等，看能不能有人回来。肚子饿了，就上吊筐里找，吊筐里有什么吃什么，吃光了也没关系。吊筐里没吃的，借粮把头就自己生火做饭。吃完了，借粮把头从米口袋舀米，用多少舀多少，绝不多舀。舀完米，往人家的米袋上插根草棍，再从旮旯里的靰鞡掏出乌拉草，抖落在地上，之后尽管走就是了。

"放山人回来，看到地上的乌拉草，会高兴地说：'今儿咱家来客了。'其他人一起说：'快当，快当。'看到米袋子上的草棍，知道来人借粮了。如果剩下的粮不够吃，帮把头会说：'客走了，咱自个紧紧腰带吧。'意思是说，人家有困难了，帮一把应当的，自己省着点儿也就过去了。

"放山的、伐木的、放排的、采药的等等，借粮都是这个借法。说是借粮，其实只借不还，这是山规。哪个像少掌柜一样不知就里，正儿八经去还粮，就让人家笑话了。"

"我知道山里人好，听了你讲的，知道山里人真是好。山里人认识的、不认识的，都像自己的家人，相互之间厚道、亲切，替别人着想，最善良了。比起来，西村、鬼子兵、丁耙子，那就不叫人了，连牲口都不如。"

"要说山里人好，我看顶数木把。"

"怎么讲？"

"上阵父子兵，打仗也好，打猎也好，遇到危急关头，相帮相救最牢靠的是父子。在木场，抬一副杠的，放心依赖比得上父子。扳住杠，直起腰，抬起来肩上千斤重，归楞可不是四平八稳的，上坡，下坡，上跳，下跳，上楞，要扛劲儿，要敏捷，最要紧的是要考虑别人。有危险，宁可伤了自己，也不能伤了别人。捎劲儿时，再沉也要咬牙挺住，你栽了，别人全完了。扛千斤，拼性命，还想着别人，算得上最硬的汉子、最铁的哥们儿了吧。"

"真不赖！"

"还有放排的过哨口，最危险的是起垛，前面的木排卡住了，后面的木排压上来，越垛越高，像山一样，这时总有人站出来挑垛子。你不站出来是没人叫你挑垛子的，因为搞不好眨眼间粉身碎骨。站出来的人是自愿的，挑垛子受伤的、给砸死的每年都有，你说站出来的人勇敢不？"

"勇敢。好汉。"

"木帮人讲义气，顶楞，勇敢，抗联也看上了，木把上抗联的不少。"

"别说，他们是对路。咱们木场有去当抗联的吗？"

"哪能没有，咱们的木把也不是尿货。"

我俩边走边唠，中午在一个山泉边，就水吃干粮。

我说，晚上咱俩得露宿生篝火吧。

小有子说，哪能让少掌柜睡露天地呢，咱们走到傍晚就到了火龙沟，那里有 3 户人家，我每次来都住那儿。

我问鬼子并屯他们没搬吗？

"那 3 户不在大道边上，都是猎户，种的地少，鬼子不知道那里有人家。"

傍晚，我们到了火龙沟。走近了才看到一户人家。房子在山根的洼兜里，木刻楞，草顶，窝风向阳，四面全是树。

主人 50 多岁，方脸，略矮，留着胡子，人很精神，小有子叫他那叔，互相介绍，我也叫他那叔。那叔很热情，叫那婶做饭，叫儿子到园子摘菜。

那婶端来蜂蜜水，见小有子在左右张望，笑着说老丫出门子了，见小有子脸色不太好，又加一句，抢婚。

晚饭是一锅出，还有小米水饭、拍黄瓜、咸鸡蛋。那叔拿来酒壶，他儿子给每人倒了一盅，让了一番之后，那叔端着酒盅慢慢饮下，好像边喝边品，一看架势，是个常喝酒的。

小有子竟然一扬脖一口干了，他平时是不沾酒的。

晚上，主人把我俩安排在东屋，小有子脸喝红了，说累了，进屋就趴在炕上。

我上西屋，跟那叔一家人天南海北聊了一阵，回来时，小有子已经睡了，我的铺盖他给铺得好好的。

第二天早晨跟主人告别。那婶问几天下来。小有子说，跟东家从水路到省城，从省城坐火车绕回去。那婶搓着两手"啊"了一声，说不从俺这走啦，又说，小有子，你以后可得来啊。小有子不作声，但使劲点点头。

在路上，我对小有子说，那家的老丫不错吧。小有子点点头。我说，傻小子，你怎么不提亲呢？他说，老丫才16岁，俺家穷，老爹有病，怎么也得攒两年再提，可人家早早嫁人了。我说听那叔、那婶讲，老丫嫁给附近一个猎手，办得很简单，对人说是抢婚。老丫不想嫁，说自己还小，不愿离开父母，可这年头，当父母的都想早点把姑娘嫁了，早嫁早静心。老丫哪能拗过父母，再说那个猎手，那家猎户，知根知底，样样不错的。

小有子默不作声。我想他听我说老丫不愿嫁，心里能好受一点。

太阳没落山，我们俩就进了木场。老舅见我来了，又惊又喜。

"表瑾来啦。真是大喜，早晨小鸟在房顶喳喳叫，我说准有好事嘛。"

老舅奔五十的人了，还是精明、敏捷、结实，一辈子总是那样。老舅读过书，齐家数他文化高。他最擅长说话办事，不管谁找他办什么事，都痛痛快快地答应，办的事包你满意，是说得漂亮、做得也漂亮的那种人物。家里家外的人都喜欢他。他在木场，老爷子最放心不过了。有人说老爷子眼力好，看人看得准。老舅家在东湖头，离沟里舅家不远，撇家舍业管木场，一年四季很少下山，舅妈、孩子见他一面不容易。二婶说，你用他老舅用得太狠了。老爷子说，谁说的，你说的，还是他老姨说的。他老舅一直干得欢，告诉你，亏不了他。

也有人说老舅像我妈，我和老舅见面并不多，可我很喜欢他。我妈死时，我少不更事，印象淡。我暗自想，老舅那等人物，才仅仅"像"我妈，我妈还活着的话，家里家外的人会更喜欢她。

我跟老舅说，在家里待腻歪了，要到省城结结账，还想开开眼界，看看放木排是怎么回事。

老舅说，放木排太危险了，冬天伐木，归楞也危险，从来不让你上山，你家老爷子答应了吗？

我点点头。

小有子赶紧说，老爷子定下一条，过哨子一定要下排，在岸上走。

老舅说，那还差不多，小有子，少掌柜这一路就交给你了，碰破一点皮我找你算账。老舅还说，过两天就有一拨木排下去，可以跟他们走。

吃晚饭时，老舅把在木场的人都叫来，都叫来也就四个人，经他介绍，有一个是账房先生，姓李，看样子是忠诚老练的，我叫一声叔。还有两个是看房的，还有一个是做饭的伙夫，三个人的年龄都跟老舅相仿，打从建木场就在这干，有十来年了，我也都叫一声叔。他们连忙说，少掌柜这么叫使不得，就老张、老王地叫着得了。老舅说，夏天木把住在排卧子，离这有七八里，明天咱们过去。老舅向他们介绍说，这是少掌柜，读过大书的，以前在省政府干事，咱这个木场就是他办来的，因为身体不好，回家来了。

几个听说我读的书比老舅还多，能办木场执照这样的大事，直咂嘴。稍停片刻，李叔急着问老爷子怎么样，身子骨好吗？

我说，好，好，老爷子硬朗着呢。他们几个说，老爷子挨鬼子汉奸熊，也就他能挺过来。

晚上睡觉，把我安排在老舅的房间里，小有子到大筒间和看房的一起睡。

老舅说，你年轻轻的，不能在家总闲着，上山来管管事吧。

我说，我来，你就手撂挑子了，那不太便宜你了。我又问，家里有事吗？舅妈和我表弟、表妹怎样？

"家里没事，他们都挺好的。我手上不少事呢，你来了，我也下不了山。"

"你以为我不想来呀，我试探几回，老爷子都不吐口，说我不是这块料，我回家六七年了，头一次让我上山。"

"老爷子最看重你、在意你了，你来坐木排，千万要小心，碰着了，刮着了，我在老爷子那可担待不起。"

"老舅像求我似的，你尽管放心好了，我肯定处处小心。哎，老舅，都说你像我妈，我妈是怎样一个人？"

"呦，把妈忘了，她知道了多伤心。"

"她死时，我才4岁，懂个啥呀。"

"是小点儿。我怎能和你妈比呢，你妈是个美人，利索能干，又会说话办事，是男人心目中的理想人物。她要是个男人，当把头放山，人家会当成山神供起来。"

"我妈能干啥？不过在庄稼院里忙家务罢了。要说能干，当数老爷子，家产都是他挣的。老人见了我，都夸我妈，太不公平了。"

"你长得像你妈，见了你自然想起她了。老爷子才是真的厉害，如果你被胡子劫了，喊妈没用，说是刘光昭的儿子，准保放了你。"

"我听说咱木场的木把有入伍当抗联的，有我二叔和慧颖的信吗？"

"听谁说的？"

"山里人都那么说嘛。"

"唉，当抗联的，死了有一半了。你二叔和慧颖他俩，我没断了打听，一直没有得到信。抗联今年打得不好，杨靖宇两次西征，想与热河、长城口的八路军联成一片，都给堵回来了，兵力不够，平原作战吃亏，伤了元气。东面的第二军军长牺牲了。北面的珠河第三军和东北的牡丹江第四军、第五军，打得都不顺，伤亡多，部队变小了。"

"并屯以后，抗联更苦了吧？"

"那还用说？我正要问你呢，日本鬼子还能支撑多久？"

"前年，日寇发动侵华战争，第二年就打不动了，相持起来。日本人侵占东北时，老百姓盼蒋介石抗日，蒋介石就是不抵抗。现在蒋介石给架起来，骑上了虎背，日本要讲和，他也不能答应了。日本人迟早要完的，啥时完说不准。把日本人打回老家也不容易，五年八年，十年八载，都不为长。"

老舅突然坐起来，严肃地对我说："表瑾，你答应我一件事。"

我见他的样子，吃惊地问："什么事？"

"小日本三二年走不了。你不知道，山上事多，很危险，我要是出事了，你一定上山。"

我一听笑了，说："不让我上山是你们，让我上山也是你们。让我上山，今年冬天就来，在四方街腻歪透了。"

老舅的脸更严肃了："在跟你说正经话，我考虑来考虑去，咱家的几个人，只有你接我合适。"

我也正经地说："我答应你。最好别轮到我上山，老舅要保重，千万别出什么事。"

老舅说："你没上过山，山上的事不懂，可你有头脑，干一段就没问题了。"

那天晚上我很纳闷，老舅说话怎么这么重呢？

次日早晨我醒来的时候，老舅已经在木场走了一圈，从外面回来了，我不好意思地朝他笑笑。

吃过早饭，老舅领我到木场的各处转一转。不用说，木场的房子都是木刻楞的。我们住的是小房子，来了贵客也住这里。木把住的筒间，跟大车店是一样的，不同的是家里的大车店只有一间筒间，木场10间，能住300人。饭堂大，能摆30桌。除了吃的住的，还有仓库，一间里面装着斧、锯、绳等工具；一间里面装着粮食；还有杂货铺，里面是穿的用的一些东西；还有就是牲口棚、草料棚了。木场院子不小，四周用木桩围起来，大栅栏门宽宽的，晚上关严，用一根碗口粗的木杠横着拦死，巴巴结实。深山密林也不安静，日伪"讨伐队"频频光顾，有时还冒出不知哪路好汉，围堵门口，嚷嚷"砸锅"。

老舅把我领到作业的林场，小有子不让坐的树墩很矮，紧靠树根，棵棵伐得讲究。原木早拉到排卧子了，枝丫一堆一堆整整齐齐的，码在茂密的树木里。

老舅说，伐木是有规矩的，锯口高了，要骂你对不起祖宗；伤了幼树，要骂你对不起子孙。别看满山遍野的大树，咱祖祖辈辈都懂得珍惜的。

老舅又说，最糟蹋人的是小日本，他们的木场离咱们不远，比咱的大，有500多人。他们干活怕腰疼，拉锯站得溜直，木桩子有二三尺高，怎么顺手怎么干，树随便倒，不管砸没砸到幼树。咱们制材取三段、四段，他们不打枝丫，只取一二段，挑最好的一部分，剩下的全扔了。他们像野猪拱庄稼地似的，祸害得稀巴烂，伐一片，祸害一片，是疯了的强盗。他们把木材源源不断地运回日本，听说用不了泡在海水里，留着慢慢取用，孙子，重孙子，多少代也用不完。

小日本在山上的缺德事也多，回来时他讲了一道。

下午，老舅告诉我，后天开排，下去三条，有120多立方米。有送大户做房梁门窗的，有送木匠铺做家具的，有送棺材铺的，有到岸现卖的，还有交林管站的。哪些木材送哪儿，收多少钱，老主顾怎么算账，明天我跟你交待清楚。

我说，那么多木头，送这儿送那儿的那么多茬，我弄不明白。

老舅说，这点事搁在你身上轻松，别人弄不明白你还弄不明白呀，别打怵。

我说，到时你交待细了，我心里才有底。

次日，太阳还没升多高，我要到排卧子去。老舅说，下午去赶趟，你着急，下去就下去吧。我们仨下山，一路下坡，走了个把钟头，看见了江，江边扎好的木排静静地停放着，江岸有木刻楞房子。排卧子有30多个江狗子在干活，看见老舅来了，都热情地打招呼。

大卯子走过来，问老舅怎么来这么早。

老舅说，我正要找你呢，这是少掌柜，明天他和你们一起走。

大卯子40多岁，中等个儿，一看就是精干敏捷的角儿。他对我笑笑，又有点为难的样子。他说，少掌柜头一次来吧。我说是，看看新鲜。大卯子说，坐木排危险啊，我们吃这碗饭的，每放一次排都发誓说，再也不干了，为了生计，才不得不再上来。我赶忙说，给大师傅添麻烦了。大卯子马上摆手，说少掌柜别客气，东家想怎么着，我们都是听话的。

老舅对我说，大卯子说坐木排险，怎么个险法，三天三夜说不完，你想都想不到。他转脸对大卯子说，少掌柜要坐木排，我就信着你了。这样，大卯子辛苦辛苦，过哨子前，少掌柜下来，过了哨子再上排。

大卯子笑了，说这么着行。

老舅又点着小有子说，咱几个当面说定了，我把少掌柜交给你们，过哨下排，不许伤着一点。

他俩齐声说，放心吧。

要放下去的木排有三条，每条有六排。老舅像认自己的孩子一样熟悉地介绍，这是给木匠铺的，这是给盖房主顾的……我说，老舅你慢点，我搞不清，头都晕了，小有子你取笔和漆，按老舅说的标明白了，交货时我才弄不差。按我说的，我们仨忙了半天，在大部分木头上标明了买主。

老舅说，行了，不用再标了。

我问咋的。

他说，剩下的是给木管所的，要交够日本人下的任务量。

我看剩下的全是上好的二节材，就说，这些木材要去日本海，换上三四节材不行吗？老舅说，咱们以前那么干过，小日本不收。

无话可说了，我们下了排在去江狗子房的路上，我问老舅，放一次排给多少钱？老舅说，是这样，大卵子承包，用凑出来的房产、地产抵押，货到码头结算，大卵子能得三十，二棹能得二十，三棹还要少一点。大卵子人不错，从不克扣别人的工钱。我说，工钱不少。老舅说，你去一趟就知道值不值了。

小有子又跟我说，少掌柜，放排人忌讳"翻了"、"散了"、"完了"，跟他们在一起说话要注意。为避开"翻"字，他们吃鱼只吃上面那一半，你看心思有多重。咱俩如招嫌，他们心里不知怎么烦呢。

老舅也说，我在木场10多年，坐木排并不多，也是到哨口下来，倒不是为了自身安全，主要怕他们看我哪块不顺眼，说我不吉利，招灾惹祸。

这种话，他俩再三地说，我不得不一味地点头称是。

吃晚饭的时候，我不做声，免得祸从口出，舌头招恨。看他们吃鱼，真像小有子说的，只吃上面一半，一条二尺来长、六七斤重的大草根，怎么端上来的怎么摆在那儿，整根鱼刺下面，雪白的蒜瓣子鲜肉他们不是不爱吃、不想吃，可都扔了。

晚上，我们仨住在江狗子房，房里倒安静，放排的在收拾东西，旁边的人"媳妇"、"相好的"一通打趣。放排的收拾好东西就睡下了，明天上排要挣命，一下去就是半个月，要养养精神。扎排的，在水里忙了一天，累透了也躺下歇息。我换了地方睡不稳，前天在火龙沟没睡好，昨天在木场没睡好，又跟老舅唠了很晚，这回困极了，头挨枕头，不大工夫睡着了。

早晨，小有子把我叫醒了，说少掌柜，快起来，祭拜山神爷了。我睁眼一看，屋里没人了，一骨碌下炕，边穿衣服边往外走，去看热闹。

江狗子房前面，特地修了座小庙，也就 4 尺宽，6 尺高，里边供着山神爷坐像，庙前的案子上摆好了供品，大卯子点香，其他人肃立在身后，老舅也在那里。

祭拜仪式刚开始，我们出来得不算晚。

大卯子上完香，跪下来祷告，别人都跪下了，老舅催我跪下，他也跪下了。大卯子的祷辞跟小有子说得差不多，但求保佑，承诺还愿，简单实在。接着要三叩头，老舅催我俩磕头，他也磕。

事了，别人散了，我问老舅，你怎么也信神信仙的？他说，拜拜不等于信，别的木场当总管的领头拜山神爷的不少，我想我心不够诚，还是叫大卯子领头。平时他们拜，我只在一旁看，今天你要坐木排，起码要拜一拜给大卯子和排工看看。再说，山神爷是个只做好事的好人，拜拜无妨，也应该拜。老舅说得严丝合缝，我不得不点头。

吃过早饭，我们来到江边。我和老舅道别上了排。

雾散开了，"开排喽——"随着大棹一声长长的吆喝，二棹、三棹马步蹬紧，撑住杆，倒了几把，长长的木排驶向江心，稳稳地起航了。木排移开了江岸，老舅站在江边不停地朝我们招手。木排驶入了江心，行进的速度快了，老舅的面容模糊了，他还站在江边向我们招手。我想起老舅昨晚的话，觉得他挺孤单，我的眼睛湿了，老舅的面容更加模糊了。

三条木排，一个长阵，浩浩荡荡在江中驶下，声势极为壮观。挺立排头，迎风远眺，正可抒怀，可看着排夫搏击激流，想想有不少上好的木材要交给日本人，心里一点儿自豪感也没有，就像看见遍地丰收的庄稼，想到粮食"出荷"供应日本军队一样，心里一点儿也高兴不起来。山河沦陷，触目皆屈辱，诗兴索然，只有哀叹的份，白白辜负了好山好水好旅程。

木排顺流而下，大卯子站在排首一直紧张地指挥，一会儿要靠左，一会儿要靠右，二棹、三棹绷紧身子，弯成一张弓，蹬住木排，一杆接一杆地撑，刚在左边把木排调顺了，一个口令，又急忙到右边去撑。他俩左支右撑很忙，我想帮忙，却插不上手。

小有子说，咱们别靠他们太近，不碍事就行了，帮忙是帮不上的，少掌柜伸手，只能是越帮越忙。我问他，这一路都这样紧张吗？他说，不是，咱家的排卧子在上游，水量不大，河道窄，弯多，今天又有风，就特别忙。起风的时候，江面不是平的，中间鼓，两边低，木排总往江边拱，很容易搁浅。所以总要扛着水流，把木排调在江心中间，左了不行，右了也不行，一直很紧张。傍晚到了两江口，水面大了，就不这么忙碌了。我说，小有子知道得不少，很有学问。他说他也是听别人说的。

按小有子指的门道，我观察木排漂行的线路，木排总咬着江心，六节排体比较直，大卯子不愧高手。

中午小有子做的饭，煮了一锅饭，做了一锅青菜炖鱼，晾得不凉不热了，恰好这时到了直的江面，三位排夫过来看到现成饭，笑着说好，我和小有子更高兴，终于帮上点儿忙了。

吃饭时，大卯子说，快到地垅哨了。我想这是通知我下排了。可他又说，少掌柜不用下去，到时把好了，死坐住，不准站起来。我一听，这是格外开恩，连忙说，行，行，大卯子放心。小有子吃惊地瞅瞅大卯子，又瞅瞅我，没吱声。

地垅哨说到就到了。小有子抱起一床棉被，放在人字房的柱脚下，叫我坐在被子上把好柱子。

所说的地垅哨，有五里长，江水浅，水下横着一道一道的石脊，木排要一颠一颠地下行。怕的是不颠，不颠就是搁浅了。搁浅了，只好拆排，到下边重新扎，磨磨叽叽，起码耽误一天才能扎好。最怕的是把木排颠散了。散了，人很危险，或在乱木水下淹死，或被木头挤死，很容易的。木材散花漂下去，很难捞全。后来听说，大卯子过地垅哨上百次，从来没有散过。没这份自信，他不能让我留在排上。

过地垅哨了。咯噔一下，我正坐着给弹起来了，上下牙一磕，好悬咬到舌头，水从排缝射上来，被湿了，鞋湿了，裤子湿了，还没来得及发问，又咯噔一下，又咯噔一下，我把紧了柱子，死死地坐在湿被上，抬头看看三个排夫都铁青着脸，高大的二棹死死把住长舵，咯噔一下，他身子一震，舵却丝毫不松，粗大的胳膊暴着青筋。

江浅，能过排的河道很窄，大卯子紧盯着，几乎分毫不差地往前走。

咯噔，咯噔，我在木排上不停地一蹿一蹿，紧把着柱子的胳膊颠疼了，五脏六腑给颠碎了。回头瞅瞅，往前望望，还没走到一半，要出地垯哨还很远。我坐的棉被全湿了，不用说我的裤子也全湿了，我还是死死地坐在被子上，多亏了小有子给我的厚厚的柔软的棉被,减轻了不少痛苦。咯噔，咯噔，木排在江中像筛糠一样颠簸着。我也想明白了，上了这条道，该颠多少下，是一下不能少的，反正颠一下，少一下，咬着牙忍受就是了。这么想着心里轻松了，我朝二棹笑笑，二棹正紧张地操舵，见我笑了，他那绷着的脸也松了。

大卯子、二棹、三棹极有耐心，木排颠簸着，在狭窄的河道中，可丁可卯地慢慢行进，过了一个钟头，终于出了地垯哨子。

我把湿衣服拧干晾起来，换件干衣服，又把湿被挤干晾起来。大卯子朝我笑笑说，少掌柜吃苦了。我说木排驶得好，长见识了，问他啥时还过哨子，大卯子冷冷地说，明天。

晚上我们住在江狗子房。江狗子房四五十里一个，木刻楞筒子房，大铺，自己起伙。我们到的时候，先来的排夫在三块石灶上生火，大卯子和他们打招呼，相互很熟，熟得好像是一个木场的。

夜里睡在干草铺上，很软，可是碰哪儿哪儿疼，过哨子颠坏了，从四肢到肠子都疼，我闭眼咬牙挺着，也是累了，虽然换了地方，没过多久就睡着了。

天亮了，雾开了，我们又上排了，江面平缓，除了大卯子站在排头，一动不动地盯着前方，其他人显得轻松。两岸奇峰秀木，像一幅幅画，清凉的风吹在身上，我坐在木排上享受着，几乎忘了身上还疼。吃过午饭，大卯子把排靠在岸边说，要过哨子了，少掌柜下排吧。我只好站起来，眼睛盯着他，意思说，虽然有言在先，昨天在排上过一回哨子了，今天不能再过吗？大卯子眼色冷冷的，见我下了排，他说，少掌柜，过了哨子，我们在岸边等你。

这一带水缓，木排行得慢，小有子催我快走，到哨口等着，好看他们怎么过。我俩背着包袱，朝哨口飞跑。到了哨口，回头望望，只见到模模糊糊的木排头，离我们还远呢。

小有子说，这里叫门槛哨。我往下一看，立陡的，再高些就成瀑布了，波涛翻滚，水声隆隆，我俩说话要对着耳朵大声喊。我正在惊疑，木排离哨口不太远了，但见越走越快，大卯子手把木桩纹丝不动地盯着前方，像尊石雕。木排对着哨口正中，笔直地冲下来，我张大嘴，闭上眼，只听轰隆一声，睁眼看看，哨口下面，除了波涛，什么也没有。我紧张地盯着水面，又不敢乱喊，几乎要疯了，一分钟，没有影，两分钟，没有影，三分钟，木排浮起来了，大卯子和排工都直挺挺地站着，浑身是水，衣服紧紧地贴在身上。这时的木排已经首尾倒置，安着长舵把的排尾旋到了前面。二棹把稳舵，离开哨口，在宽绰水面慢慢把排头掉向前。

我对小有子说，太险了，我在排上准喂鱼了。小有子说，喂鱼的不是没有，木排从哨口扎下去的时候，如果戳进泥沙里，或者插进石缝里，大卯子、蹬杆子的就有上不来的。

在哨口下面，再上排的时候，大卯子见我还是惊魂未定，我见他的样子也一点儿不轻松。

也许是吓着了，这一天，我和小有子呆呆地坐在排上，什么也不愿说。我又琢磨，下一个是什么哨子，有多险呢？

吃晚饭的时候，我问大卯子，大卯子只说了三个字，老恶口。

老恶口太有名了，连我都听说不少故事。的确，只说三个字足够了，再说怎么怎么险恶，全是废话，那些人人都知道。

我问大卯子，老恶口离这儿多远。他说，8里。我说这样行不行，明早我俩不上排了，直接走到老恶口，在山上看你们过关。大卯子说好。他又笑着问我，不上排啦？我不好意思地笑笑。

早晨排夫们还躺在铺上闲聊的时候，我俩就急匆匆地赶往老恶口了。我俩沿着江走，走的是一条若有若无的毛毛道，道上长满了蒿子，没走多远，蒿子上的露水就把裤子打湿了。我俩走得急，是想早到老恶口，在山上坐等木排下来，看大卯子闯关的全过程，来晚了，啥戏都看不成了。

大卯子说，到老恶口8里路，山里的8里路是没准的，走半个钟头是它，走一个钟头也是它。

我俩一边走一边看着大江，这一带江面变窄，弯多，两岸是立陡的石壁，水急，风大，越近哨口水越急，风越大，风声水声呜呜作响，瘆人巴拉的。风大，江面是鼓的，在这里驾排要走在龙脊上，过弯要瞄准眼前的弯，想着下一个弯，不预先做准备，临时现调是来不及的。

老恶口的出名，是因为水急弯多不易过，还因为两面的石壁，一旦撞上了就是粉碎性的毁灭打击，排夫少有生还的，就是肢伤体残落个半死也是奇迹。所以，不少排夫到这里，先停下来，把排拆了，散着放下去，在下边打围子，捞齐木头再扎排。几家木场的木头混在一起也没事，各有各的记号，按记号认木头是放排的规矩，只要认准称了就有权利捞回去。拆排、放流，再打围场捞木头、扎排，很麻烦，很费劲，笨是笨，这样过老恶口是最保险的了。赶上汛期水大的时候，咱们的大卯子，虽然是叫得响的高手，也得在老恶口拆排。他很不情愿，也没别的办法，老恶口出事没小事，何况在满槽恶水的汛期。现在汛期还没到，稳当的、胆小一点的为求保险，到了老恶口照常拆排，也没人笑话。咱们的大卯子就不费那个事了。

江水急，我俩走得更急，生怕咱家的木排从后面赶上来，到老恶口哨顶，累得气喘吁吁，满身是汗。往后一看，木排还没有影，才放心地坐在岸上。

哨顶的风很硬，衣服给刮得贴在身上，不大工夫热汗全给吹没了。我俩不时地迎风向上眺望，心里又有一点儿着急了。

说时迟，那时快，木排出现在眼里尽处的江面了，模糊的排影渐渐变黑了，越来越清楚了，像一条长龙蜿蜒疾驰。木排驰骋在江心的波涛之上，能看清大卯子了，他石雕一般挺立，像在驯服乱扭乱摆的恶蛟。木排闪电般过了一道湾，又过了一道湾，我紧张得不敢喘气。木排越走越快，不停地拐弯，小有子说，这些都是小弯，通过我们正下方的这个叫鬼门关的硬弯，才算完事。

但见鬼门关的硬弯又窄又拐，落差更大，水流更急，我测算唯一的通路是，在内弧线斜穿下去，既过硬弯口，又避免过哨后撞上石壁。

我俩紧张地注视着，木排俯冲而下，倚着波峰内侧，紧贴右边石壁，对准弯口，靠近，再靠近，飞起一道弧线，刚好跃过关口，又刚好贴着左边石壁箭穿而出。

"成了。"我终于说出这两个字，只觉得躲过一场灭顶之灾，没有丁点儿高兴。

头条过去了，隔一阵，二条、三条也过去了。三条木排的线路是一样的，或者说，过老恶口只有一个解。排夫掌握线路的精准程度，特别在过硬弯掯劲儿的时候，达到了极致。三条当中头条最重要，它领个好头，后面的更有信心。据说，头条如果不顺，后面的也不顺，跟着出事。

我俩下山后，登上了等在那里的木排。我对大卯子说，大把头真是盖世英雄、关东好汉，你让我开眼了，也差点儿把我吓死。大卯子不无凄然地笑笑。我又说，以后我要在老恶口上设卡子，所有木排一律拆解，散开通过。大卯子黯然说，少东家，那你可积德了。

以后几天，又过了几道哨口，处处惊险。小孩儿哭哨口，水势恐怖，翻滚乱旋，水声幽幽，像孩子在哭，像妈妈给孩子叫魂，岸上立个石人，说是母亲见不到孩子坐化而成。胆小的排夫听到阴瘆瘆的水声，就吓麻爪了。纺线车子哨，水声嗡嗡，像纺线车子，水流湍急，直冲石壁，木排要在壁崖根打弯，稍一迟缓就会迎面撞得粉碎。还有牤牛哨、秋皮哨。

我说过了老恶口，经过大风大浪、大险大碍，过这些哨子好比到小河沟了。小有子说，也不全是，我们下面要过的是裤裆汉哨，大卯子见了都头疼。过老恶口出事是粉碎性的、毁灭性的，是最险的恶哨，而过裤裆汉哨常常要起垛，伤人，麻烦，破财，最伤脑筋。排夫千辛万苦到了这里，眼看到平地了，整不好还落个血本无归。

快到裤裆汉哨了，我俩下排时，叫大卯子等一等，等我们走到哨口时再开，他点点头。到了哨口，我一看果然名不虚传，哨口狭窄，憋得水流奔涌直泻，迎面一块巨石，当中而立，把水劈向两边。木排怎么过去呢？我想不明白，直着走是行不通的，怎么转只有看大卯子的了。

小有子讲得不差，这阵势最容易起垛子。小有子还说，起垛子就是前面的木排被夹住，后面的木排又压过来，木排垛子越摞越高。有的是把江水憋得太高了，能鼓开。鼓开了，木排也散了花，漂满大江，你追着捞，也捞不上多少。有的是排夫用杠子挖，三挖两挖，排动了，顺下去了。自己挖不明白，或者不敢挖，就得另请高明了。

能挑开排垛子的人有的是，他们正在哨口悠闲地抽烟，等着你请呢。

当地人管挑垛子叫"开更"。费用因难度而异，少说30元，赶上蹚杆子跑两趟了，有的要50元，还有的要100元。这些人个个身怀绝技，专吃这口，不把木排顺下来不要钱。排夫花了高价请，这一趟也就白跑了。

我对小有子说，真行，这个你也知道。他说听老爹讲的，老爹在家闷得慌，他一回家，就对他讲过去的事。

我俩正聊着，我们的大卯子下来了，他神情严峻，打着手势，一会儿喊"左舵"，一会儿喊"右舵"，二棹、三棹骑马蹲裆紧张地操作。我屏住呼吸紧盯着，木排跃过哨口，斜着冲向左边石壁，快要撞上了，又向右急拐，三棹弓着身子，举杆朝石壁一撑，排头过来了，排身排尾给石壁刮得咯咯响。成败只此一瞬。

后面两条木排我不敢看了，和小有子到下面去等。找到大卯子后，工夫不大，后面两条也下来了。

我对大卯子说，你们真神了。大卯子笑了，我头一次看他笑。他说托少掌柜的福，我跑二十多年了，在这儿也有几回起垛。我问请开更的了吗？他说没有，都是自己挑开的。我说还是不简单。大卯子说，哨子都过来了，前面是平地，只要别粗心大意溜边搁浅就行了，咱们做饭吃，歇一歇再走。

做饭的工夫，二棹给我讲了他师兄的事。就在裤裆汉哨，过当头石拐弯的时候，师兄把杆子往石壁上一戳，不巧插到石缝里了，木排像箭一样往下穿，拔不出杆子，只好松手，杆子嗖地从头顶掠过，接着轰的一声，木排撞向石壁开花了，他被掀入江中，挣扎着刚浮出水面，木头从脸上扫过来，又被打入水下，造了一脸血，漂了很远才上岸。他真是万幸，在水里时，木头刮掉脑袋是很容易的。事后，师兄吓得半年说不出话来。

再起排，我们逛景似的往下走，刮风下雨也不停，轻松地走了5天，到了省城码头。

咱家木场在省城设有栈房，一个经理和一个伙计管事，小有子找来他俩，把工钱如数点给大卯子。

临别时，我没说有机会再坐大卯子的木排，因为我一来添了不少麻烦，不好意思张口提那个茬儿。大卯子也没邀我再坐他的木排，大概他想，坐木排不是什么好事，不邀人家是应当的，就像大夫、火化场的司仪不邀人再见一样。

　　大卯子实实在在地跟我讲了这么一句："以前跟少掌柜说过，我们放排的总是发誓，放完这趟排，说什么也不再干这玩命的活了。走了这一趟，知道我说的是实话吧。"我说我明白。我想，过来的只觉侥幸，没过来的自认短命，不想玩命是真的，为了生计不得不放排更是真的。

　　下排当晚，我对小有子说，你知道我现在最想干啥？小有子笑着瞅我，说不知道。我说，我最想拜个什么神，保佑放排的。小有子说，少掌柜不是不信神吗？我说，倒不是走一趟就信什么神了，但我确实想求谁保佑他们，他们能平安求谁都值得。

　　这次放排，我更明白了老爷子的病根。有钱买地实在是最好的主意，做买卖靠不住，办木场放木排更有风险，只有守着土地最牢实。可小日本一个征地，不仅把土地本金勾销了，还堵死了土地生财这条道。

第十章

收 留

省城码头嘈嘈杂杂的，比我在的时候乱多了。

有叫卖小吃的，有叫卖烟卷的，有叫卖报纸的，有买木材讲价的，有抬小杠归楞的，有旅店拉客的，有娼妓招人的，有行乞的，还有便衣特务、黑社会暗中搜巡的，就像岸边躺着一头肥硕的鹿，狮虎上来了，豺狗上来了，秃鹰也上来了，围着争食。各色人等麇集在码头，有奔木材来的，有奔排夫的钱来的。一道道险关要排夫的命，旅店、饭店、妓女、特务、黑帮要排夫的钱。排夫自以为闯激流、过险隘，是堂堂英雄，到了这里，不过是被人分食的可怜角儿。

我说码头比我在时乱，起码要饭的没有这么多，妓女没有这么多，黑帮没有这么多，还没有特务。

咱家的木栈叫"江海源"，是讨个吉利说法，在林海伐木取材，从大江顺流运下，财源滚滚而来。栈号俗到家了，意思吉利到家了，也没什么不好意思的，做买卖就是地地道道的俗事。叫什么"会社"倒时髦，可惜咱没长那副贱骨头。

木栈掌柜姓关，50多岁，和老爷子是至交，我在省城供职时他就在栈里管事,他见了我就像见了自己儿子一样喜悦和亲切。"关先生,你好。"

关掌柜读过书，我喜欢他，觉得叫他关先生，比叫关叔更为尊重。我把三条木排交待完后，关先生叫伙计领我俩到木栈休息，他处理刚到的木材。

木栈就在江边，出了码头，一拐弯就到了。伙计打开门沏上茶，说声回头见，又到码头忙活去了。

我以前常来木栈。木栈不大，前厅讲究些，地板，白墙，有椅，有几，几上有茶具，有桌，桌上有笔墨纸砚，是招待人、谈生意的地方。后屋顶头是厨房，连着有一条长炕间壁成两间，炕头的小间是关先生的寝间，他家在县城，只身在这里管事十来年了。大间是客房，能睡5个人。

我俩坐下喝茶，没事干，到省城来不能憋在屋里，我对小有子说，走，出去逛逛，锁上门就上街溜达了。

街上很静，没几个行人，男人有戴礼帽穿短布衫的，也有穿一条捱裆裤，上身光着的；女人穿更生布，怎么也不好看，粗拉不说，鼓鼓囊囊的。行人都没有精神，像给太阳晒蔫了。"咚，咚，咚"，从我身后走过一支巡逻队，日本兵个子矮，脖颈子和脑袋跟猪头差不多，那两步走得也像猪，但是比猪走得齐。把他们比作猪，不是骂他们。日本人杀人，放火，掠夺，一点儿好事不干，总有一天完蛋，倒霉时就好看了。

我俩特地到几家有名的老字号看看，商铺的绸缎庄、茶庄、百货店都不行，几家高大的青砖瓦舍的店铺关门了，横悬的匾摘下来了，只剩个空印。

我对小有子说，听说这个店的东家已经分家了，不知是买卖不好做，还是后人败家。小有子说，能不能两边都沾呢。我点点头。

饮食业，除了一两家供有钱人的大馆子，全是杂和面、羊杂碎、煎饼等小吃了，家家门面窄，不成样子。药铺还可以，横匾像模像样的，门面干净敞亮，人穷也得顾命啊，这年头病人多，是填活郎中的时代。我想能与药店并驾的，该是棺材铺了。这年头，这块地皮上，中国人短寿不说，横死的也多，棺材铺老板暗地里的盘算都能实现。

我俩在街上闲逛。那时省城并不大，虽数省内首屈，也就10多万人口，跟现在一个一般的县城差不多。我们逛着，不知不觉到了过去的督军府。

我对小有子说，以前我在这里上班，那时是中华民国的省行署。小有子伸伸舌头说，大衙门。现在门口赫然挂着省政府的牌子，牌子旁边站着挎枪的门卫，门口里边隐约看见两个日本兵，一条蹲着的狼犬。如此戒备森严，不像省政府，而像警察局、宪兵队。

"吱——"一声长长的刹车声在耳边响起，一辆黑色轿车停在我身边，车上下来两个人，一个戴礼帽、墨镜，身着日式制服，戴白手套拿着一根文明棍，我一看是李正堂，另一个年轻人显然是他的秘书。

"李——"我招呼着，涉及官衔，脑中快速升位，心想别叫小了，"处长。"我的话刚出口，"厅长！"秘书迅速严厉地纠正。"厅长？"我吃惊地叫起来。

"哈哈！"李正堂大笑起来，"表瑾还是老样子。"

我看自己穿的粗布衣裳，在木排上滚了10多天，又脏又皱，胡子也长了，人也黑了，和他站在一起，反差太鲜明了。我说，惭愧，刚从山上下来，造成这个样子，逛逛街，不想碰到李厅长。

李正堂说，我老远就认出你来了，清士难得进城，今晚我有事，明晚请你吃饭，一定得赏脸。听他不容推辞的口气，我只好答应，道谢，告诉他木栈字号。他说，不还是那个木栈吗？我知道。

我俩回到木栈的时候，关先生和伙计在栈里拢账，见我俩进来，赶紧收起账本，说少掌柜一定饿了，咱们出去吃饭。我说，不忙，拢完账再去不迟。关先生说，也巧，刚拢完，我们走吧。说着一起出门上街。

"上哪儿呢？"关先生像在问每个人，也像在问自己。

"下午我们俩转了一圈，别看是省城，除了神仙居，别处真没有像样的饭店，比我在这里的时候差远了。"

"可省城毕竟是省城，像样的饭店不多，小吃还是不少，像饺子、包子、油饼、火勺、打卤面、羊杂汤、杀猪菜，数不胜数，有些是四方街没有的。"

"关先生说得对，咱们找家小吃，没有外人，单说吃，小吃才最有滋味。"

我们到了新开张的狗不理包子店，说师傅真是天津来的，正宗祖传。店里的顾客不少，一楼都是散客，我们到二楼的包间，点了包子、五香花生米、卤猪肚，还有一壶小烧。跑堂的仰头一声，好嘞，出去了。关先生说，太简单了，真是小吃。我说，别客气，小吃最好。日本人、当今走红的到大馆子，咱们只配上小吃，想去大馆子就不对劲儿了。

我问他这三条木排有赚头吗？关先生说，三条木排有差不多一半给林管所，只够本，是不赚钱的。其余的木材，预订的房料价格还好，可惜用量不多；在码头零卖的有 40 根；给木匠铺 10 根硬杂；剩下的全是白松，给棺材铺了，他们不论几等材，有多少要多少。销路不愁，做木材生意的确是好行当，可是算下来，利润不及你在省城时的一半。我说，木材好卖，能维持下去就不瘦了。

关先生和我边吃边唠，一壶没够，又烫了一壶，吃完花生米、卤肚和包子，用了两个来钟头。

第二天，我刮了胡子，换了一套干净衣服，关先生领我到木匠铺、棺材铺等几家老主顾走访。我代老爷子挨家送了点山货，老主顾们手头宽绰的，把账结清，再翻一页。手头紧的，也尽量结了一部分，一个劲儿道歉。我说，不好意思，像逼债似的，都是老关系，互相体谅，互相迁就吧。

我回来的时候，栈里伙计双手递上一份请柬，说是厅长秘书送来的，他满脸疑惑，这么大的官，这么打腰的主，会请少掌柜吃饭。我看看请柬，对关先生说，晚上去大馆子了，神仙居。关先生说，了不得，一等馆子，回来说说，我们也开开眼。

无故受人之请，更要心存恭敬。去早了不好，去早了干杵着，本来就不是该我去的地方，最不愿意在那里傻等；去晚了失礼，更不应该。于是算计好时间，不紧不慢地走，好准点到达。

神仙居在最热闹的商业区，街上霓虹闪烁，眼花缭乱，唱片声混着喧嚷，灌满耳朵。人影憧憧，来来往往，有挽高髻，施粉面，蹬木屐的；有穿高衩旗袍，足蹬高跟鞋的；有戴礼帽，穿西服，手拿文明棍的；有穿日本制服，脚蹬皮鞋的；有穿黑白绸缎便装的。我看看自己一身粗布，格格不入，别人见了肯定不是给白眼，就是躲远点儿。神仙居的霓虹招牌老远就看得见，我径直走去。到了门口，侍从绷着脸，高举胳膊拦在前面，我拿出请柬，侍从看看又鞠躬致礼，请我入内，往后说声："三楼京都雅间。"一个日本女人款款过来，领我上楼。

打开拉门一看，李正堂已经等在那里，我吃惊地问，我没来晚吧？李正堂笑答，没有，没有，我也是刚到。这是日本间，榻榻米上仅一张小几而已。日本女侍斟茶，上了一套日本料理，杯中倒满了清酒，退出去了。

民国时期，我俩都在省行署供职，我在民政部门，他在警务部门，办公室挨着，都是单身的时候，晚上常常一起下小馆子。

"几年不见，怎么样，还好吧？"他问我。

我俩上次见面是他到下面视察，特地到大车店看我，成了四方街的新闻，那时他是副处长。

我说："一介草民，没什么好的。"

他说："图个清闲，能够一身轻也是好的。"

我说："我以前也是这么想的，回到家里才知道，哪能得清闲，尽是闹心事。开个大车店，要受宪兵警察的搕嗦，你是知道的。开个木场，千辛万苦把木头弄下山，赚的不及以前一半，差不多是白辛苦，干玩命。我们家的地，几辈子开的，加上后来买的，共有100多晌，这回叫日本人全收去了，害得我家老爷子大病一场。上哪儿找轻松，活得越来越累，越来越苦。像我们家，在当地算混得不错的，不少人家比我们更苦。"

李正堂听了我的话默不作声，我也不往下说了，问他怎么官运亨通，干到厅长了。

他说哪是干到厅长，你还不知道我，哪是那个茬子，是捡个厅长。我的前任见日本人太揽权，啥都说了算，发点牢骚，让日本人撸了。让我干，我就三个字，不管事。日本人称心了。

他还说，日本人不好伺候，日本人也根本瞧不起你，佩服抗联的杨靖宇，也不会看上我们，唉，干得太没劲了。

我问他，听说日本军队在华北打不动了，撤不出来，打不进去，将来恐怕不妙。

他说，岂止在华北，在诺门坎就吃了大苦头。日本国小，支持不了这么大的战争，急着要占领苏联东部，要那里的石油、粮食。日本人狂妄自大，还以为像对付沙俄军队那样，一个顶俩，结果碰得头破血流。这一仗打了几个月，日本的飞机、大炮没干过苏联，坦克装甲师全干光了，最后，你说蠢不蠢，上步兵，跟苏联机械部队拼，只知要蛮，低头愣冲，结果死了 5 万人,这回老实了。还要打仗嘛,在外面打不赢就在家里搜刮,日本本土、朝鲜、咱这东北都搜刮得很苦。下一步怎么办,我看很可能是进攻东南亚了。进攻那里比进攻我们东北还容易,东南亚的小国弱国无兵抵抗,日本兵可以可劲儿逞能,随便烧杀。

以前我们俩下小馆子,快活得很,这回吃日本料理,肚里全是苦的,唠了一个多小时就撤了。

回到木栈,小有子问我吃了什么好的,我说除了生鱼就是酱汤,就是钱好。他问花了多少,我说,两人花了 100 多。小有子吓了一跳,说简直是吃钱,昨晚咱 4 个人才花了 3 块钱。我说,这你不懂了,那么大个厅长请客,不花个百八的哪有面子。

关先生陪我和小有子上街买了槽子糕、炉果、萨其玛,给二婶、老姨和你妈一人买一块绸布,还给表琦、梁子买点儿东西,之后乘火车到县城,再走 30 里回到了四方街。

回到四方街的时候是傍晚,我洗把脸,吃口饭,提着槽子糕到上屋和老爷子做功课。

我跟老爷子讲,坐木排过地垄哨,差点把肠子颠断了。

老爷子沉下来脸子说,不是说好了吗,过哨子要下来走吗?

我说,就坐木排过这一个哨子,就是颠,没危险。

老爷子听了,脸色和缓了,说大卯子给你下马威。

我说其他哨子,让我坐木排,我也不敢坐,门槛儿、老恶口、裤裆汉,太险了,算是开眼界了。

老爷子说,放排年年死人,在老恶口、裤裆汉看见新坟了吗?

我说看见了,可没查有多少。

老爷子说,忘了跟你说了,看看江狗子的坟,摘把野花,哪怕捋把草搁上去都是好的。江狗子可怜,扯起放排都称赞他们是英雄,他们死了,没人管,没人问,野鬼孤坟,最荒凉了。

我想,老爷子和排夫的心是相通的,再去我也不能只知道看热闹。

我告诉老爷子,老舅没有二叔和慧颖的消息,抗联这一年多打得不大好。老爷子叹口气,挠头,不吭声。我又告诉他,日本兵在诺门坎吃了大败仗，坦克家底全干掉了，死了5万多人。老爷子笑了，说鬼子撞墙了，败得惨。抗联跟关东军打游击，还打得鬼子疼。苏联是大国，样样强，打得岛国小鬼子现原形了。

我把木材生意的事说完了，夜深了，很疲乏了，就告辞了。

回到屋里，我要上炕休息，你妈对我说，老爷子收了一个女人，还领一个孩子，跟你说了没有？我说，没有，是咱家的亲戚吗？你妈说，看样子不是，是不是，老爷子也没和我说过，我跟老姨打听，她说不认识，也在纳闷这娘俩是怎么回事。女的30多岁，模样、说话挺好的，小子七八岁。我问怎么安排娘俩的，你妈说，女的在饭堂打下手，择个菜什么的，在杂货铺倒出一块地方，搭个铺，娘俩住。我说明天问问老爷子。

次日，我和你妈到老姨家，把绸料送给她。她拿起来贴着上身在镜子前比一比，看样子很喜欢。老姨是干净整齐的人，衣服裁剪合体，还浆得板板正正的。老姨坐下来，把绸料放在腿上，眼睛瞅着我问，看见老舅了吗？我说看见了。她问，有没有慧颖和二叔的消息？我说没有。我感觉她眼神暗了，没有把抗联这一阵子打得不大好的话告诉她。

坐一会儿，我说要去县城看看二婶，就告辞了。你妈说，老姨有些瘦了。我眼眶里汪着水，没吱声。

二婶喜欢绸料，我想她会放在箱底，舍不得做成衣裳的。她也是摩挲着绸料问，看见老舅了吗？我说，老舅没有二叔和慧颖的消息。也没把抗联的情况告诉她。二婶脸色没变，却没有话了。我说，给梁子买了一双球鞋，不知大小合适不。二婶用手量量，点头说，合适。

离开二婶，我的眼泪快掉下来了。

回到四方街家中，正要找老爷子，老爷子见我回来过来招呼我，表瑾，你过来。

到了上屋，老爷子悄声对我说，跟你商量个事。我猜肯定是那娘俩的事，等着他说。

老爷子说，有娘俩投奔咱们，有半个月了。娘俩住店，过来找我，问我姓刘吗？我问她怎么知道我姓刘，有什么事。女的说，听光曜说过。我问她住店是不是没钱。女的不出声。我又问她，到哪里去。她说不知道。

明摆着她遇到大难处了。我想了想对她说，你看这样行不行，你们娘俩先在店里住下，你在伙房里帮忙，过些天我们家里再商量怎么办。女的很感激，说别为难，不方便我就走。我叫人在杂货店腾出一块地方，搭个铺，娘俩住下了。你回来了，再仔细问问，咱们商量怎么办。

我问老爷子和表琦说了吗。老爷子说，和他说干什么？我猜老爷子不知道表琦是共产党。

我找那个女人，她正在后厨掐豆角，伙计们见我过来了，喊少掌柜回来了，她抬头瞅我，我跟大家打个招呼，对她说你过来一趟。

在杂货铺，我仔细观察她，从气质、衣着、举止看是个有文化的人。我说我是老掌柜的大儿子，出门刚回来，让你受委屈了。她说，不，不，老掌柜给我找活儿，安排俺们娘俩吃住，太感谢了。我问，你贵姓，叫什么名字？她说，姓刘，叫刘佩瑶。我说，咱们是本家，都有玉字，我叫你姐姐吧。女的淡淡一笑，说谢谢，哪能随便认亲呢？我问她做过什么职业。她说当过小学教员，证明了我的判断。我问她，怎么认识我二叔的，你丈夫在抗联吗？她点点头，接着详细说了她的遭遇。

她家住在黑龙江东面的一个山口，那个屯子叫莫拉艮。放山的、打猎的、收秋的、伐木的进出大山都要经过这里。她婆婆家开了个大车店，婆家姓王，人们就叫王家店。

王家店没有咱家的店大，对面炕一共有十四五个铺位，平时客人不断，入秋偶尔也有住不下的时候，生意过得去。大车店由公公、婆婆经管，丈夫在抗联队上，她在村里的小学教书。因为丈夫的关系，抗联的人来来往往都在王家店落脚。

她放学后，回家在店里帮忙，军首长、师团长，她都见过，营连长以至普通战士，她认识得更多了。她丈夫是军部参谋，与二叔是同事，所以认识得早。她还知道慧颖，说他是秀才，聪明。对慧颖有印象是因为他是光曜的外甥，在抗联有亲属关系的不是很多。以前闲聊时，二叔曾对她说过，我家也开个大车店，是同行。

队伍的人来得多，管王家店叫"抗联之家"，屯里的人管王家店叫"红店"。

日伪"讨伐"紧了，受害的，王家店自然首当其冲。鬼子过来，把公公婆婆和几个旅客关在屋里，点着了房子，火光冲天，屋里的人凄厉地呼喊，她和孩子在小学校远远地看着，听着。房子落架了，鬼子走了，她走回去，见屋里人都给烧成焦炭了，家里的东西全没了。掩埋了亲人，她不知该怎么办，只知道必须离开，鬼子撤是撤了，再来肯定放不过她。

她领着孩子走了几十里，到了一个村小学，那里的校长、教员认识她，收留了她。虽然她和孩子有了吃和住的地方，可外面"讨伐"和搜捕的风声，一阵比一阵紧。终于有一天，保长来了，说大妹子，我得先把话说明白了，不是我撵你，宪兵警察来了，我没有保护你娘俩的能耐。她说，大叔，我明白了，谢谢你们对我们娘俩的好，这里不是藏身之地，我不能牵累你们。日本人再来，因为我一把火把学校烧了，这事不是干不出来。

在那里的时候，教员们帮衬着，娘俩有了换洗的衣服，临行，学校多开了一个月的工资，有了盘缠。

教书不成，她又没有什么亲戚，还到哪里去呢？

她娘俩又走了几十里，来到一个小镇，她想镇子不比村屯，店铺多，能在饭店打个下手，在旅店洗个衣服，挣点钱，娘俩有吃有住就行。见了店铺，她进去打听，要不要帮工，给多少钱都行。去的几家都不耐烦地摆摆手，意思叫她快走，话都懒得说。但她不能不接着去问。终于在一家大一点儿的旅店找到了洗衣的活，娘俩可以在店里吃住，除了吃住，月工钱5元。每月5元，是低得张不开嘴的工资，她也认了。

想不到这个店大一点儿，便衣特务也多，贼眉鼠眼地盯着旅客。干了半个月，发现特务也盯上了她，一股寒意从脊背袭来。她想，把我抓走，想杀便杀，很省事的，比活着轻松多了，可孩子怎么办？带不好孩子，活着怎么见爸爸，死了怎么见爷爷奶奶。

她说，群儿，咱们走吧。孩子的名是她起的，原想给王家多生几个宝贝，没想到带一个就这么难。她悄声说，咱们找你爸去。群儿睁着疑惑的眼睛问，怎么又要走？孩子走怕了。孩子只有5岁半，从莫拉艮出来的时候，竟然很懂事，妈妈要抱他，他说不用，妈妈要背他，他说自己走。山路曲曲弯弯没有尽头，走着走着他的一双小腿慢下来了。她把他背起来，不大工夫，孩子在背上睡着了。

她真的要带孩子找爸爸，在哪儿都得躲，没有存身之处，不找爸爸怎么办呢？

她到大车店候了两天，等到了一个去莫拉艮方向的马车，还是空载，是去山里拉货的，看老板子有些眼熟，老板子认识她，问她去哪儿？她说去莫拉艮。

老板子吃惊地说，王家店不是烧了吗？你回去干吗？

她说，我们娘俩没被烧死，可逃出来以后，到哪儿哪儿撵。又趴耳朵告诉他，到这里又叫特务盯上了。

老板子说，那也不能回莫拉艮，回去准没好。

她悄声说，想进山。

老板子说，那行。明儿个起早走，早走凉快。她要先付钱，老板子说，你不是埋汰我吗？你公公、你婆婆都是好人。你家到这个份儿上了，我能收你的钱吗？

第二天天不亮就起身了，怕出岔子，没跟掌柜的打招呼，没算工钱，背着包袱，领着孩子悄悄到了大车店。孩子见了马车乐得蹦高喊，大马车，大马车。她低声喝斥，住嘴！不是告诉你了吗，别出声。没遇到什么麻烦，他们转眼就出了镇子。

从这里到莫拉艮要走一天。道旁原有的散户，在并屯时被鬼子烧了。他们不能到莫拉艮去住，傍晚，在一块瓜地的瓜棚歇下来。看瓜老大爷认出了刘老师，但他装作不认识的样子，也不多问，只提了篮子到地里摘瓜招待他们。瓜棚前烧起了湿蒿子，直冒烟，为了熏蚊子。瓜棚小，他们坐在火堆旁困了一宿。

天不亮，告别老大爷，他们又上路了。人们还没起来做早饭的时候，他们到了莫拉艮。村里静悄悄的，走到头，到了王家店。一片焦黑的废墟当中，是公公婆婆的小坟包，当时是匆匆埋下的，连棺材都没有。马车一步没停，她抱着孩子，默默地看着废墟和坟，像刀在心里搅着。孩子也知道到了原来的家，可眼前的景象，让他害怕，看着妈妈悲伤的面孔，紧紧地搂着妈妈的脖子。

出了村子，拐了一个弯，王家店不见了，他们默默地走。

走了好久，老板子问她，能找到部队吗？这话早就该问，现在问是说，她找不到，老板子可以帮她。老板子走南闯北是有办法的。她沉静地点点头，老板子放心了。她以前到军部送过几次信，算是熟悉的。她问清了老板子尊姓大名，家在哪儿，在一个岔路口叫他停下车，抱下孩子，就此分别了。她没有多说感谢的话，心里发誓，以后有机会一定好好报答这位老板子，她没机会，也要让孩子报答。

上了岔道，往山的深处走。去军部的路她记得清楚，背着孩子，一边辨认，一边往前走。孩子要下来自己走，她说不行，你走得太慢了，妈妈背你快点儿见爸爸。后半晌，身旁的树上跳下两个战士，她放下孩子，抬头笑了，两个战士也笑了，叫了声嫂子，把孩子高高举起，他们都认识。

丈夫见了她又惊又喜。她见到了二叔，见到了慧颖。听说她来了，军首长过来探望。

她在军部住了一个月，在军部住的家属有二三十家。一天晚上，丈夫回来告诉她，刚开完会，部队有行动，军部留不住了，家属要遣散。

她一听，吓呆了，脸色煞白。

丈夫又说，你要和部队走，就得把孩子送人。

她说，孩子不能送人，我俩自己走，再难我也带着。

丈夫点点头。

临别时，光曜参谋长特地告诉她到了四方街，有困难找咱家。

她从山里出来，一边打短工，一边流浪。她要走得远远的，走远了，没人认识她了，才能站稳脚。

她漫无目地走走停停，不想真的到了四方街，身上没钱了，就试着进了大车店。

她说，你不信的话，我有照片。她从包袱里掏出一个手帕，把手帕打开，里边有几张照片，我拿起来看，都是在莫拉艮王家店照的，有她的全家福，她丈夫是团级参谋，精干英俊，公公婆婆慈眉善目的，一脸福相，真是可惜了。孩子挤过来，指着照片上的小家伙说，这是我。她挑出一张，指着说，你看你二叔，是二叔和几个战士的合影。

我问她，部队怎样了，知道吗？

她黯然说，我总打听，偶尔遇到别的家属也了解一些，部队往西边开了，打得不好，伤亡大，鬼子搞并屯后，补给一直困难。

我说，你的遭遇我都知道了，你别着急，下步怎么办，我和老爷子商量商量。

她说，老爷子待我们娘俩特别好，很感谢，这些天歇过来了，你们为难，我可以走。

我说，先委屈你在伙房干活吧，别着急，容我们想想办法。

怎么办呢？老爷子听我讲了她的遭遇后说，抗联家属不能不管，况且还有你二叔介绍，得找一份儿活，有个住处，最重要的是要稳妥，不能把她送到虎口里去。我说，还让她在饭堂后厨打杂吧。老爷子摇头说不行，大车店宪兵特务总来，你藏着躲着，他们更怀疑你。马球子油滑，不像丁耙子蛮横，可使起坏来是一样的。我是做好准备了，说不上哪天，宪兵特务就来抓人，弄死我。

老爷子的话，听了冷飕飕的，宪兵特务常来盘查，把她放在眼皮底下确实危险，她家也开大车店，哪个长年跑道的老板子认出她来也麻烦。

我说，她能教书，到四方街小学问问怎样？

老爷子说行。

并屯以后，四方街小学的学生多了，正缺老师，可是，得有个有力的人接洽才好，我想到了表琦。

他听说要安排个抗联家属，问查确实了吗。我说确实。他见我很肯定，问了情况说，交给我吧。没过两天，他回家说行了，让我找校长联系，还拿来了相关证明。

我一看真厉害，又一想，表琦是共产党，随时会掉脑袋的，一旦出事岂不又牵连了刘老师，如果有个日伪方面的人物出面挡挡就好了。

我找刘翻译，宪兵队的人说他跟大佐出门了，过几天才能回来。真是不巧，没办法我只好转身回去。

正快快不乐地走着，背后传来一声喊叫："少掌柜的！"我回头一看是马球子。

他问我来干啥，我说找刘聪可他不在。他说刘翻译出门了，过两天能回来。他又说，你跟李厅长挺铁？我说，你怎么知道？他说前些天在省里开会，李厅长听说我是四方街的，说刘表瑾是他的好朋友。我说李正堂还行，官当大了，也没忘旧友。你有啥事，可以打我的旗号直接找他。他说，那敢情好，到时真得麻烦少掌柜呢。

我突然感到来了机会，立刻说，大队长不用客气，我有件事正犯愁呢，不知大队长肯不肯帮忙。

他问什么事，我把他拉到一旁，慢慢跟他讲，我有一个八竿子打不着的亲戚，在山沟小学教书，并屯了，那个小学黄了。丈夫抽大烟早死了，她领个孩子找到我了，人家遭难，我又不能撵，叫她到饭堂里帮厨。娘俩有吃有住不错了，没干几天说帮厨不是她干的，想教书。我跟她说，四方街小学缺不缺人咱不知道，就是缺人能不能要咱也是问题，我哪有那个面子。我说的她不听，总央求我帮忙，没办法就来找刘聪，可他又不在。

马球子听明白了，拍拍我肩膀说，少掌柜别愁，不就安排一个小学教员吗？这事我包了，跟校长说一声就行。

也不知道小学校长是个什么人物，红的还是白的，搞不清楚。表琦来话后，我去找他，他郑重地对我说，明白。马球子的话到了，我领着刘老师去报到，校长轻声对我说，放心。

老爷子见事情办成了挺高兴。

我让小有子租了个小房子，拿出 10 元钱，添置日常用具。没用老姨的房子，也没和她说刘老师是抗联家属。刘老师是抗联家属，只有老爷子、表琦、你妈和我知道。刘老师搬走时，我叮嘱她有事情、有困难，一定找我，咱们平时要少来往，在街上碰着也要装不认识。

事情办完之后，我又犹豫起来。刘老师任教一事和马球子说了，对呢，还是不对呢？有马球子出面，万一表琦出事，校长好周旋，不至于把刘老师直接扯出来。可是，马球子知道这件事，会打什么主意呢？马球子比丁耙子要好一点儿，可毕竟是特务队长。福祸难料，我只好忐忑地在暗中观望。

有一天，马球子嘻皮笑脸地到大车店找我来了。他说少掌柜，有一事相求。我说不敢，大队长帮我忙还没报答呢。

马球子收起笑容，一本正经地说，真有事相求。

我说，别客气，有用得着我的，尽管吩咐。

他说，晋升警衔，他妈的日语差点儿，想求李厅长通融通融。我说，这好办，是让我走一趟，还是给他写封信？

他说，写信就行，我送去，再表示表示。

我说，大队长想得周到，用多少钱，我给你预备。

他说，空手怎么好见厅长，拿1000大洋寒碜，没有2000拿不出手吧，你帮我参谋参谋。

我听了很吃惊，马球子手把儿可真大，一出手就是2000大洋，我家100多垧地还不抵2000大洋。我说，老实讲，没办过这种事，要多少钱，说不好。只知道一条，求人的事，脸面上要过得去。

他说，那我就拿5000大洋。

我更吃惊，莫非他是来敲竹杠的，但也只好挺着说，大队长说行就行，我来预备，什么时候用？

马球子笑了，只是想请你引见，和你商量商量，帮我拿个主意，哪能用你的钱，用谁的钱也不能用你的钱，李厅长知道我用你的钱，我的小命不没啦。

听他这么说，我松了一口气，写好信，又扯了一会儿，马球子把他要的宝贝接过，揣好，高高兴兴地走了。

马球子走后，我反复琢磨，觉得这小子心眼儿真多。他出5000大洋，办警衔的事是幌子，肯定要谋升迁。把贿金告诉我，好在需要的时候，让我出面走动。

马球子的这一番举动，让我对刘老师的事放心了。

可没出两个月，老爷子对我说，刘老师家来客了怎么着，她不是没有什么亲戚吗？老爷子看见一对母子住在她家，有好几天了。我说我去看看，说着就出去了。

我心里有点火，以前和刘老师交待清楚了，家里来人怎么不和我讲呢？我正在街头上走，刘老师迎面过来了。走近了，她低声说，表瑾，我有事找你。她去咱家，我绕个圈子也回来了。

她说住在她家的是抗联家属，是在街上遇到他们娘俩的，遇见的时候，当娘的已经昏了。她不能不管，又不想给咱家添麻烦，又不能不对我讲，拖了几天，现在大人也调养过来了，过来跟我说说。

既然是抗联家属，咱们也不能不管。这位家属在家乡被追杀，一家人只逃出她和小儿子，一边流浪，一边打零工，一边躲特务，惊惊惶惶到了四方街，已经几天没吃饭了，饿昏了倒在地上，让刘老师遇上了。她不识字，会种地，会做饭，会洗衣服。怎么管呢？我把老爷子请来。老爷子说，这好办，到老房子种园子吧。你大爷快七十的人了，小鬼子征地他也病了一场，一直没缓过来，娘俩去正好照料照料。她男人和光曜不是一个部队的也是战友，委屈委屈吧，拜你大爷为干爹，住着方便。我想，把娘俩留在四方街，又增加一个目标，绝对使不得，分到太平川是必要的，当夜就把娘俩送到乡下去了。

安排还算顺利。再遇到抗联家属怎么办呢？咱家的办法都使出来了，可是，再遇见还是不能不管，我想，到时只能再找表琦了，把共产党的人还给共产党。表琦实在太危险，我天天为他担心，天天做噩梦，不想给他添事，可不交给他又怎么办呢？所幸的是，以后再没遇见流浪的抗联家属。

有一次，刘老师问我，光曜和慧颖的家属怎么样？我知道她早就想问这个问题，又不知道该不该问，总憋在心里，终于忍不住了。如果我什么都不告诉她，她也不会埋怨，只会自责不该多问。我告诉了她一个大概。我说，老爷子和我也是抗联亲属哇，老爷子曾被特务大队抓去勒大脖子，后背给打烂了，我送去200元才领回来。现在老爷子还在做随时被抓的准备。我二婶和慧颖的妈也在做随时被抓的准备。她们和你不一样，她们是抗联家属，谁都知道，被抓去了，我们这些亲属能想法搭救。你在这里没人知道你是抗联家属就好，一旦暴露了，咱们不是亲属关系，想搭救伸不上手。所以你千万要小心，你出事了，我们只能干瞅着。前几天，听说你家里有客，我心里顿时冒火，要立刻问问你为什么不加小心。刘老师擦着眼泪说，你们家自己就够难的了，我一来，又添了这么多事。我说，应该的嘛，分什么你们我们的。再说比起部队的人，咱们不是容易多了吗？

后来搭救的那个抗联家属姓苏，我叫她苏姐。她带的5岁孩子，是个小子，抗联有后，刘老师、二婶都养的男孩儿。她长得结实，身子骨壮，一看就是个能干的女人。我领她到老房子，她进屋就给大爷磕头，叫声"爹"，让孩子磕头，让孩子叫"爷爷"。大爷愣住了，闹不清怎么回事。我叫娘俩起来，慢慢和大爷讲。大爷听说了事情的经过，知道她是抗联家属，说你们娘俩受大苦了，闺女，住在这里吧，这里没人欺负你们。苏姐闻言大哭："我可遇见好人了。"又要磕头，我和大爷拉住了她。

大爷住的是正房，把西厢房收拾出来，娘俩搬进去住了。大爷说，这屋一直空着，生生火，有人气，房子也不会朽了。

咱家在太平川没了地之后，大爷的身子骨一直不好，不正经吃饭，做一次能吃两三顿，他说吃不下，吃啥都没味。他不出院子，身子不自在了，有病了，囚在屋里硬挨。还是老佃户有心，隔个五天七天的过来串串门，唠唠嗑儿，能顶大爷吃服药。大爷不刮胡子，脸上的皱纹更多更深了，手和胳膊干瘦，看了心疼。卖地的时候，他还挺结实的，瞅着比我有劲，没地了，他也垮了。他守着房子，等小日本滚蛋，可心里苦，心里疼。

苏姐来了，啥也不让大爷干，收拾屋子，做饭洗衣，喂猪喂鸡，侍候园子，打扫院子，一刻不停，撂下这样，捡起那样。她言语不多，就是干活。大爷背后对我称赞，抗联的人，山上的，家里的，都是好样的。

苏姐的儿子叫虎子，方脸圆眼挺可爱的，谁见了都摸摸他的头。他跟大爷是自来熟，叫声"爷爷"，就依在他身上，大爷笑眯眯地看着他，开心极了。虎子的小脑瓜，只知道打走小日本，抗联是英雄，汉奸坏。爷爷总对他讲，来了外人不许说。

第十一章

老姨之死

秋天到了。茄子、豆角罢园了，又大又粗又黄的老黄瓜种，切成丝，拌成凉菜了，长不大的黄瓜纽腌起来了。土豆秧子枯萎了。两场霜下来，谷子、苞米、高粱全黄了。

这时，一伙鬼子摸到东北岔来了。往年是冬季"讨伐"时，捎带东北岔，把房子烧个精光就完事。今年特地来了，可能是想把粮食抢了，祸害了。

鬼子大摇大摆地往上走，瞭望哨的孩子老远就看见了。

"鬼子来了，5个！"孩子飞奔回来报告。

"5个？看准啦？"沟里舅问。

"看准了。"

"那咱就不用跑了。"

他带3个枪手在村口埋伏下来，命令："靠近了再打，不能放跑一个。"

接近村子了，5个鬼子挨得挺近，好极了。

到了枪口之下，沟里舅一声打，一枪一个，没多费一颗子弹，5个鬼子立时毙命。他们摘下鬼子的枪和子弹，把尸体扔进沟里，把地上的血迹盖好。

沟里舅把全村的人召集起来，"马上掰苞米，割高粱穗、谷子头，各家找地儿藏起来"。全村人忙了一宿，苞米全收了，高粱、谷子收了大半，土豆不用费事，以后再来起。

太阳升起来了，收的粮食各家藏好了，全村的人都到山里去了。

沟里舅说，鬼子来就是杀人、放火、抢粮食，来的多了，咱打不过，只好躲，来的少了哪能放过他们。过了两天，鬼子又上来了，来了30多个，看见庄稼收了，人走了，气得嗷嗷叫，把房子烧了还不解恨，把房基石也给扒了。沟里舅他们回来时说："扒了房基，咱们挖饸子。"

东北岔的事听了痛快，你小鬼子就是拿中国人没办法。

我和老爷子的功课，每晚按时做。功课很沉重，收音机里、报纸上、过往旅客的口里，都没有好消息。吉林、通化的抗联西征被打回来了，损失大，可能伤了元气。牡丹江、珠河、方正等地的抗联打得也不好，伤亡大。传说中的白马双枪女侠赵一曼刑场就义了，双枪将孔夫人高俊凤战死了。

这类消息像石头压在我们心头，东北进入了最黑暗的时期。

老姨和二婶很着急，总来打听消息，我说不出让她们高兴的，又不能讲让她们不高兴的，只好想尽办法搪塞。

刘老师、苏姐安顿之后还教人放心。

我特地打听了一下，刘老师讲课满可以。她教低年级国文、算术，孩子也在她的班。她讲课简明、清楚，校长听了没挑出什么毛病，还在会上说，新来的老师讲课不错。刘老师没课时，总在教研室里低头批改学生作业、备课，不多言语，跟谁都不远不近的，大家都不大注意她。似乎她在教研室不觉多一个，她不在教研室不觉少一个。晚上回家，她把门关得严严的，做罢家务，陪儿子做功课。

苏姐到了老房子后，大爷心情好起来了，不再一个劲儿地为失掉土地那档子事懊糟，吃饭有滋味了，苏姐又啥也不让他干，身体恢复了不少。苏姐白天不停地干活，屋里、院子、园子，哪儿都收拾得利利整整的，猪和鸡比以前有了精神。晚上她也不闲着，在厢房点着油灯做针线，老爹的棉袄、棉裤、棉鞋、棉手闷子，孩子的，她自己的，入秋时就动手做了。邻居来串门，她倒好开水端过去，又回到厢房忙活。客人走时，她不早不晚地到上房陪老爹相送。

刘老师和苏姐的心里都有一片苦海，都在拉扯孩子，隐忍地煎熬。

在黑暗中煎熬，时间过得很慢。这期间，咱家出了一件大事。

慧颖叛变了。

叛徒的语言含义有一个公式，叛徒大于卑鄙、无耻、肮脏、下流之和。叛徒是最卑最污者的称谓。传说阴曹地府有十八层地狱，把叛徒安排在第十八层也是叛徒的幸事，如果有二十八层、三十八层，叛徒也会被打发到更深的底层。古往今来，没有一个叛徒承认自己是叛徒，他能够昧着良心干很多很多最损最绝的坏事，却没有承担这个恶名的勇气。不仅如此，一个家庭、一个家族出了一个叛徒，全体人几辈子抬不起头来。

最先告诉我慧颖叛变的是刘聪，他当翻译，身处机要，是最先知道的。

他到咱家来，是一天的下午，我正和你妈在家糊窗缝儿，见他来了脱口喊道："稀客，你怎么来啦？"我们有半年多没见面了，他总出门，上次有事也没抓着。

坐下来以后，他说宪兵队长又换人了，老的走了，新的明天才到，有了空，过来坐坐。

我说宪兵队长是走马灯啊，总换人。

他说，日军在关内战线很长，关东军青壮年士兵都换过去了，你没看宪兵队、守备队，除了小的就是老的，宪兵队长换了三任，一任比一任岁数大，新来的听说快六十了。

我说日军在关内打不动了，将来怎么收场？

他说骑虎难下，日军要停战，搞华北独立，蒋介石不答应。

我说，继续打就需要石油、钢铁、煤炭。日俄战争，日本人战胜了，想不到诺门坎一仗日军吃了大亏。

他问，你怎么知道的？我说前些日子去了趟省城，那里人都议论。他叹口气说，那一仗把仅有的两个坦克师搭进去了，死了5万多，把日军打怕了。

我们又扯了些别的，我说搞木材辛苦，赚头小，比以前差多了，开大车店将能糊口。他说他爹开的当铺生意不赖。当铺行当火了，说明这个社会不咋着。

我留他吃饭他不肯，我又不能强留，不知他是不是为难。

临走他似乎漫不经心地说："柳慧颖当特务队长了，是我们的人了。"

"柳慧颖？"

"是呀，不是你的表弟吗？"

"是……成了你们的人了。"

我感到头晕，恶心，送走了刘聪，扶着门框，好半天才缓过来。出了一身汗，像水洗的似的，浑身绵软，没有一丝力气。

我爬到炕上，躺一会儿，感觉好一些了。你妈从外面回来，感到奇怪，问怎么大白天的躺在炕上，哪儿不舒服了？我说，随便懒一会儿，没啥。

我想刘聪告诉的事肯定是千真万确的。这年头说谁死了不一定是真的，说谁当了叛徒，肯定是准的，那个恶名是不能轻易往人身上扣的。

他告诉我这个消息，无非是因为我俩一起长大，我们家有抗联的，我又有点清高，叫他不得劲儿；而他的选择，等小鬼子败了，没法解释，没法交待。这回好了，慧颖和他一个屌样，抹平了我俩之间的心理差距。刘聪还算客气的，轻描淡写地告诉我，没清算我在内心深处对他的轻视。

我支着炕坐起来，头不晕了，也不恶心了，晃晃头没啥不良感觉，真的啥事没有了。

我到了上屋，老爷子正坐在炕上抽烟。我坐在炕沿上，斜身对着他，故意淡淡地说，慧颖叛变了，当特务了。"唉！"老爷子闭上眼睛叹了一声，又翻开眼睛问道："谁说的？""刘聪。""唉！"老爷子又闭上眼睛叹了一声。

我说："咱家出了这么一个人物，丢脸事小，也不知道他知道些啥事，如果他领着日本人到处抓人，罪恶就大了。"

"叛徒最祸害人了，当了特务又是专干这个的，他来抓我，我也只能自认倒霉。办法只有一个，就是宰了他，你说你能宰了他，还是我能宰了他。"

"见了他，我就宰了他！"

老爷子笑了："我老胳膊老腿的，没能耐了，你秀才杀人，说说罢了。就是能宰，自家人下得了手吗？"

我们正说着，表琦回来了，见我和老爹都在，立刻说："慧颖叛变了，在县里当了特务队副队长。"

我说我们刚听说。

表琦说慧颖是放下枪下山的。

老爷子对我说，放下枪下山，意思是离开后不和抗联作对。这孩子身子骨弱，受了太多的苦，扛不住了。

表琦说，可他还是领人上山找抗联去了，不知找到没有。

老爷子说，作孽啊，不知地方上的事他知道多少？

表琦说，算起来他在抗联有7年了，当上团长了，地方干部认识不少。

老爷子说，太祸害人，就得收拾他，我当姨父的有责任啊。

表琦点点头。

听他俩谈话，好像老爷子知道表琦是共产党。

慧颖叛变的事告不告诉老姨呢？我问他俩。

老爷子说，躲不过，早晚得告诉，不如趁早。

我问请老姨过来，还是到她家呢？

老爷子说，你两口子到他家告诉吧。

我听了觉得有道理，在她家，人少，刺激小一点儿，如果老姨受不了，让你妈照顾她。

我把慧颖叛变和要去老姨家的事告诉了你妈。

你妈大吃一惊，说慧颖怎么这么没出息，下耻烂，当了叛徒要损八辈。

又说，老姨知道了，能受得了吗？

又说，这事出了，又不能不告诉老姨。

我说，劳你大驾，如果老姨受不了、挺不住，你好好劝劝，好好伺候。

你妈说，那是应该的，可老姨是顶叫真、横草不过的人，性子上来了，特别刚烈，我怕做不好。

我说，我最敬重老姨了，咱把她当亲妈待，尽到心。

平时，多是老姨到咱家来，我们去得少。这次去不能空手，空手不好意思，拿的东西又不能显眼，最好看上去像啥也没拿似的。想了想，我们从大车店伙房拿了点干茄条、干豆角丝，拎着去了。

我们进屋时，老姨正在窗下绣花。老姨穿着打扮从来入时、整齐，坐立也是端端正正的，她绣花的样子，就像一幅画。

你妈轻轻喊了一声"老姨"，老姨见我俩进来，欢喜地抬起头，笑吟吟地说，你俩来啦。

你妈放下干菜，凑上前去，见雪白的花撑子上，绣着一对好像会动的漂亮的鸳鸯，嗔怪道，绣得真好，给谁绣的，老姨真偏心，我们结婚时，怎么不给我们绣一对。

老姨指着她，笑着说，你可真歪，这是街坊的孩子结婚，求我做的，人家不嫌弃，我只好帮忙了。你们在省城结的婚，你又是城里姑娘，老姨有心绣对枕头，拿不出手啊。

你妈说，我长这么大，没见过绣得这么好的。

老姨说，你可真抬举我。

你妈说，老姨得给我们补一对。

老姨说，你要是真喜欢，我还得寻思寻思自己的活值不值得你喜欢呢。

你妈说，老姨不答应不行，不答应就是偏心。

她俩在说笑，我插不上嘴，打量一下屋子。窗户擦得明亮极了，好像没镶玻璃似的。窗台、柜盖、桌面干干净净，屋地铺的朱红地板纤尘不染，桌上一盆兰花，绿莹莹的。桌子上方的白墙上，挂着一个大相框，相框里镶满了照片，中间的、大的一帧是三口人的全家福，老姨父方正亲切的脸上架一副眼镜，眉宇间透着秀气，着西装，系领带，头发梳得光光的，他是个银行家，在一次车祸中罹难，据说是日本人干的。老姨和他生活了10年，之后一直为这个值得守的人守着。照片上的老姨，着旗袍，卷发，端庄秀丽，身子微微向姨父倾着。慧颖在两人中间，眼睛睁得圆圆的，稚嫩的面容特别可爱。谁也不会想到，他会成为进行艰苦卓绝战斗的抗联战士，老姨为她的宝贝儿子感到骄傲，盼着将来，可是……

老姨见我闲着，问道，山上有信吗？我迟疑一下，说还是上次说的那些，没有新的。

说完这句，我一时没话了。原本是告诉恶信的，可怎么告诉，一直没想好，见老姨恬静的样子，又添了不忍。

"哎哟。"老姨把针扎到了指头上，"人老了，真是没用。"

你妈掏出手帕包扎，老姨退缩着把手指放在嘴里，吮掉冒出的血，说不要紧，没事。

你妈还是抓住她的手指包上，勒紧。

花绣不成了，老姨对我说，在我这儿吃饭吧，你媳妇还没端过我的饭碗呢。我俩说，不啦，得回去和老爷子一起吃。

说完干坐着，你妈用眼睛瞅我，我话说不出口，走也没法走。

老姨说，这两天扎手指头有两次了，不知怎么的，心有些慌，白天眼皮跳，晚间做噩梦，醒来就是一身汗。

"老姨——"我听了她说的，赶紧接过话。

"哎。"老姨答应一声，盯着我，等待下文。

"慧颖下山了，在县里特务队干呢。"我终于说出口了，闭着眼睛说的，觉得说得挺平淡。

说完见老姨身子一软，靠在你妈身上。

"老姨。"你妈一边扶着一边唤着。

老姨昏过去了。

老姨的脸煞白煞白的，我俩把她放平，掐人中，半晌，老姨苏醒过来了。

老姨瞅着我俩，眼光冷冷的，好像陌生人。

"老姨。"我俩呼唤着，声音里带着乞求，乞求她别离我们远了。

"他带特务抓人了？"

"他跟特务警察上山了，抓没抓到人不知道。"

"作孽啊。"

老姨怔怔地躺着，突然，不知哪儿来的力气，猛地拿起剪刀，一剪子把绣布豁开了，好好的鸳鸯被剪坏了，我扑过去夺下剪刀。"让他家请别人绣吧。"老姨叹口气，眼泪夺眶而出。

"叛徒！"老姨恨恨地说，"咱家出了个叛徒！"老姨呜呜地哭起来，哭得浑身抽搐。你妈不断地劝解，老姨哭了很长时间，也是哭累了，渐渐平稳下来。

我让你妈守着，我回去看看老爷子。

老爷子坐在炕沿上抽着烟等我回来，炕桌摆在炕上，他叫大车店饭堂送来的饭菜已经凉了。

老爷子见我回来得晚，说你老姨听说了，受不了吧。我说，她一听说就昏过去了，好不容易醒来，又一个劲地哭，待会儿我还得过去。

我们爷俩吃饭，饭菜凉了也不热了，快点吃，我好快点过去。

老爷子说，你老姨就是那个脾气，容不得半点污点，她用的毛巾洗破了，还是雪白雪白的，用的抹布也是干干净净、清清爽爽的，连马勺底、水壶底都擦得铮亮，家里出了个叛徒，她哪能容得了呢？你老姨还是个厉害角儿。你老姨父是开银号的，商界朋友在一起，喝花酒、逛窑子是常事，可他从来不敢，朋友都笑他惧内，说他在家里养了一只母老虎。

我问如果去了，老姨会咋的？

老爷子说，你老姨有言在先，说你老姨父如果去了那肮脏地方，就别回家，回了家，小心刀子。你老姨父当然知道她是说得出做得出的。亲朋好友都知道你老姨厉害，又佩服她、敬重她。你老姨不允许别人玩邪的，她自己更正。你老姨父死的时候，她还年轻，模样、人品、家产让不少人眼馋，上门提亲的不断，你老姨一概回绝，到四方街买了些房子，吃房租，过清静日子。她内心干净是没比的，赶上僧尼了。

我听了直犯愁，说老姨好是好，怕她死较劲，不好劝慰啊。

老爷子也说，就是啊。

我把现成的饭菜装好，拎到老姨家。

你妈接过来，到厨房热好，端上来说，老姨，吃点热乎饭。

老姨瞅都不瞅说，过晌午了，你早该饿了，你吃吧。

你妈说，老姨吃啊，我陪你。

老姨说，我哪有心思吃饭啊，你吃吧。

你妈说，生气归生气，饭还是要吃的。

老姨说，吃不下啊。

你妈说，咱少吃点儿，就吃一点点儿。

老姨说，不想吃。

你妈说，老姨不吃，我也不吃。

老姨拧着眉毛，厉声说，叫你吃你就吃，你凭啥不吃，你不吃，不是作祸我吗？慧颖那个混蛋逼我，你怎么也逼我。

你妈见劝不动，把饭菜端回厨房，站着抹了半天泪，一筷子没动，又回到屋里去了。

我和你妈默默地陪着老姨。我恨自己笨，不知说什么才能把老姨劝过来。冬天天短，西窗暗下来，老姨累了，闭着眼睛像睡着了。你妈要点油灯，我摆摆手止住她，又告诉她我回去一趟。

我告诉老爷子，中午送去的饭，老姨没吃。老爷子叹口气。大车店师傅又送来菜了，我们爷俩也没胃口，匆匆吃了两口就放下筷子了。我把饭菜装好，又拎到老姨家。

你妈见新带来的肉炒茄丝，正是老姨爱吃的，细心热好，端到里屋，轻声说，老姨，大师傅的手艺，你尝尝。

老姨绝然摆摆手。

你妈咚的一声跪在地上，哭着说，老姨，哪能不吃饭呢？求求你了。

老姨也哭了，说好孩子，起来，快起来，难为你了，我知道你心疼我，可老姨哪有脸吃饭啊。

我一听坏了，一路哭泣着回到家里，对老爷子说老姨不吃饭，还说绝话。老爷子急忙戴上帽子，拿着烟袋就出门了。

老爷子很少到老姨家来，老姨的洁癖他也是听说的。老姨见老爷子进屋了，把身子支起来说："姐夫，啊，你坐。我的命怎么这么苦啊，哪辈子没修好，生了这么一个混蛋。"话音未落，哇的一声，大哭起来。

你妈劝她别哭了，会哭坏身子的。老爷子在旁说，让她放开哭，心里好受些。老姨哭了好长时间，又哭得浑身抽搐了，哭得没劲儿了，才算作罢。老姨哭，你妈一直跟着哭。

老姨平静了，你妈又把饭菜热一遍，小心地端过来，乞求着："老姨，尝尝，就尝一点儿。"我和老爷子眼巴巴地看着，希望她能动一口。

老姨瞅都不瞅，冷冷地说："不吃。"

老姨的脾气我们都知道，不能再劝，再劝只能惹她急眼。

你妈很不情愿地把饭菜端下去，一边走，一边回头瞅，巴望老姨能转个念头，能松一松口。

她出了里屋，我跟了过去，说你两顿没吃了，饿坏了，快点吃吧。你妈说我早就饿了，心里堵得慌，吃不下。说着泪流下来了。我说，你吃点，有了力气，好伺候老姨。你也不吃，你也垮了，我就麻爪了。你妈点点头，好歹算吃了半小碗。

老爷子装了一袋烟，抽一口说："慧颖这孩子可真不容易，他参加抗联有 7 年了，是吧，7 年了。讲打仗，古今中外，抗联是最苦的。这孩子从小就身子弱，长得像个女孩子，像棵豆芽菜，他参加抗联，当初我就不赞成，没想到他干得不错，当了团长，真不赖。不管怎么说，这孩子那体格，能打 7 年，不容易。"

老姨说："打小日本，作为中国人，是应该的。小日本没打走，就得接着打。打半截就变卦了，算怎么回事？当了叛徒，叛徒是什么玩意儿，叛徒连汉奸都不如。咱们恨汉奸，瞧不起汉奸，可是汉奸还瞧不起叛徒呢。我的儿子真有出息，他不知好歹，我还不知碴磔吗？"

"抗联的苦不是人人都能吃得了的，慧颖受不住那份儿苦，咱也得替他想一想。数九寒冬，穿单衣单鞋在林子里露营，谁能受得了；没有粮食，几天、十几天吃不上一顿饭，谁能受得了；打游击，不停地行军，累得吐血，谁能受得了。在抗联，冻死、饿死、累死的，多着呢。慧颖身子弱，顶不住，没啥奇怪的，别太埋怨。"

"顶不住就可以当叛徒啦？这个狗崽子领着特务警察上山，把他二叔抓回来你才称心是不是？"

"话不能这么说，听说慧颖是放下枪下山的，意思是不打抗联，不出卖战友。下山了，人家逼他当特务，他不得不当，逼他上山抓人，他不得不去。他上山不是扑空了吗？我看还不是诚心诚意去抓人。既然下山了，他也是没办法。我就不信，他现在就不恨日本人了，不恨汉奸了，别看他当了特务。"

"你有个好外甥，脸上有光是不是？"

"我的意思是，咱家的孩子咱知道，懦弱是懦弱，不是很坏，不用生太大的气。孩子的事我说不明白，不说了。我看孩子是孩子，你是你。他成人立事了，他走他的道，你左右不了的。你还要过你的日子，因为他不吃饭就犯不上了。"

"姐夫，你是站着说话不腰疼。狗崽子在抗联，我当妈的是个人；他当了叛徒，我算什么东西！我就不吃饭，就死给他看，倒不是顾面子，是让那小子知道，是你杀了亲妈！小日本、汉奸没把你妈怎么地，是你杀了你妈。"

老爷子听了一震，知道小姨子打定主意了，没法劝了。

老姨决意赴死，伺候她成了问题，我想你妈一个人应付不了，就去找二婶。我告诉她慧颖叛变的事，她说表琦跟她说过了，叫她多提防，有事多联系。

我跟二婶说，看看老姨去呗。

她说，看啥呀？

我说老姨米水不进，决意不活了。

二婶说，啊，那得去看看。

我问二婶，老姨不想死，你还去不去？

二婶说，那可不去。儿子叛变，她不在乎，我去看啥呀。骂她娘俩混账没必要，也不能去夸他们叛变好吧。

我再问二婶，假如二叔下山叛变了，你怎么办？

二婶说，我呀，比你老姨痛快，找根小绳一吊，完了。丢不起那个人哪。跟祖宗没法交待，跟街坊没法交待，跟子孙没法交待，还活个什么劲哪。

我又问二婶，你怎么去劝老姨呢，不能劝她死吧。

二婶笑了，我没那么糊涂，你老姨比我要强，她有那份心思足够了，这年头，遭罪的，死了的，都是好人，能救一个是一个。可是你老姨那脾气，我劝得转吗？

老姨见了二婶，又哭了一场，哭得更伤心，哭得死去活来。

平静下来以后，老姨说，你看他们爷俩，一个是民族英雄，一个成了败类，一家人都不一样。

二婶说，他走了那条道咱有啥办法，一家人哪能都一样，老妹子，你们娘俩也正相反。

老姨说，他二叔也真是的，怎么不就手毙了他。

二婶说，慧颖下山时，他们爷俩没在一起，假如赶上的话，他二叔肯定饶不了他，就是追到家里也得宰了他。二婶说完有点后悔，觉得说重了。

二婶又劝老姨，好人为什么不好好活着，要珍惜自己。凭她的本事，说了好多话，都说累了。

末了老姨说，谢谢二嫂，你们都是真心为我好。我不能拉松套，我给那孩子一点儿好脸子，他就以为自己做对了。再说，他走到这个地步，我活着还有啥意思。

她俩都累了，再没有话了。

晚饭时，二婶把热好的饭菜端给老姨，劝她吃，少吃点儿，尝尝，全白搭。无奈，二婶又端回厨房，放在锅盖上，拍腿痛哭："老妹子呀，你叫我咋整啊！"

晚上，二婶陪老姨，你妈和我回家了。

你妈晚饭没吃几口，倒炕便睡了。她太累了，身子累，心也累。

天快亮的时候，你妈把我捅醒了，说前晚老姨说了很多话，都是关于那个逆子的事。

老姨说，慧颖到抗联的时候才18岁。从学校门直接去的。从政不行，跟着溥仪当汉奸的路不能走；经商也不行，他爸是开钱庄的，日本人来了后搞高压管制，他爸因为不跟日本人合作被暗杀了，中国人的钱庄都开不下去。慧颖决定投奔二叔参加抗联，老姨赞成，中国人嘛，抗日是应该的。

慧颖走了以后，老姨把全部心思都放在宝贝儿子的身上，时时想念，天天牵肠挂肚。头两年，部队打到四方街附近，慧颖顺便回来两次，看他虽然瘦，可是结实了，成了大人了。以后仗越打越苦，再没回来过。天天想念儿子，使老姨对节气特别敏感。立春了，她就想山上的风变软了，吹在脸上不像刀刮了；谷雨时，她就想山上的野菜冒芽了，抗联能喝菜汤了；立秋了，她就想山上的粮食能储够不；立冬了，她就想山上的饺子修没修好……

她准备了吃的，把茄子、豆角、黄瓜、土豆晒成干，把猪肉切成条也晒成干，用布口袋装好；她准备了用的，单鞋、棉鞋、衣服，包了一包，嫌包大，人家不好带，打开翻翻，哪件都有用，哪件都舍不得往外捡。她把吃的、穿的两个包放在炕琴前面，预备有人捎的时候，顺手就拎走。

想念儿子，就想法收集抗联的消息，可除了到咱家、到二婶家问问，木场舅下来看看她，告诉一些，也不能随便四处打听。

到咱家和二婶家打听，还得装作不太经心的样子，怕咱们为她多操心。听到好的消息，说抗联在哪儿打了胜仗，说谁在哪儿看到慧颖了，能高兴几天；听到不太好的消息，说抗联在哪儿没打好，说谁牺牲了，或者听不到抗联的消息，她会接连几天睡不着觉。

睡不着就胡思乱想，她想到的都是恶事，没想过慧颖健健康康、精精神神突然出现在她面前，没想过慧颖当了什么官回家。她想慧颖冻坏了怎么办，冻坏了手怎么办，冻坏了脚怎么办，甚至找郎中打听治冻伤有什么秘方；她想慧颖受伤了怎么办，断了腿怎么办，她想慧颖伤了、残了，就接回来，自己一手伺候；她甚至想慧颖牺牲了怎么办，她想在哪儿牺牲就埋在哪儿，自己每年去烧纸、添土。

老姨就是没想到慧颖会叛变，根本没想的、想都想不到的事，慧颖干出来了。慧颖太出格了，失大节，要了老娘的命。老姨说，慧颖抗日，她什么都能忍受，忍受什么都值得。这狗崽子当了叛徒，把她心里的一切打得粉碎，什么念头都没有了。她说，我死了都无处哭诉，死在自己儿子手里，怨谁啊。

我们到了老姨家，准备替下二婶，让她歇一歇。二婶昨晚点了一宿灯，老姨有精神时，她俩唠唠嗑儿，老姨累了，睡了，她没敢睡，怕老姨干出寻短的绝事。老姨说过，狗崽子败坏家声，还连累你们陪我熬着，真不好意思。

二婶要走还没下炕，院里传来脚步声，老姨睁开了眼睛，侧过头来。进来的是慧颖，穿一身黄色日本军服，瘦瘦的，脸色黑黑的，刚进屋就扑咚跪下来，喊声"妈"！

老姨睁圆眼睛，厉声说："我没你这个儿子，给我滚！"她没力气了，声音不高，但满是愤怒、鄙夷和决绝。

"妈！"慧颖把头磕在地上，又喊一声。

老姨没有回答。

"妈！"慧颖趴在地上，又喊一声。

老姨眼泪从眼角下来了，还是没有回答。

"二婶！"慧颖可怜地向二婶求救。

二婶没好气地说："你妈三天没进米水了，都是你害的。你看着办吧。"

"妈！别这样，要死我替你死！"慧颖撕心裂肺地喊。

"我哪有不怕死的儿子。"

"妈不吃饭，我不起来。"

"算了吧，叫你滚，你就滚，别脏了我的屋地。怎么还赖着不走，你是逼我现在就死是不？"老姨越说越火，样子可怕。

慧颖无奈，从地上爬起来，悲哀地瞅瞅我和你妈，捂着脸痛哭着出去了。

他的身后还有一句："告诉你，以后不许再进这个家门。"老姨拼尽力气喊。

慧颖出院子了，老姨又补充道："我死了也不许他进这个家门。"

老姨支起身来说："狗崽子，一身日本军服，好威风啊。"说完仰脸笑起来，几乎要疯了。她无法忍受无以复加的耻辱和折磨。

傍晚，我回到家里，进屋见刘老师在等着。她惊慌地对我说："表瑾，慧颖叛变了，我看见他了，穿一身日本军服。"

"在哪儿见到他的？"

"街上，我一瞅就是他，准没错。"

"他看见你了吗？"

"我老远就躲进墙角，他只顾低头走，没看见我。我躲一躲吧，我这儿出事了，会牵连到你家。"

"往哪儿躲，没处去才留在这儿，还有苏姐呢。我想那小子现在不至于太祸害人。你多加小心，一有情况马上告诉我。如果慧颖对你下手，我就宰了他。"

刘老师告辞时，我对她说："我老姨三天多没吃饭了，决意死给慧颖看，谁也劝不转。"

刘老师说："真是好人，我能看看她吗？"

我点点头。

老姨很弱了，身子瘪瘪的，眼眶、面颊塌下来了，没有力气说话。守着她，眼睁睁看着她一步步迈向死亡，太难受了。

外面人知道了这件事，整个四方街都在议论。认识的不认识的都来看望，老姨躺在炕上，连抬眼皮的力气都没有了。看望的人痛苦地走了，嘴里都在骂慧颖不是东西。

刘老师领着孩子来了，让孩子叫奶奶，娘俩磕了三个头，起身掩面痛哭，临走时对我说，我给她当女儿，死后我给她戴孝。

我中午在家的时候，慧颖来了，老爷子见了他，阴着脸说："怎么空手来了？"

慧颖听了一愣，知道自己确实失礼。

老爷子冷笑着又说："没把你二叔的脑袋拎来？"

慧颖听明白了，不管老爷子说啥，咕咚一声跪下去，磕头说："我不是人。大姨父，求求你，救救我妈！"

老爷子说："起来吧，别弄脏了日本军服。"

慧颖更加羞愧："我不是人，我不是人，大姨父，我只求你救救我妈，我只求你救救我妈……"

我强把慧颖拉起来，老爷子的嘴软了："慧颖啊，我们天天救，怎么救呢？没法救。"说着他的老泪下来了。

慧颖念叨着，我妈见了我死得更快，没办法，求求你们了。

慧颖走后，老爷子拍着炕沿说，这个兔崽子，弄的什么事啊。

听表琦说，那两天，慧颖也找他去了。表琦没给好脸子，说你要抓我立功，我成全你。

慧颖觍着脸说："你要成全我，就想法救救我妈。"

表琦说："我妈死得早，我们待老姨比亲妈还亲。这些天我天天回去，下午还要回去的，你放心，我肯定尽力的。唉，老人家的脾气你是知道的，不饿死就不是我老姨了。你说怎么办呢？"

慧颖无奈地走了。

老爷子过来看老姨了，老姨忽然有了精神，我、你妈、二婶都围了上去。

老姨对老爷子说："你们刘家多好，哪个都是一个儿。"又说："姐夫真行，守了半辈子，我到我姐面前表扬表扬你。"

老爷子说："我要先走了，你姐姐不是一样吗？"

老姨笑了笑："她怎么能和你比，你是男爷们儿，能干大事的。"

"齐家人也没孬的，你哪样都好，从不做说不出的事，就是不吃不喝不对。"

"唉，我愿意吗？"

老姨闭上眼睛，把头扭过去了。总是这样，话一到这儿就崩了。

老姨的情况不太好了，更瘦了，被子下面好像没东西了。我正要打发小有子上山告诉木场舅，他下来了，说是慧颖跟他说的。木场舅很生慧颖的气，他当着老爷子、我和表琦的面说，把慧颖看紧了，不能让他祸害人。

在第六天头上，老姨停止了呼吸，装老衣裳刚刚做好，穿上后停在门板上。我问阴阳先生，不是说一个人不吃不喝能活7天吗？阴阳先生说，人是有精神的，一个人想活，吃不到东西，能挺7天，你家老人一心赴死，不进米水，哪能活到7天。

出殡那天，来了很多人，四方街的人都来了。刘老师不听劝，也来了，她和孩子腰间扎着白布。她说不管那些了，大不了一死。唯独慧颖没来，他怕人多，也实在没脸来。

起灵时，我跪下摔的盆。抬棺的八副杠，十六个人。人有的是，走不远就换一换，都要抬一抬。

老姨的坟不远，在大车店后山的向阳坡上，站在院子里，一仰头就看见了。

我把一包衣服、一包干菜交给木场舅，说是老姨预备捎给慧颖的，你在山上遇见抗联的话，送给他们。

我把老姨的房门锁好，到了县里，把钥匙交给慧颖。慧颖执意请我吃饭，我看那架势，如果硬推太伤他了，跟他走了。那次吃饭，他喝了很多，说了很多，我出来往四方街走，一路上晕晕乎乎的。

过了两天，马球子告诉我，慧颖自杀了，是在特务队用手枪自杀的。

我这才想起，那天吃饭，他和我讲很多话，是在与我诀别。是我糊涂，没把他讲的当回事。他说他恨日本人，我想，只有鬼才信。他说妈死了还活个什么劲，我想，你只顾自己活着，你妈才死了。他说下山来不得烟抽，汉奸嫌他碍事，日本人瞧不起他，我想，活该。他说，走到这地步，做鬼都难，我想，这才好呢。我之所以糊涂，他的话引不起我的警觉，是因为我太看扁他了，认为他没有一点儿良知，没想到他能有自杀的勇气。

一个人犯了什么错误都可以原谅，唯独当了叛徒除外。走了这一步，自杀是最好的结局。

马球子、我、表琦，还有小有子，我们过去收尸，买了一副棺材，冷冷清清地埋葬了。

老爷子当晚没吃饭，说："这孩子，可惜了！"

我又把木场舅请下来，清点了老姨的遗产。

房门钥匙是在慧颖宿舍的抽屉里找到的，我把钥匙交给他，他并没有挂在腰带上。他没有再回家。他想着他妈的话，再没跨进自家的门槛。

老姨，我的亲人，她在身边，是我们心里温暖的地方，如今人去屋空，一片死寂，跟她走的还有不知怎么说才好的那个慧颖。

他们走了，咱们家在黑暗中更加痛苦。

第十二章

苦　缘

　　老姨走了，带着那份互相依存的亲情温暖；慧颖没了，带着那份曾经寄托在他身上的希望。抗联的消息很少，知道他们仍在苦斗。我们在黑暗中苦熬，默默经受压抑、迷惘和痛苦。

　　战争在扩大，日寇的脚伸出去就拔不回来。东北、华北、华东、华南到处成了战场。在欧洲，德军吞掉了波兰，第二次世界大战爆发了。这是法西斯最猖狂的一段日子。

　　战争需要大量的人力。生产煤、石油等等需要人，修路、修机场、修工事需要人。日伪搞的"勤劳奉仕"是强制性的，按户按人摊派，青壮年每年要出工3个月以上，在农忙季节让你去就得去，违抗者由警察强行带走。

　　一个农民，粮食"出荷"是必须的，不能少一颗粮食，"勤劳奉仕"是必须的，一天不能耽误，种不种地就不管了。

　　人人都怕出劳工，出劳工白干，不挣钱，还在其次，最主要的，能不能回来是个问题。修路、修飞机场，吃的不如猪食，住的是席棚子，活又重，干几个月，瘦得皮包骨，像个鬼似的回来就万幸了。修山洞的，估计里面很大很大，只见人进去，不见人出来。军事工程，外人无法靠近，找尸骨都没法找。

我那时三十五六岁，"勤劳奉仕"自然有份儿，可老爷子老了，需要我陪侍，大车店的杂事也不少，好赖不济，家里离不开我。我不当劳工还有办法，找马球子，交200大洋就免了。在四方街以至县城，有点儿脸面的人家都照此办理。

小有子就没办法了。他比我小七八岁，抓劳工最爱抓他这么大的，家里老爹有病需要照顾不是理由，拿钱拿不出，就是拿出了，以他的身份，马球子也不能免他的劳工。

通知下来了，到日子就得走。小有子最不放心的是老爹，他来找我。我说，你家老爹腿和腰不行了，可还能自理，我和你嫂子常去看看，吃的、穿的、用的、烧的，一概少不了，你就放心吧。我倒是对你不放心，记住，不论遇到什么情况，咱不图别的，能活着回来就行。

小有子跟咱们家里的人告别了。只有一个行李卷，薄薄的铺盖用绳子扎着，扛在肩上，裤子的补丁是新的，脚上的鞋还结实。小有子想说什么，又说不出来，留恋地瞅着我们。

他们集合起来以后，要先到县里，然后坐闷罐车往北走，估计不大好，可能是修山洞。说是6个月回来，到时能不能回来很难说。

你妈说："小有子，在外面要和工友处好，要照顾好自己，家里你放心，你爹和我们都盼你回来呢。"

老爷子让我给小有子20元钱，小有子说啥也不肯接，说我不在家，你们照顾我老爹就够麻烦了，哪能还要钱。老爷子虎下脸子说："拿着，在外面有点儿小钱，兴许能应个急。"小有子只好放下行李卷，接过钱，放在贴身的兜里。

小有子走了，我看着他扛着行李卷，一撅一撅的背影，心里很酸。

老姨走了，家里一直充塞着阴郁的气氛，三个人都不愿说话，晚上的功课也不起劲儿。小有子出劳工去了，我们身边又空出一块。小有子在大车店是哪儿用哪儿到的总务，从前厅到伙房，到杂货铺，到牲口棚，到外出办事，整天忙个不停。他一走，我自然挺折手。

但我没有再物色人填补，一个是我想小有子顶多半年就回来了，我多伸伸手，克服一下就过去了，再一个是想叫你妈到前厅管管事，家里人都出来，改变改变家里的氛围。

你妈在前厅管登记、接待，见到南来北往各色各样的人，感到新鲜，脸色活泛了。来的人啥样都有，流氓成性的江湖混子也不乏其人。我不大放心，时常在一旁看着，防备找碴儿的、抹油的起事。

并屯时来四方街的，不少住在地铰子，原想小日本待不长，可三年过去了，小日本不但没走，开拓团倒年年陆续往里进。地铰子低矮、窄巴，抻不开腰，窝在里边憋屈，人们就站在道边扯闲篇，天冷了，就到大车店的前厅，围着炉子侃。他们闲侃，眼睛却特别尖儿，哪个来人不太地道，一搭眼就能分辨出来，谁要找碴儿起事，他们就围了过去。有他们在，我放心不少，可以忙别的事情了。

咱家三口人，早晚在家吃，午间在饭堂打饭，对付一顿，图个省事。

你妈搞登记接待，要弄清客人是哪里人，从哪儿来，到哪儿去，办什么事，她对生人感兴趣，乐于弄清这些。弄清这些好玩，也知道了社会是怎么一回事。有一天她说，我发现大车店有"三多三少"。我说，怎么个"三多三少"，讲讲看。

"一是穷人多，有钱的人少。"

我点点头说，大车店就是给穷苦农民开的，方便、便宜，富人，请他来他也不来，到这儿有失身份。常年跑山货生意的也住大车店，他们不是没钱，只是要装作没钱，没钱是讨价还价时的嘴脸。

"二是集日人多，平时人少。"

我笑道，废话。圆老婆的学说够难的。怎么说呢，废话不是错话。这句话有它成立的理由，就是集日是农民的节日。特别是换季时、节前、年前，农民把自己家产的东西拿到集市卖了，买回盐、布、盆、碗等日用品，回家过日子，生计使然，习以为常。赶集住店的，自然是道远的。来一趟不容易，要把攒了半年、一年的东西拉来，换回早就想要的东西，这实在是他们生活中的大事。

"三是凶事多，吉事少。"

我点头说，这个倒是。这年头人活到 50 多岁就到头了，每年开春都发送一批，瞅着可悲可惜，安慰家属往往说，这下儿不再遭罪了。寒冬腊月路倒多，黑夜走路绊脚，动不动就听说哪哪路边有个冻死鬼。生孩子死婴儿、死女人的也多。还有日本人更不把中国人的命当回事。日伪宪兵警察打死个人，随手就来。不用问凭啥，只要知道是日本人干的就得了。再有，世道乱，娶媳妇送彩礼的、嫁姑娘陪嫁妆的，路途遥遥，穿山越林，谁敢明着来，都藏藏掖掖装作没事似的。赴丧的、治病的、寻亲的不必忌惮，招摇而来，招摇而往，更增加了这个世界的恐怖。

我跟你妈说，大车店挺热闹吧，常了你就知道了，里边故事多。旅客出门在外不容易，咱能给点儿方便就给点儿方便，还要想着不能让老实人受欺负，这是咱开店的本分。做不到这一点，旅客就不敢来了。

我隔个十天半月的，就去小有子家看看，给大叔备好粮、菜、柴，粮食都是苞米面，不让他吃橡子面。大叔吃那个，上厕所更费劲。大叔要强，别看腰伤腿残，能做饭，能从外屋的小井提水，能洗涮，屋里干干净净的。

小有子走了，只告诉他到北边去了。他天天掐算，走了多少天，还有多少天能回来。大叔最得意小有子了，见到他禁不住满心欢喜。他喜欢小有子，不是因为自己伤病在身由小有子养活，而是小有子聪明、勤快、孝顺，由于当爹的拖累，小有子迟迟娶不上亲，他还觉得有愧。再有，也是更重要的，小有子是家里的独苗，世代繁衍系于一人，小有子成了他的命根子。

大叔和老爷子一样，除了正义、良心，啥也不信。他若信佛，准会天天祈祷，祝小有子平平安安，快点儿回来。

马球子升官了，当上了县警察局局长。他真行，李正堂给他点缝儿，他就钻过去了。赴任前举行了告别宴，摆了好多桌，比娶亲的场面还大。不知是他自己操办的，还是手下的捧臭脚鼓捣的。告别宴没忘了请我，请帖上标明了上座。我准备了几句好听的吉利话，怕说不溜道，默默背了几遍，还准备了一个红包，哪能空口说话呢。

接替马球子的是二驴子，四方街当地人，家里排行老二，从小就顽皮，有主意，爹妈没少打他，打也没用，该淘还是淘。二驴子不像马球子那么油滑，那么有心计，他是直着来，想咋的就咋的。

马球子走了，他要人认识认识二驴子，知道二驴子开始管事了。他和一帮哥们儿晚上吃到八九点钟，弄个酒足饭饱，接着领着警察特务上街查夜。到了大车店，大门拍得山响，门板不结实早给砸漏了。两个打更的战战兢兢地开了门，他们一窝蜂地拥进来，到大筒间把旅客挨个查了个臭够，到女间查得更严，没完没了地问这问那。

打更的把这些讲给我听，我说，二驴子是敲山震虎，让人知道他，晚上可能还来，你俩别怕，我想他做事不会比丁耙子还绝。他们来了，你俩要赔小心，顺毛摩挲，别戗着来。我准备一个红包，晚上你们给二驴子，说是掌柜的一点儿意思。如果他还不消停，我再想别的办法。

晚上，两个更夫按我说的做了，二驴子还算可以，没再来闹。我不准备红包，麻烦肯定大了，他能把日本人领来。你不认识我二驴子，我二驴子就让你认识认识日本人。

刘聪说，新来的大佐叫新野，五十好几了。岁数大了从华北前线撤到东北后方，从陆战部队加入宪兵系统，他很满意。我想，当然会满意，日军在关内断送了百万，还在硬着头皮耗着，他撤下来，没有性命之忧了。刚走的吉田，虽然没有西村的嗜好，搞并屯也杀了不少人，东北岔年年去烧一遍，搞"讨伐"更是卖力，抗联数这段时间损失大。新来的是哪般恶煞，慢慢瞧吧。

新来的有个好处是情况不熟，他得慢慢了解。东北岔就捡了个便宜。那个小村子，年年去烧，有时还搭上几个兵，手下人都烦了。吉田跟沟里舅摽上了劲儿，才年年烧，非要烧到人没了，房没了，不种地了，才算完。新野不知道这个茬儿，那个偏僻的沟叉子没引起他的注意，那年就没去。日本兵没来烧屯子，怎么回事呢？沟里舅他们犯起疑来。他们不知道宪兵队换头这档事，可认定了日本兵不会发善心，加强了戒备，防止偷袭。虽然天天提心吊胆，毕竟没钻大山，在家过了一冬。

有这个机会，可以给他们送东西。小有子没在家，我套上马爬犁走了一趟。回来跟老爷子讲，走这一趟才知道东北的马爬犁有多好。老爷子问，怎么个好法？我说，不仅轻快，而且赶不翻。老爷子给逗乐了，说能把爬犁赶翻，得啥样的力巴头。

一天上午，二姉兴冲冲地过来了，她到家，见门锁着，来到大车店。你妈见她脸上带着笑容，把我招呼过来，一齐到账房见老爷子。

二姉见没有外人，门关好了，急不可耐地冲老爷子说，大哥，光曜他们到苏联那边去了。

老爷子听了乐得合不拢嘴，问听谁说的。

"表琦啊，表琦昨晚对我说的。昨晚睡了个安稳觉,这么些年头一回,今天起早过来了。"

"怎么过来的？"

"走的呗。"

"累坏了。"

"不累。别说，我这一辈子还是头一次走这么远的路。每次来都是坐车，这回一着急就走过来了。"二姉咯咯笑起来。

二姉笑的模样好看，只是皱纹露出来了，再看头发根、鬓角是白的了。二姉总是心事忡忡的，难得轻松起来。

我对你妈说，中午回家吃，想法弄点荤腥，吃顿好的。你妈拉二姉走，二姉起身脚一沾地，龇牙叫起来："哎哟！脚这么疼。"几个人都笑起来。

午饭炒了4个菜，给老爷子烫了一壶酒，我陪着喝了两盅。老姨的事过后，他没沾过酒。吃完饭二姉要回去，我笑着说，二姉还是走回去吧。二姉也笑了，还说呢，刚把脚上的泡挑破了，出你家院子都难了。

二姉坐着马车走远了，她这一上午的笑声留在我耳边。我想慧颖骨头不够硬，落得孤魂野鬼，人人骂，个个恨，如果再挺一挺，不也挺过来了吗？正像老爷子说的，可惜了啊。

你妈搞登记接待，问得细不说，还极富同情心。那年头，老百姓全走背字儿，她的同情心更大发了。见到奔丧的、病重求医的她跟着难过，见到失意落魄的她跟着叹气，见到嫁闺女的她跟着老娘落泪。我说，嫁闺女是喜事，落什么泪呢？她说，这个你不懂，女儿最贴娘的心，女儿走了比割娘的肉还疼。

这一天，来柜台前登记的是一个抱着孩子的妇女。女子头发上、头巾上沾满白霜，看上去20多岁，长得白净，脑后挽个髻，穿着土布棉袄，领子高，袖子长，下摆也长，一副关内打扮。抱着的孩子头戴虎头帽，脚穿虎脸鞋，衣服厚，包孩子的小被也厚，鼓鼓囊囊的，好像她刚能搂过来。孩子总闹，当妈的不停地哄。

女的问有床铺吗，说话的声音又低又哑，很累很饿的样子。

你妈点点头说有，问她叫什么名字，答道，姜秀莲。

问她从哪儿来，她说山东青州府。

问她到哪儿去，她说百草沟煤矿。

你妈说百草沟煤矿离这里不远。问她到矿上是找丈夫吗，她点点头。

问她怎么到四方街的，她说坐火车到县里，又走来的。

问她天这么冷，还抱着孩子，怎么不坐马爬犁？她摇摇头，意思是没钱。她说30里地，走了一天。交宿费时，她从怀里掏出一个包，一层层打开，里边只有点零钱，交了宿费，剩得更少了。

你妈想，真够苦的，找到丈夫就好了。

找到丈夫就好了，我想那个女的也是这么想。

你妈把娘俩安排在女间炕头的位置，说炕头暖和，你关内人睡不惯，我再给你调。女的把包袱、孩子放在炕上歇息，她很累了。

一会儿又抱着孩子出来了，孩子在她怀里蹬脚哭。

你妈接过孩子说，孩子饿了吧？可能是饿了，哎呀，哭得这么厉害，饿坏了吧。女的要买碗汤。你妈领到饭堂，把孩子交给她，从伙房端出汤来，女的掏出块馍馍，掰碎了泡在汤里，一勺一勺喂孩子，孩子大口大口吃，立刻不闹了。

女的不眨眼地瞅着孩子，孩子说："娘吃。"

"娘不饿，宝宝吃。"又举勺喂向小家伙。

你妈看明白了，那女可能一天没吃东西。她转身抹了一把泪，到厨房拿了两个杂和面饼子，递给姜秀莲，姜秀莲不好意思接。你妈说关外都吃这个，吃吧，我送给你的，说着往她手里塞，她连忙站起来双手接着。

你妈问她，明天上煤矿，虽说不算远，天冷路滑，抱个孩子，也不容易的，怎么不叫他爸来接一接？

姜秀莲拿出几封信，你妈看看信封，是她丈夫写给家里的信，落款地址正是百草沟煤矿，对她说，没错。

姜秀莲说她丈夫出来3年多了，以前每个月都往家寄钱，半年前寄的这封是最后一封，再就没信了。你妈仔细看看邮戳，盖的是4月份。她说写了十几封信，都没有回信。这边联系不上，家里又发大水，房子冲毁了，死的死，逃的逃，抱着孩子找过来了。

你妈听了心里一沉，要是找不着，娘俩可怎么办哪？

她对姜秀莲说这样吧，明早我看有没有顺道的车，有的话搭车过去，没有的话，把孩子放在这里，我来看着，你去矿上。姜秀莲点头感谢。

次日早上，咱家三个人刚到大车店，你妈就到后边问，有没有往百草沟方向去的，正巧有一张爬犁往那边走，拉的东西还不多，她高兴地到女间找姜秀莲，可她娘俩已经走了，说是天刚亮就走了。你妈埋怨道，着急也不差这一会儿啊，连早饭都没吃。你妈又对赶爬犁的说，老板子，你快点赶，碰上那娘俩捎捎脚，怪可怜的。老板子挺爽快，说放心吧，好嘞，一扬鞭子走了。

你妈这一天坐立不安的。她想姜秀莲是山东人，在这冰天雪地里，抱着孩子能走到煤矿吗？又一想，她来时从县城到这里，比去煤矿远多了都能走过来，没事的。再说，走不动，赶爬犁的老板子能赶上，也一定能帮帮她。她想姜秀莲的丈夫半年多没有信，情况不大好，会不会死了，矿上死个人太平常了，天天有死人的，累死的、病死的、给监工打死的都有，赶上冒顶、瓦斯爆炸，一下子死好些。她丈夫如果死了，这娘俩可咋办？想想就替她娘俩害怕，又一想，哪能那么绝，得往好的方面想，或许工钱没拿到手，或许病了，或许伤了，一时不好往家里写信，可想着想着，又总觉得坏的方面门大，心里火烧火燎般难受。

晌午过了，姜秀莲没有回来，你妈想大概是找到了，夫妻团聚了，一家人会很开心的。

傍晚，咱家三口人收拾好柜台上的东西回家了。刚出大车店，你妈看见姜秀莲从街道远处走来，抱着孩子，走得很慢，一副很累的样子。

你妈对我说，你回去做饭吧，我看看姜秀莲。

你妈迎过去，接过孩子，小被冻透了，掀开小被看看，孩子的嘴唇冻紫了，身子缩着，看看姜秀莲，满脸是眼泪冻成的冰疙瘩，她不敢问找到丈夫没有，一个劲儿催促快到大车店暖和暖和。

到了大车店，她摸摸炕挺热，把被铺好，把孩子的衣服脱了，放进被窝里，又叫伙房沏碗姜汤，放上红糖。小家伙端着碗爱喝，喝完咂咂嘴翘翘舌头。再过一会儿，孩子的小脸蛋变红了，他又伸手往妈妈身上扑，口里嚷着"娘，娘"。孩子饿了，你妈又从后厨端来一大碗汤和两个杂和面饼。小孩子接过去就咬了一大口，姜秀莲说，谢谢大姐，她却不肯动。你妈劝她，早饿了吧，吃点暖和暖和，快吃呀。姜秀莲说，大姐，你真是个好人。说着再也忍不住了，伏在被上呜呜地哭起来，哭得特别伤心，你妈跟着落泪，孩子吓得不敢吃饭了，摸摸娘的脸，也要哭。

姜秀莲哭了很久很久，渐渐平复了，吃了几口杂和面，喝了点汤，哑着嗓子，讲了一天的经过。

姜秀莲早上着急，心想不算远，不用搭爬犁了，旅客们刚起炕，她就抱着孩子出来了。也许是昨天走累了，出门走不上二里地，就觉得孩子越来越沉，胳膊抱得酸，两条腿发软，走不动，后悔不听大车店老板姐姐的话。既然出来了，走不动也得走，好不容易看见煤矿了，后面的爬犁也赶上来了，老板子招呼她，她不好意思地说，多谢啦，到地方了，不坐啦。

到了煤矿，怎么找呢？她想，找个女家属问问吧，女人之间有同情心，比如大车店老板大姐就怪好的。

一家板棚子里的女人出来倒水，她就拉住人家问，说自己的丈夫在这个矿上，怎么能找到？

那女的见她是远道来的，还抱个孩子，告诉她单身矿工都在大筒房里住，到那里问一问，还指点着告诉她，怎么走怎么走能到大筒房。

姜秀莲谢过了，按照她的指点到了大筒房。

掀开棉帘一看，里边乱糟糟、脏兮兮的，中间生着两个大铁炉子，两边是板铺，板铺上的乱草、纸袋子、麻袋片子就是被，有一股难闻的气味。

板铺上有夜班下来的矿工在睡觉，还有几个在烤炉子。矿工全身都是黑的，只有眼白和露出的牙是白的。

靠近她的一个矿工问她找谁，她说找鲁家柱。矿工问，你是从山东来的？她说是。那个矿工看看别的矿工，迟疑着说，你丈夫得病死了。

姜秀莲听了，几乎昏过去，孩子差点儿从怀里掉下来。

那个矿工又说，这个地方太糟，你去找找把头，跟把头要几个钱，赶紧回去吧。

姜秀莲说，人不在了，尸首呢？坟在哪里？我去看看。

矿工说，唉呀，嫂子呀，煤黑子哪有什么坟，就一个万人坑，家柱走了半年了，早压到底下，找不出来了。

姜秀莲咬着嘴唇说，那怎么找把头呢？那个矿工瞅了瞅其他几个矿工说，你自己去怕不顶事，我们几个兄弟陪你一起去吧。

几个矿工啥也没说，披着麻袋片，领着姜秀莲找把头去了。姜秀莲从后面看见矿工在寒风中抱着膀低头走，很过意不去。

把头住的是砖房子，把头见几个矿工阴着脸子过来，领着一个抱孩子的妇女，知道是怎么回事了，问道，谁的？

头里的矿工答，鲁家柱的。

把头"啊"了一声，掏出钱数了数说，拿着。

矿工接过钱，送给姜秀莲，拉着她转身出来了。

矿工说，钱少，才30元，就这些了，不是我们一起来硬要，把头还不给你呢。

姜秀莲跪下说，谢谢各位大哥。

矿工说，嫂子快起来，这个地方待不得，赶紧回去吧。

姜秀莲抱着孩子，找到了万人坑，在边上转悠来转悠去，冻得受不了了，离开了，哭了一道，回到了四方街。

你妈问姜秀莲，打算以后怎么办呢？

姜秀莲说，我只有一个心愿，就是把孩子拉扯大，可现在关里家没了，关外丈夫没了，你说我能咋办呢？

你妈也没什么主意，只是陪着叹气、落泪。别说你妈，换谁来也拿不出好主意。

两人伤心了一阵儿，姜秀莲说，大姐，你真是个好人，你的孩子多大呢？

你妈说，我还没孩子呢。

姜秀莲说，大姐，俺想高攀，让孩子认你干娘，你可别嫌弃啊。小柱子，跪下，叫娘。小柱子乖乖地做了。

你妈对拜把子，认干爹、干娘的事，一向不感兴趣，姜秀莲处在落难的时候，她不好拒绝，抱起小柱子，在脸蛋上亲了一下，说声"好儿子"。

晚上你妈把姜秀莲的遭遇讲给我听。我说，刚调着法儿安排了两个抗属，那是掉脑袋也得管的事。矿上她这类事多，咱哪有能力再管。可遇上了又看着可怜，真没办法。

次日早上，姜秀莲抱着孩子来到柜台，说大姐帮我看看孩子，我到煤矿去一趟。你妈问她到煤矿去干啥？她说来一次，活的没见着，怎么也得认认尸，烧烧纸。你妈说那就去吧，矿上乱，早点儿回来，省得我们惦记。

姜秀莲亲亲孩子，把孩子送给你妈，又亲了亲之后，包好头巾，夹着烧纸，顶着寒风走了。

你妈抱着小柱子在前厅转悠。孩子不闹，小手指指这个，指指那个，你告诉是什么东西，他就咯咯地笑。给他点儿好吃的，上去就一口，吃得可香了，旁边的人都给逗乐了。

你妈正逗孩子玩，突然觉得不对劲儿，惊慌地找到我，说表瑾，表瑾，坏了。我说什么坏了？

"姜秀莲把孩子交给我，她自己是不是寻短见去了？"

"她说去哪儿了？"

"矿上乱尸岗子，去认尸。"

我也感到不好，领了个伙计，套上爬犁往煤矿赶去。

到了煤矿万人坑，看见姜秀莲正往外拖一个尸首，身边围着三四条狗，狗眼睛红红的。

我上去问，找到了？

姜秀莲看见是我，说找到啥呀，这是个活人，还喘气呢。

　　我看清她拖的人大吃一惊，竟然是小有子。

　　"小有子！小有子……"我和伙计一齐喊他，小有子慢慢睁开了眼睛，看见我们又昏过去了。

　　姜秀莲讲，她来到万人坑，心想丈夫死了半年了，肯定只剩一副白骨，就下到坑底，按常说的办法，咬破手指，往白骨上滴，哪个白骨渗进去了，哪个就是她丈夫。天太冷，血滴到哪块白骨上也渗不进去，她正在犯愁，上边运尸车过来了，像倒矿渣一样，把尸首往下一推就走了。一个尸首滚到她面前，嘴里哼了一声，她很害怕，试着把手放在尸首鼻子前面，还有气，见是个活人，就抓住那人的衣服，使劲往上拽。

　　我们把小有子放到爬犁上，飞快地回到四方街，进了大车店院子就喊，小有子回来了，快，快。老爷子、你妈、大车店的伙计都围过来了，吃惊地喊，小有子回来了，咋造成这样了呢？小有子紧闭双目，谁喊都听不见。大家把小有子抬进去，给他擦身子，换衣服，喂汤。我到县里的一个大药房请来一位老中医大夫。大夫把完脉，到一边开方了，我凑过去问，怎么样？有救吗？大夫说，没问题，喝了汤药，调养调养就能好。得的是伤寒，别传染了，由专人看护，小孩子要离远点儿。

　　我和你妈商量，麻烦麻烦姜秀莲，请她照顾小有子，反正她最先接触小有子的，传染不传染的就可她一个人了。工钱咱们出，孩子咱们看。

　　你妈对姜秀莲说，你救的小有子是我们大车店的人，帮忙帮到底，救人救个活，还得麻烦麻烦你，姜秀莲爽快地答应了。

　　姜秀莲住在大车店，每天到小有子家熬药，喂药，洗衣，做饭，一样一样不停地忙。刘叔知道了是姜秀莲把他的宝贝儿子、心肝、命根子从万人坑里拉出来的，见了她就像见了菩萨似的，一个劲儿地点头，说来了，来了，好。小有子正像大夫说的，在一天天好转。

　　小柱子在咱家，三个大人不停地逗他，孩子见人只知道乐，特别可爱。你妈说咱家有个孩子就好了，只有大人，家里的气氛太正经了。我那时三十好几了，当亡国奴一直没有要孩子的心情。

　　小有子苏醒了，高烧退了，能说话了。他想不到自己能回家，不知道怎么回的家，望着围着他的老爹、咱们家的人，还有姜秀莲，眼睛放着光。

听我们讲，是姜秀莲救了他一条命，他支着身子要起来，要给姜秀莲磕头。你妈把他劝住了，说要磕头以后有的是机会，先把病养好了吧。

小有子慢慢地讲了他的遭遇。

"离开四方街，中午到了县城，下午坐上了闷罐车。闷罐车是用来拉牛、马、生猪等牲畜用的。没有窗户，上边只有两个通气孔。人上去以后，车门上了铁链锁，只留一条小缝。一节闷罐车里装七八十人，他们把四方街去的人拆开了，车厢里的人没有认识的。火车一直往北开，走走停停，越走两边的人家越少。大约走了五六天，车停下来了，日本兵把车门打开，下车四下一看，全是草原，该是到了内蒙古。站台四周站满了军警，端着枪冲着我们。日本兵又押着我们上了汽车，开了几十里到了一个山包，穿过层层铁丝网，在一排席棚子前停下了。席棚子里有两排硬木板床，我把铺盖打开就躺下了，心想到这里来干啥呢？修路？挖煤？掏山洞？不知道。要是掏山洞就坏了，听说掏山洞的都是有去无回。

"第二天天一亮，日本兵逼着我们劳工去干活，走在山坡往回一看，山底的一片席棚子一眼望不到头，住的劳工少说也有三四千人。席棚子四周戒备森严，铁丝网密密层层的，相隔不远就有一个岗哨。山顶有几处瞭望塔，哨兵拿望远镜不停地四下巡视。

"我一到工地心就凉了，干的正是掏山洞修工事。日本兵对劳工严密监视，不许相互交谈。我私下偷偷打听，时间长了知道来这里的，除了像我这样摊派来的，大部分是在街上招工骗来的，有辽宁的，还有河北的。

"我们劳工每天干的是重体力活，挑沙子、和水泥、灌混凝土，每天从天亮干到天黑，夏天天长，一天干十八九个小时，干得稍稍慢了点儿，监工的棍棒、皮鞭劈头盖脑地打下来。每天吃的只是两顿带壳的高粱米粥。活很重，吃得很差，走路直打晃。冬天住席棚子那冷劲儿是活人很难挨的，草原上的雪有二三尺厚，狂风嗷嗷刮，席棚子不挡寒，跟住露天地差不多。我住的席棚子里，有一个工友，干了一个多月就被折磨死了。还有一个人，忍受不了牲口不如的待遇，偷偷逃跑，半道被抓回来了，日本兵把劳工集中起来，当众把他活活打死了。听说他家里有老母、妻子、三个孩子。全指着他挣钱养家呢，一分钱没挣着，命也搭上了。受不了折磨，逃跑的事常有。小日本当众惩罚的花样也多。什么'蚊子叮'，天暖时，等到晚上，把抓回的劳工扒光了，一丝不挂地绑在电线杆上，头上安一个电灯泡，蚊子奔着灯光从四面八方飞来，他的身上不一会儿落了黑黢黢一层，蚊子把人的浑身叮得青紫肿胀，直到凄惨地死去。什么'冻冰棍'，冬天，也是把抓回的劳工扒光，绑在电线杆上，不停地往身上浇冷水，时间不长，人的身上由红变紫，由紫变白，成了冰棍，活活给冻死了。什么'狼掏心'，把人扔进狼狗圈，任由几只凶恶的狼狗撕咬，直到只剩一副骨头架子。不管惩戒怎么残忍，我想反正是死，试着逃跑还是值得的。

"我观察了好长时间，外面传的修工事、掏山洞的劳工有去无回，确实是真的。劳工到了这里就与外面断了联系，根本没有工钱一说，这工事修了八九年了，只见进来的，没听说有出去的。

"活太累，待遇太差，再棒的小伙子也是很快就垮了。生病了，只要还能动，就得去干活。动不了了，日本人说要隔离，送到病号房去了。说是隔离，实际是扔到病号房去等死。

"我到那里才半个多月就病了，发烧，拉肚，眼睛看不清东西。小日本把我送进了病号房。棚子里躺着六七十个劳工，每天都有人死去，活着的要被派拉尸体。我送过几回尸体，看见死尸坑很大，里面堆满了尸体，尸体下面是白骨，说是万人坑一点不虚。我发现这条路在工地边上，跟外面只隔一层铁丝网，可以逃跑。

"每天晚上，我躺在板床上盯着日本看守，寻找机会。等了十来天，机会终于来了，日本看守烀猪头似的睡着了，歪着脖子，打起鼾，我悄悄地跑了出去，顺着去万人坑的路，爬过铁丝网逃走了。我看着星星，朝一个方向不停地走，走了一宿，后边没有动静，也不敢停。天亮了，找个洼地藏起来，天黑了再走。后来我碰到几个打草的中国人，他们心肠好，给我饭吃，养几天，病好多了，又给我刮了胡子，剪了头发，换了衣服。那里离军事要塞近，我不敢久留，又往家走。一路上遇到小馆子，用身上的钱吃一顿，到了农户家，要一口，走了十几天，到了四方街。

"可算到家门了，我一算还不行，我出劳工的工期是半年，才过了一半，回去怎么跟人解释。于是再往前走，到了煤矿，打算在这里干两个月，挣俩工钱，比空手回去强。

"没想才过了鬼门关，又上了阎王殿。我见到了煤矿把头，把头很奇怪，抓劳工都抓不着，你倒自己找上来了。我说家里要用钱，干两个月就回去了，故意把'回去'两个字说得重一点。我想得挺好，工钱是一个月15元，干两个月，扣除吃的、嘎斯灯等费用，还能剩不少。煤矿劳工住的是板房子，处处是缝子，冬天漏风，夏天漏雨。吃的比内蒙古的军事劳工营还差。早上喝一碗糊糊，稀里晃当的啥也不当，每人发两个窝头，把两个窝头填点咸菜对着扣上，用铁丝穿起来，拎到掌子一挂，就是另外两顿的伙食。

"这些我都能忍受，干完了能回去就行。可干的活太重了。小日本军需紧张，大量要煤，逼迫工人一天干12个小时，一个班下200车任务，煤工拼命干，干了16个小时，才出了130车，升井后监工不给打工票，还动手打劳工耳光子，骂劳工磨洋工。这还不算，强制劳工冒险作业，搞以人换煤的'人肉开采'，井下经常发生片帮、冒顶、跑车、透水、瓦斯爆炸等事故。我亲眼看见3个劳工被片帮下来的煤压在底下，我们几个要抢救，日本监工硬是不让，怕耽误出煤。每天下井都提心吊胆的，别想到期出去了，眼下随时可能送命。

"太重太重的活，把我累垮了，在内蒙古军事劳工营得的病没好利索，这回又发作了，浑身疼，发冷，冷得牙打战，昏一阵，醒一阵，不知什么时候把我送到了病号棚。在病号棚，一天喝两遍糊糊粥，喝两次汤药。汤药是用一口大锅熬的，所有的病号，不管什么病，都喝这一种药。醒来的时候，浑身一点劲儿都没有，觉得轻飘飘的，心想，走了2000多里，好不容易逃出了军事劳工营，到底还是完了，想着想着又昏过去了。不知什么时候，把我扔到了万人坑。谁能想到，在万人坑还能遇见救命恩人。"

小有子说的时候，你妈和姜秀莲在一旁擦泪。姜秀莲想，小有子的遭遇就是她丈夫的遭遇，可她丈夫哪有小有子的好命。她为小有子庆幸，也为她丈夫伤心。

姜秀莲伺候小有子细心、周到，一晃20多天过去了，小有子能下地了。

小有子好多了，孩子能到他妈身边了，晚上在大车店和他娘一起住。小柱子一走，晚上逗不着他了，咱家冷清起来。

小有子的病好了，姜秀莲的事又提到面前，关里没家了，在这里又怎么办呢？

你妈说，嫁给小有子吧，现成的好婚姻。我说，姜秀莲模样不差，干啥活利索，最难得的是这个人心好，小有子娶了她，也是福气。小有子咱是知道的，样样靠谱。你问问姜秀莲，看她同意不同意。

你妈问姜秀莲，姜秀莲说不同意。你妈又问，为啥呢？姜秀莲说，我领个孩子，累赘大，我还比他岁数大。你妈说，就这些？姜秀莲点点头。你妈明白了，把准备好的，劝媒用的，说小有子这么好、那么好的一大堆话全掖起来，一句也不说就走了。

你妈去问小有子，小有子也不同意。你妈又问，为啥呢？小有子说，家里穷，得养残爹。你妈说，就这些？小有子点点头。你妈明白了，把准备好的，劝媒用的，说姜秀莲这么好、那么好的一大堆话全掖起来，一句也不说就走了。

你妈回来跟我说，成了。两个人真是一对儿，想法完全一样，都是对方不挑就成，自己自然愿意。我头一次说媒，准备了两大堆实在又好听的话，一点儿没用上。

姜秀莲不结婚生活不方便，她丈夫去世的时间又不长，所以小有子的婚礼办得很简单，只摆了4桌，请的只有实在亲戚，咱们一家和大车店的伙计。

咱们事先把礼金送过去了。你妈帮着做了两床被褥，给四口人每人做一套新衣。我打发人把小有子家的棚重新糊了，墙重新刷了，窗户纸也换了，屋内焕然一新。

老爷子送来一副对子，是他亲手所书：

恩之重堪比三山五岳
情亦长远逾百世千秋

横批是：

恩德人家

大红对子一贴，增添了喜气。

婚礼再简单，祖宗是要拜的。

拜完祖宗，少不了夫妻互拜。想不到，二人对拜时，小有子咕咚跪了下去，哭着说："谢谢秀莲大恩人，把我从万人坑里拉出来，我这一辈子要好好报答你。"秀莲把小有子扶起，自己又跪了下去，哭着说："谢谢爹，谢谢你，你们才是大恩人，在我们娘俩走投无路的时候，给了接纳，我这一辈子要好好伺候爹和你。"在场的人见了，都擦起眼泪来。秀莲又觉得结婚时落泪不好，强忍着止住了泪水。

第十三章

搜 刮

　　小有子的新家，三个大人都很珍惜。小有子爷俩早就想有个完整的家，终于如愿了，何况来的是大恩人，贤惠、能干的大恩人；姜秀莲到了这个家，就像转世一样，在新的环境里，又重生了一回。

　　珍惜这个家，他们说话、做事都小心。秀莲跟老公公说话，先要备好底气，老年人耳背，说话声高些才听得清。再要说得中听，说话声高但不能硬。她先叫一声"爹"，老人注意她了，她再微笑着放低声，说什么什么事。她叫爹的声音甜，当女儿的那种甜。姜秀莲的亲爹没了，鲁家老公公也没了，她集中了所有的感情孝敬刘家老公公。这位老公公新上任，一辈子又没有女儿，对新的亲情享受格外满足。

　　姜秀莲跟小有子说话，先叫一声"刘有"。这么叫，她有她的道理。那个时代那疙瘩妻子跟丈夫说话，通常有两种招呼方式，一是"孩子他爹"，这个在他家是忌讳的。二是"哎，哎"地叫一声，再说正文。这个方式显出夫妻之间的不外，显出夫妻之间的坦然，质朴的坦然。这个方式在别人家通行，姜秀莲却觉得不妥，缺少敬的成分。她想，小有子娶了她，她的生活有了依靠，能把小柱子抚养大，最该敬重他了。虽然自己救了他，刘家爷俩儿又把这事看得很重，可她救他时，只是觉得伸伸手，给同样命苦的人帮帮忙，算不得什么，人家报答不报答的，从来没想过。"哎，哎"地招呼他不好，唤他"小有子"更不好。东家一家人、大车店的伙计，以至往来的旅客都"小有子，小有子"地唤他，唤得亲切，可姜秀莲说不出口。"小有子"这个名字太贱了，跟唤小猫小狗差不多。当地的父母认为贱名好养活，越贱越好，才起了地道的贱名。谁叫他"小有子"都行，自然别人这样叫他，她也没有办法，她姜秀莲不能叫他"小有子"。叫他"小有子"还不如"哎，哎"地招呼呢。"哎，哎"地招呼，不够尊重，却没有轻贱的意思。那怎么叫呢？姜秀莲想出了办法，叫他"刘有"，人家有正儿八经的名字，为什么不叫呢？虽然感觉太正经了，就该正经地敬重丈夫嘛。"刘有。"旁人在场的时候，她唤的声音更高，好像在宣示，别人也该这么叫。小有子听了她的呼唤，也觉得自己高大起来。

姜秀莲进了这个家，认为所有的家务都是她的。小有子在外面忙，她在家里不闲着，一日三餐，收拾屋子，拆洗缝补，侍候园子，还抓来猪崽、鸡崽，这个家有了过日子的样了。她只让老爹闲着，啥也不用干，要不就在门口透透气，晒晒太阳。家里还有一个忙的，就是小柱子，睡醒了，到处走，要爷爷陪他玩。

小有子和老爹是真心喜欢小柱子的，他俩想，报答姜秀莲的大恩，就要对小柱子好。小有子甚至想，以后自己有了孩子，也要偏心，对小柱子更好。这个偏心是应该的，不能少的。

姜秀莲干活心细，给老爹打洗脚水，她先试好了，觉得稍微有点烫，又能放下脚，才端过去。丈夫到大车店，她看天气怎么样，琢磨穿什么衣服，出门前预备好了。而她还嫌自己心粗，怨自己不会过。煤油灯捻子高了点，心疼得不行，一年才给不到一斤煤油，用没了就得摸黑；点火做饭找不到引火的，骂自己心粗，一年才给一盒火柴，划没了咋整；做菜手松了点儿，油放多了点儿，她骂自己败家，一年只给不到一斤油，哪能多放，其实她多放也跟没放似的，炒的菜干黑，嘎巴锅。

这个家人好，可日子还是过不好。日子过不好，最大的苦处是吃不上。姜秀莲从关内来，看见满山遍野的庄稼，长得硕大壮实，以为吃不了，用不尽。她看得不错，不过仓满囤满是过去的事，落下脚她才知道关外人吃些啥，吃多少。

小有子家没地，吃粮要凭证到粮栈去买。粮栈卖给住户的只有三样，苞米面、高粱米和橡子面，难吃不说，最让人受不了的是量少，一个月大人只有20多斤，小孩儿才几斤，全家人一个月的口粮，一个壮小伙子能全吃了。

姜秀莲很头疼，老爹年岁大了，要照顾好，吃点儿可口的，再不行也不能吃难吃的橡子面；丈夫在外面忙，身体还在恢复中，理当可他吃好；小柱子正在发育，怎么着也不能太苛劳他。只有两三样粗粮，橡子面也称作粮，还得吃得顺口点；总共那么点儿，还得不断炊，太难为姜秀莲了。

每天她先熬高粱米汤，这是最好的东西了，端给老爹和小柱子喝，很想让丈夫喝，可惜没有那么多。杂和面饼子分两种，不掺橡子面的给老爹吃，上年纪的人吃橡子面消化不了，肠胃堵得难受，像上了刑似的。掺橡子面的饼子他俩和孩子吃。买来的橡子面有掊的，舍不得扔，做出的饼子带霉辣味。大人装作没事似的往下咽，小柱子吃一口就咧嘴放下了，姜秀莲劝他："好孩子，吃点儿，你看爹娘都吃了，吃饱了好去玩。"哄一会儿，他又吃两口，一顿饭得哄几回。孩子吃下了，姜秀莲皱着的眉头松开了，夸小柱子乖。

难咽的饼子也不够吃，怎么办呢？总不能断顿吧，劳苦人都是这口吃的，别人家怎么过的呢？姜秀莲没辙了，到邻居家打听打听。

邻居家都是一个招，掺野菜。稀饭变成了菜粥，杂和面饼子变成了菜团子。有了野菜，碗里锅里不至于空了。

每天早饭过后，丈夫出门了，姜秀莲背着背筐，挎着腰筐，跟着邻家媳妇上山了。她很聪明，邻家媳妇告诉她哪样野菜猪能吃，哪样野菜人能吃，很快就记住了。晌午背回满满一背筐猪食，挎回满满一腰筐人吃的野菜。

老爹不太放心，把猪食和野菜又拣一遍，拣出了东西，就告诉她，这样的不能吃，这样的有毒。老爹还告诉她，山道走不惯，少背点儿，够吃就行。

山里春夏野菜多，入秋就采蘑菇和野果了，走的路要远些，每天后半晌才能回来。快到家的时候，小柱子从爷爷怀里跑出来，一颠一颠地向她奔，张手要吃的，走得很累的姜秀莲，脸笑得像一朵花，掏出圆枣子、山葡萄，摸着孩子的头，心想东北的大山真好，饿不死人。

小日本搜刮粮食这么狠，原因只有一个，军需过大。侵华泥潭越陷越深，把大部分军队都投了进去，为了解决军需，把手伸进东南亚，战线更长了。日本国内青壮年男子征光了，只好提前了入伍年龄，延长了退伍年龄，本国种地没人手，向我国东北移民的计划也搁浅了。日本侵占东南亚，不仅没有解决问题，反而弄得更糟。侵占东南亚，伤害了美国、英国、法国的利益，美国停止了对日本的石油供应，中断了美日贸易，就是在东南亚抢到手的石油和粮食，因为美国的阻截，也运不到对华战场。日本人在战略上又走错了，发动了偷袭珍珠港战役，自己为偷袭成功得意，第二年本土就被美军轰炸了，东京一片火海，举国惊恐万状。

小日本的败迹显露了，小鬼子在中国人面前梗着脖子硬装门面，刘聪翻译说，私下里他们情绪低落，惴惴不安，魂不守舍的。战局走向危难，东北被日本人视作后方，搜刮更为严酷。

咱们家、小有子家，这些不种地的，只给那么一点儿粗杂粮和橡子面，种地的人家也同样的苦。

日伪官员领着警察到村屯督励"出荷"，召集村民讲话："现在是危机时刻，一颗粮食就是一颗子弹，为了圣战……"汉奸的话在拨火，粮食"出荷"原来就重，又年年加码，村民恨不得吃了他。

这一年加到了百分之四十。每户的"出荷"量是由兴农社和保长定的，按你家种多少地，或者按上年打多少粮，或者按开山地有几把镐，确定一个总数，总数的百分之四十就是必须完成的"出荷"量。剩下的，去了种子，农户的口粮就不大足了。

种的全是自己的地是这个账，算是好的。佃户，全租人家的地就惨了。佃户得先向地主交地租，地租是两家一半一半，再交百分之四十的"出荷"粮，再留种子，全没了，轮到一家老小，只能喝西北风。

交"出荷"粮，兴农社压等压价给你俩钱，还给几尺布和一桄线。布和线是配给品，市面上见不到，不交"出荷"粮还买不着。还有，百分之四十是粗粮杂粮的比例，水稻、大豆必须百分之百上交，一点儿不许留，这些农户的口粮由兴农社返销，返销的粗杂粮也不多，跟咱家、小有子家一个待遇。专种水田的朝鲜户，吃不上大米，心里那个窝火也够劲儿了。

小鬼子搞并屯烧了不少房子，老百姓遭了不少罪，而这个催逼粮食"出荷"更狠，没有粮食吃，不是要人命吗？

农户想尽办法藏粮食，有的装进缸里，埋在地下，有的藏到柴火垛里，家家把枕头瓢子倒出来，换上米、豆。没办法，你交足了"出荷"粮，就没吃的；留口吃的，就完不成"出荷"任务。只好藏起来，任由鬼子搜好了。

刘聪跟着新野下乡了，宪兵、警察进了村屯横冲直撞，搅得鸡飞狗跳，比进山"讨伐"还凶。

沟里舅捎信，让老爷子到太平川去一趟。老爷子回老房子住了几天，回来给我讲了两件事。

这几年，丁小店过得不太好。他家人口不少，生活也够累的。丁小店有四个孩子。大儿子丁耙子死了以后，儿媳得了精神病，住娘家了，剩下小孙子，由奶奶一直拉扯着。二儿子娶媳妇了，生了一个孩子，和丁小店一起过，住东面两间屋。还有老小和老丫，都是半大孩子，正在读书。并屯的时候，丁小店的小舅子从靠山屯给撵出来了，住在了丁小店家。五间房住得满满当当的，有的太平川人夸奖，说丁小店心肠变了，待亲戚有人味了。

丁小店家的地原来并不少，每年打的粮食，留下吃的，再卖一些，吃用有余。可是，征地时所有的地都给低价收去了，他再买就少了几垧。每年打下的粮食，先交"出荷"，留下种子，口粮就不够了。"出荷"粮年年增加，口粮的缺口更大了。丁小店也没办法。再买地，没有力量了，租地呢，他那个聪明人一搭眼就知道没账算，除了"出荷"和地租屁毛不剩。

这一年年头不错，可丁小店算了一下，去了"出荷"的，还不够吃。他先留下口粮、种子，再交"出荷"。"出荷"粮自然完不成，但丁小店真的尽了全力，绝不是对抗皇军。对抗皇军丁小店哪敢啊。丁小店把口粮装进大缸埋起来了，枕头也用上了，还有一荠谷子，来不及埋，藏在谷草垛里。

太平川的农户完不成"出荷"的太多了，连丁小店都完不成，能完成的有几家。也不止太平川的农户完不成"出荷"，哪个村屯都一样。

日伪宪兵警察人马一到，从村头起，挨家搜粮食。狗叫、鸡叫、猪叫、鬼子汉奸的叱骂声，还有农民挨打的惨叫声，丁小店在村子另一头远远地听到了。

他打发孩子过去看看，再往回报信。

一会儿，老小跑回来说，宪兵警察在挖地，翻仓房，翻苞米楼子，拿着又长又尖的粮探子往柴垛、草垛乱捅。丁小店听了心直蹦，脑门冒冷汗。坛子里的粮食他不担心，是在半夜埋在院外的。他很后悔没把谷子埋起来，藏在草垛里太容易被翻出来了，太可怕了。

一会儿，老小又跑回来说，把人吊起来了，用皮带打，要交出粮食。丁小店听了一激灵，好像打在他的身上。

一会儿，老小跑回来说，警察翻出猪肉了，过年的猪肉也收。丁小店一听又坏了，过年用的半拉半儿猪肉放在仓房冻着，现藏来不及了。

宪兵警察搜过来了，人未到声先到，嘈嘈杂杂的，丁小店听着身子发软了。

保长领着二驴子过来了。保长介绍说："这是丁牌长。丁牌长，丁耙子的父亲，呵呵。"

二驴子弯腰作揖，恭恭敬敬地连声叫："丁大叔，丁大叔。"

保长又向丁小店介绍跟着进来的新野，丁小店鞠躬施礼，新野挺胸掐腰，只用眼睛斜了斜，鼻子哼了哼。

刘聪还不错，没像他的主子那样玩傲，向丁小店点点头，叫声"大叔"。

这边介绍着，那边宪兵警察七手八脚地翻起来了。丁小店想上去拦一拦，又怕他们起疑，颤巍巍地站着，紧张地瞅着翻家。二驴子提醒着："手别太重，别把东西碰坏了。"有的盯着地面查，看有没有翻动的新土。有的拿粮探子往柴火垛里捅、往谷草垛里捅，丁小店都要吓昏了，所幸刺得不深，没探出来。仓房翻过了，从缸里拿出那块猪肉，没把缸砸了也算开恩了。苞米楼子、菜窖，还有各处的犄角旮旯都翻过了，小头头报告说，没发现粮食。

新野气哼哼地很不满意，扭头带人走了。往外走的时候，一个警察手欠，拿粮探子往身边的谷草垛一捅，拉出来竟带着粮食。

"粮食！"听了这一声大叫，全院的人都愣了，新野抽出军刀，指挥宪兵扒开草垛，里面露出一苫谷子，丁小店看在眼里吓得瘫软了。

新野举起刀一步步向丁小店逼过去，"太君！太君！"刘聪慌忙上前阻止，告诉新野丁小店是前特务队长丁耙子的父亲，丁耙子已经被杀了，要留他老子一条命。

新野听明白了，"哼"了一声，停下脚步，放下刀，瞅瞅二驴子。

二驴子反应快，高喊："把人绑起来！"上来几个警察把软得像一摊泥的丁小店提起来，绑结实。

新野叫二驴子把全村的人召集起来，嫌丁小店家院子小，把丁小店押到村公所门前，吊在大树上。村里所有的人在四围看着。

新野挂着军刀又讲了一通："一颗粮食一粒弹，要效忠皇军，支援圣战。完成出荷的大大的好，欺骗皇军的，良心大大坏了的，就这个样子。"

说完，警察拿皮鞭猛抽起来。丁小店起初叫唤两声，后来就没动静了。丁小店以前不过是小气点儿，人倒不算坏，那个祸害人的混蛋儿子死了，他当个牌长还能向着乡邻说话。丁小店被打，大家还是可怜他。女人吓得捂住脸不敢看，男人心里发痛，脸上跟着鞭子一搐一搐的。

吊打了很长工夫，新野和二驴子并不想把丁小店打死，看他快不行了，也就住了手。

往下解的时候，二驴子低声对丁小店说："大叔别怪我们，搜出了粮食，没烧房子，没杀人就不错了，保住命要紧。"

丁小店木个胀的没反应，他又疼又晕，在鬼门关转悠，心里明白宪兵警察杀人放火太容易了，举手就来，没弄死他，得领二驴子的情，可没有点头的劲儿。

这一顿打，打得不轻。虽然不像打咱家老爷子那样，为了诈钱，鞭鞭煞骨，血肉横飞，在日本人面前，警察的手也不能太软，就丁小店的体格来讲，也真够他喝一壶的。打的时候，并没有扒光衣服，到了家里，丁小店趴在炕上，衣服血糊糊地粘在后背，很难揭下来，家里人不住声地骂，不过也算丁小店捡了个便宜，隔着棉袄和布衫，要差很大的劲儿。

这一顿打，把丁小店打明白了。以前村里人笑话他眼窝子浅，为人处世只算小账，只看鼻子尖下的小利，只看眼前。丁耙子当了特务队长他也得意一时，不去想小日本败了他家怎么收场，不去想以后怎么答对子孙。儿子给日本人干事，以致搭了命，他当老子的还挨了日本人的打，这个脸丢得太大了，丁小店心里恨日本人了。搁在以前，日本人在哪儿杀人放火，都不关他的痛痒，只要不在他家杀人放火，一概不理会。这一顿打使他知道了日本人的可恨。

丁小店趴在炕上前思后想，他这个聪明人越想越感到黑暗和恐惧。日本人得势，他挨打受气；日本人玩完了，他这个汉奸家庭的日子不更难过吗？里外不是人，前后不得好，丁家倒了大霉了。

自己也不傻，怎么搞的呢？挨了这顿打，起码折十年寿，活着不得好，早死早了，剩下的子孙可遭罪了。他的几个孩子，老大丁耙子，从小驴性，造起孽来捂扎不住他，当了汉奸不光害别人，你看着吧，坑自己家的事还在后面。老二和老丫、老小儿都是听话的好孩子。最可爱的是丁耙子扔下的小孙子，端正灵动，性情也好，一点儿不像他爸。小日本玩完的话，这些孩子跟着老大背汉奸黑锅，也啥啥不得烟抽。弄成这样，是老大作孽，也是自己糊涂。

丁小店不明白还好，糊涂日子糊涂着过。一旦明白了，知道种种不是跟自身有关联，加上战争和社会要大变的预兆接连而来，他感到窝囊、愧悔和自责。

丁耙子死后，丁小店也有稍微宽慰的时候，那就是柳慧颖的叛变。丁小店人前人后讥笑，刘家事事要强，爱讲一个义字，齐家老妹子一辈子要面子，这回怎么样，下山反叛了，还不如俺呢。丁小店得意没两天，听说齐月清绝食，活活饿死了，他不言语了。又听说柳慧颖自杀了，他低头服气了，说刘家的人还是不一样啊。

丁小店心眼小，量不开事。他思前想后，觉得活着遭罪，怎么都不得好，不如死了痛快。跟家人说到茅房解手，趁人不注意溜到仓房上吊了，老伴和孩子见他出去时间长了，跟过去看看，茅房没人，吃了一惊，打开仓房，见人已吊起来了，抢人的抢人，解绳的解绳，放下来摸摸，口里有气，心还在跳，家里人心里有底了，也都不让他了。

老伴说："你寻短见找轻快，太没良心了，全家都指着你呢。"小舅子夫妻哭着说："姐夫受苦了，遭大罪了，都是我们家连累的……"二儿子血性上来了，操起菜刀往外奔，要找日本人算账，家里人围过去死死拉住，摁倒了，才没闹出事来。

丁小店看着家里人的哭闹，心里很烦，因为活得累，活得遭罪，活得没意思，才不想活了，你看这一个个，想死都死不了。

丁小店被打了，还上吊了，老爷子要去看看。大爷说，侄女娘俩落户，丁小店帮过忙，咱们是该过去看看。你去可不合适，想起丁耙子打你的事，都不自在，我替你去吧。老爷子见说得有道理，点点头同意了。

大爷买了两包炉果，拎着一只活鸡，到丁小店家去了。

回来老爷子问他怎么说的。大爷说，丁小店见我来了挺高兴，说让你破费了，不好意思。我看他伤得不轻，伤口结痂了，对他说，好好养伤，你聪明人怎么犯糊涂呢？叫日本人打了不是坏事，养好了，伸腰活着。

老爷子称赞大爷说到点子上了。

丁小店的命运变成跟普通农户一样了。

普通农户正在各自上演不同的悲剧。

咱家以前的佃户赵宝生，他有一个堂弟，也住在太平川。这家农户人口多，老婆、三个孩子，还有个跑腿子哥哥。

他家到关外来得晚，没开几亩地，主要靠租地维持生活，粮食"出荷"一闹，刮光了他们家。租种5垧地，去了租子，去了"出荷"，去了种子，一颗粮不剩。日本鬼子除了打就是杀，不交"出荷"粮不行。

小日本把"出荷"粮定得高，前年是丰年，交够了"出荷"粮，把牲畜卖了买口粮，掺上野菜，全家挨过了一年。去年年成不好，把种子都交了也凑不上"出荷"的数，堂弟躲不过日本人的一顿打，躺在炕上动弹不了，家里啥啥没有，他又啥啥不能干。

哥哥早上上山打柴，到晚上还没回来。

宝生和邻居上山找，在后沟发现了他和装满柴的人爬犁，穿得少，肚里没食，活活冻死了。

家里没粮，不能眼瞅着活活饿死，堂弟把老婆和小儿子卖给姓孙的跑腿子。姓孙的觉得这么一来，在太平川住着不得劲儿，领着娘俩去黑龙江了。临走时，老婆跪下来，趴在地上，呼天抢地好一顿哭。她边哭边问，人活着咋这么难，这么活着还算人吗？谁听了都会心碎，都会掉魂。

剩下的两个孩子，堂弟也养活不了，卖给邻村人家了。

堂弟的伤势很重，加上卖妻卖子的打击，在冰冷的空屋子里死了。

宝生把堂弟发送了，想想这个亲戚，来时是个高大英俊的汉子，没几年就入了土，以后连个烧纸的人都没有，亲戚如此这般，我又能咋样呢？心里特别难过。

俗话说，好事想它不来，坏事一念就到。

宝生家的地不多，他一张犁、一把锄，种完、铲完，还有闲力气。"出荷"粮年年加码，他看清楚了不能租地。租地全填活"出荷"粮了，"出荷"粮太贱，给那俩钱太不上算，弄不好赶上歉年，完不成"出荷"，沾包惹祸，吃不了自己兜着走，倒霉去吧。

从地里倒出手来，他去煤矿当劳工，要挣现钱。他哪想到，在煤矿，那口吃的，那个住的，那些凶恶的监工，那份沉重的活，比地狱里的小鬼还惨。他家里的找到矿上，逼着他回家，煤把头一分钱不给也要回家，总算捡回了一条命。

在家时，高高大大膀阔腰圆的，从矿上回来只剩一副骨头架子了。邻居见到他简直不相信自己的眼睛，这哪是宝生啊，是不是看错了，造得像个鬼似的。

回来了，一有空闲，他还要打工，就到开拓团吃劳金。在开拓团打工主要是种地，也有干修房等杂活的。去打工先到团部登记，再由团部分到各户。各户的主人不一样，凶巴巴，不把你当人看的多，和善一点儿的少。

到开拓团打工，瞅着日本人别扭，干地里的活更别扭。开拓团的地都是好地块，有的原来是宝生自己的地，有的是王家的地，有的是刘家的地，现在都成小日本的了。在自己的地里干活，吃日本人的劳金，心里那个堵啊。

种地，打工，宝生守家在地地对付着，日子过得还是不消停。

宝生家的地不多，他家的人也不多，两个大人，两个孩子，打的粮食，交了"出荷"，口粮缺一些，用打工挣的钱买一点儿填补着，每年也糊弄过去了。

这一年县粮食"出荷"督励班又下来了，到宝生家说他家没完成"出荷"粮，宝生说完成了，我有票据。警察说，你的总数完成了不算，大豆没完成，就是欠出荷。宝生说，今年大豆歉收，我都交上去了，不够的用苞米补上了。警察说，大豆出荷是不能替补的，没完成就是没完成，你是不是全交了谁知道？

警察翻屋掘地也没找出大豆来，就把宝生吊起来，边打边问，你小子藏得挺严实啊，说，藏哪儿了？宝生一直叫屈，警察一个劲儿地打。

宝生家里的看着心疼，扑上去拉警察的胳膊，警察回身一脚正踹在她的肚子上，啊唷一声倒在地上。督励班打了一通，撤回去了。邻居把宝生家里的抬到炕上，见她一直昏迷，下身流血不止，半夜，流产了，大人也没了。

宝生两口子一直恩恩爱爱，宝生性情好，老婆贤惠，从没吵过架红过脸。宝生埋了老婆，回到家里冷冷清清的，两个孩子睁着大眼睛，默默地靠着他。

把大豆全交了，还完不成"出荷"，还挨了一顿打，人死了白死，没处讲理，他妈的小日本，这是什么世道，宝生越想越生气，把秫秸垛点着了，火光冲起几丈高，他心里更生气，反正没活路，烧光了拉倒，又去点自家的房子。

这时一个人从后面拉住他，扭头一看愣住了，拉他的是禾子，是开拓团的一个女东家。

禾子用生硬的中国话问，为什么烧房子？宝生向她讲了自己挨打，媳妇被踹死的经过。

禾子点点头，说自己很痛心，又比画着劝他不要烧房子，还有小孩子，还要活着。

这时宝生清醒了，平静了，弄灭了手中的秫秸火把。

宝生有些天没去开拓团打工，禾子过来看他，见家里很平静，院里晾着衣服，她摸摸孩子的头，问宝生怎么没去打工。宝生说，陪孩子，过几天去。禾子讲，出荷粮没办法，前方要粮食，他们日本人也不光吃大米，发下粗粮了。临走又劝他好好生活。

禾子关心他，不管怎么说，没什么恶意。他和日本人接触多了，了解日本人也不个个都是王八蛋。

宝生去开拓团打工，禾子有空找他唠唠，讲了许多事情。

禾子讲，东京遭轰炸，她亲戚的家烧光了，有的给炸死了，活着的天天躲轰炸。

——前线军需紧张，不只缺粮食，还缺石油、煤炭，更缺钢铁，在日本所有的家庭都动员起来了，只留一口锅，所有的铁制品，连门把手、金属纽扣都捐了。

——计划今年来的移民团不来了，男人统统上前线了，日本的地没人种了，乡村只剩妇女、老人和孩子，什么什么的干不了了，来不了了。

——日本海战失败了，小孩子，16岁男子当敢死队，要上前线，抱着妈妈哭泣，还是你们中国人好哇，男的不用上前线。

——开拓团团长也要上前线了，五十五六了，去北边要塞，和新团长交接完了，他很痛苦，不去不行啊，必须服从命令。

宝生听了心情轻松一些，活该，小日本。小日本糟害中国人，自己也没得好，等完蛋的那一天，更有好看的。

禾子长得皮肤细，脸稍长，中等个儿，在日本人中算是长得好的了。她能有30岁了，未嫁，也不可能嫁了，年龄匹配的男子都上前线了，在后方连个影都找不着。禾子说，在日本，她家是一个普通的生活不宽裕的农民。让宝生能够接近她的是，她待打工的和善，性情活跃，说话直爽，没有新地主那份轻狂和骄横。

每天，宝生不是种地就是打工，把两个孩子撂在家里。

两个孩子，大的是男孩儿，6岁，小的是女孩儿，3岁。宝生出门干活去了，他俩看着他走也不闹。宝生走后，大男孩儿领着小女孩儿玩这玩那。大孩子憨厚，像宝生。

太阳升到头顶的时候，邻家的李奶奶来了。她叨叨着叮嘱，俩人玩别弄脏了、弄破了衣服。她坐在板凳上，把小女孩儿拉过来，给她梳小辫。中午了，李奶奶掀开锅，抢下饼子，盛出菜，端给两个孩子吃。她又把猪、鸡喂了，等孩子吃完饭，又把碗洗了，告诉孩子在家里玩，别出去跑，外面有疯狗，然后慢悠悠地回家了。

太阳落山了，两个孩子不玩了，并排坐在门槛上，盯着院子的门。宝生回来了，他俩一抬手跳起来了。宝生进屋一看就知道李奶奶来过了。干了一天活，身子再累也要烧火做饭，喂猪喂鸡。他伸开大手和面、切菜、贴饼子，他干啥两个孩子都在身后跟着，还蹲在灶坑口帮他生火。宝生不知怎么的，孩子越乖越听话，他心里越难受，晚上常常想起孩子的娘。

小日本把东北划为战争的后方，后方满足军需是第一要务。粮食"出荷"已经收刮到了极限，咱家不种地，免遭此劫；对金属的收刮也到了极点，咱家就躲不过了。

破铜烂铁成了罕见的宝贝，一律上缴。

大车店杖子跟底下堆着一排破车轮子、破车架子，早翻腾几遍了。车箍、铆钉、轴瓦都拆干净了，快要磨断的车轴更是好东西，一个就有几十斤重。

马辔头的铜饰，马嚼子，马镫子，牛套上的铁环，新的是买不着了，旧有的好好地经管着吧。

住家的铁件不多，大门的铜环或铁环，里门的了吊、铁锁，炕琴上的铜饰件，统统摘下了。宪兵警察挨家搜，不摘就是反对圣战。炕琴全靠铜件装饰，有铜件显得富贵堂皇，没了铜件，就像一个人给抠瞎了双眼，一件缎子袄给戳得满是窟窿，要多难看有多难看。搜咱家的时候，刘聪也来了，他见能拆的金属都拆了，笑着安慰我说，不好看不要紧，别生气，溥仪早做出榜样了，他的寝宫除了门上的折页，所有的金属也都拆下来，支援圣战了。我对他的话不以为然，心想溥仪往下拆是他乐意，老百姓是不乐意也得往下拆。

收刮金属影响农活，小日本就不管了。

没有铁，钉牛掌、马掌成了问题。牛马没掌，夏天走不了远路，冬天在冰上打滑，一使劲就抻胯趴下了，人围着往上抬，它也站不起来。谁要是在道上见到一个掉下的破牛掌，眼睛会放光，立刻弯腰捡起来藏好，像捡到一件宝贝似的。

尖镐磨秃了，到铁匠炉斩斩，越斩越短，尖镐快成锤子了。片镐、斧子不仅越斩越短，而且越斩越软。有钢的部分早磨没了，剩下的软铁一碰硬就卷了。犁铧打了，或者使完了，没处买，只好使用木犁。木犁蹚地都格外费劲，翻地就更不用说了。

粮食"出荷"、金属管制搞得百姓苦不堪言，我和老爷子的功课，好料却多了起来。那些天，我听广播更频，多亏以前干电池备得足。

我跟老爷子讲，前年德国进攻莫斯科没攻下来，年底苏联反攻胜利，希特勒第一次吃了败仗，而且是惨败，损失了几十万军队。今年斯大林格勒战役苏联又反攻胜利，希特勒又损失了100多万军队，大伤元气，开始战略防守和败退，希特勒的完蛋指日可待了。我又告诉他，意大利投降了，意大利是德国的累赘，没打过一场胜仗，遭遇同盟军一触即溃，墨索里尼被老百姓烧了天灯。我还告诉他，日军在中途岛、瓜岛接连战败，海军空军的家当全扔进去了。

好消息，大仗胜利的消息不断传来，我讲这些时，老爷子总是端着烟袋锅，笑眯眯地听着。

这类消息是封锁的，不让传，当地报纸、广播捂得严严的，可人人都在私下议论，人人都知道小日本快完了。学生背着书包还在上学，老百姓给他们编了一套嗑儿："日本话，不作学，过了三年用不着。""学"山东话念"淆"，押韵顺口，人们说完忍不住要笑的。

日本宪兵照常值班巡逻，脸绷得更紧了，一副不可侵犯的样子，但没了当初的趾高气扬的神气。刘聪说，新野清楚前线形势，常常一个人坐在办公室发呆，总抽烟，不是烧手指了，就是把烟灰弹进茶杯。宪兵晚上喝酒的多了，常常有喝醉的，喝醉了又唱又跳，又哭又喊。

伪军、伪警当中，找借口不干的多了，都想早点脱下那身皮。连二驴子那个虎嘲嘲的玩意儿，都向我打探消息，我哪敢跟他讲实话，虎拉巴叽的不知怎么就把你卖了。

我问刘聪有啥打算没有，他只说两个字，没有。黯然的神色，让我不忍看。

刘聪还是有点儿良知的，在日本人最猖狂的时候，他还是有耻辱感的，一场悲剧接近尾声，他的内心极为痛苦。

　　大车店饭堂的旅客交头接耳叽叽喳喳的，眼睛里闪着快活，小日本大势不好的话暗地风传。

　　我到东北岔办事，在老房子住了两宿，见到丁小店、宝生，连他们都知道信儿了。

　　丁小店的伤快好利索了，能扫扫院子，干点儿轻活了。小日本快完蛋的消息使他的精神好了。他盼小日本快完蛋，小日本打了他一顿，搜走了谷子，全家的口粮要缺两三个月的，真不让人活。

　　宝生问禾子，日本人大势不好了，听说了吗？禾子点点头。宝生想，怪不得开拓团的监工客气点了，以前总挑刺儿，熊人，动不动连踢带打的，不把中国人当人待。

　　禾子对他说，开拓团晚上总听到哭声。

　　宝生想开拓团怎么总哭呢？却问不出口。禾子告诉他，开拓团总有人哭，你感到奇怪吧，刚来时有人哭，是因为想家，这里太冷，住不惯。现在有人哭，原因就多了，有因为失去亲人的，有为战争形势感到伤心的，有怕回不了家的。

　　宝生问她，你晚上哭吗？

　　禾子反问，我们换一换，你是我的话，伤不伤心，晚上能不能哭呢？

　　宝生说不知道。中国人让你们杀了不少，受欺负，生活最苦，从来不哭，你们来了就是地主，不该哭的。

　　禾子说，告诉你，我不哭的，我不敢想象一切崩塌的时候有多可怕。

　　苏姐和孩子胖一点儿了，不像我刚见到时的样子，沿街乞讨弄得又黑又瘦没个人形。

　　苏姐笑着说，有个人样了，哪想能遇到你家。

　　我告诉她，二叔那支部队过境到苏联已经二年了。

　　苏姐说，你们家和你二婶家放心了，刘老师也放心了，她丈夫和你二叔是一起的。多好。

　　我问她，你丈夫和我二叔不是一个部队的吗？

　　苏姐摇摇头，说不是。

我看她的样子，知道她没有丈夫的确切消息，告诉她小日本快完了。

苏姐说，快完蛋吧，盼了多少年了。

我到东北岔，办的事就是把老爷子预备的很沉的一包弹药送去。弹药是沟里舅他们不能少的，打猎、自卫都靠这个。

沟里舅和舅妈显得老了，几个月能见他们一回，每次见面都给我这个感觉。他们头发更白了，皱纹多了，干巴瘦，一副很累的样子。表弟夫妻也是干巴瘦，孩子长起来了，没上学，到处跑，像野孩子。

从小日本第一次烧屯子算起也有八九年了，年年烧，只有前年落了一次。小日本快玩完了，今年能不能住手呢？

沟里舅说，不好说，日本人不通人性，你没法按常理推断。按常理，抗联撤到境外了，剩下的武装规模小，没有大的战斗了，对我们可以住手了。我们是老百姓，日本兵不打上门来，从来不对他们放一枪，只是种地，过日子。日本兵年年烧屯子，灭绝不了俺们，没用。可是让日本人住手，承认打个平手，他们能干吗？日本人的脑筋，要说鬼，鬼得很，要说死脑筋，也死到家了，干起来不管利害成败的。没把东北岔的人灭了，我想他们总觉得是个事，一发疯就要来一趟。

我说，这些年粮食"出荷"、"勤劳奉仕"找不到咱，赚了个不受气。

大舅说，年年烧房子，代价大了，多遭不少罪不怕，没受日本人的气就值，是不是？

我说，日本人灭不掉你们这个对手，给中国人争了气。山下的老百姓都爱唠东北岔，编了不少瞎话，有说大舅三头六臂的，有说舅妈手使双剑的，有说孩子脚踩风火轮的，有说你们会遁身法的，说你们一眨眼就不见了，鬼子兵干瞪眼找不着。舅舅一家人都乐了，乐得特别开心。

新野在那一年又去东北岔了，把房子烧了个精光。我看是放火消愁去了，算什么人呢？算什么军人呢？！狗杂种。

那一年，你出生了。是个男孩儿，全家特别欢喜，老爷子眼睛眯成一条缝，大车店的人都高兴。欢喜、高兴，不是因为重男轻女，是因为中国、苏联、欧洲太缺男的啦。德日意更缺男的，但他们越少越好。我问你妈，想奖励个啥？你妈说不能只有奖没有罚吧，我早就想要孩子，就是你拦着。

你生下来奶水不够，也没有什么好吃的，只能怨你的命运差一点儿了。我给你起的名字是"忠萌"，忠是从家谱续下来的，萌是萌动，节气中的惊蛰也是那个意思。那是充满希望的时节。

家里有了小孩子就有了生气和快乐，姜秀莲的儿子在咱家住的时候，把这些给予了我们，现在自己家也有了。

老爷子心情轻松愉快，时不时地哼起了山东小调：

三月里，好时光，
春风吹过山野绿。

第十四章

老爷子入狱

　　阴霾渐散，乌云渐开，在欧洲战场，苏军和盟军正有计划推进，直捣希特勒老巢；在太平洋战场，日军拼光了空军、海军家底，遭到惨败；在中国战场，吹起了战略反攻的号角。老百姓的心情好起来了，眉眼舒展了，脸上有了生动的笑容。

　　就在这时，咱家出了一件大事。

　　一天晚上，天完全黑下来了，你妈哄孩子睡下了，只有上屋点着油灯，我和老爷子在悠闲地做功课。外门响了，接着有人急急地往里走，听动静是表琦，我还没下地，他进屋了，神色凝重地对老爷子和我说："不好了，木场出事了。"老爷子一惊，问出什么事了。表琦说，木场给抗联的被服被日军截获了，木场舅被打死了。老爷子又是一惊，我给表琦倒杯水，让他慢慢说。表琦定了定神，讲了事情的经过。

　　木场舅给抗联准备了棉衣、棉裤、棉鞋，装了四爬犁。这些东西我见过，杂货铺年年往木场送，是给木帮用的，木场舅送给了抗联。木场舅安排人送到指定地点的大树下，卸下爬犁回来了。接受的抗联人员还没到的时候，日本守备队发现了这批物资。被服的包装上有咱家木场的字号，直接找到了木场舅。日本人拿着包装皮问，是不是木场的？木场舅看一眼说，是。再问抗联在哪里？木场舅不说。谁叫你送的？木场舅不说。再问什么，木场舅都不说。日本人用皮鞭打，木场舅不说，吊在火堆上烤，木场舅不说，用烧红的铁条捅、烙，木场舅还是不说。折腾一宿，没撬开嘴，活活把木场舅打死了。

老爷子抹把泪说："有种。"

表琦说："下一步，日本人恐怕要上门请你。你是木场的东家。"

老爷子冷笑道："来吧，我等着他们来请。"

我说："不行。我们得了信，就要趁早离开。落入日本人手里，不能叫你活着回来的。"

"躲，上哪儿躲呢？"

"到沟里舅家。"

"是个好主意。我跟你说，到抗联队上也行。"

"那里更安全。"

"可我不能走。"

"不走就是束手待毙，干吗非要吃这个亏呢？表琦，你的意见呢？"

"还是先听听爹的意见。"

"我不走，木场兴许还能挺住，我信得着你木场舅，他什么也没说，把事情揽在自己身上，自个儿扛着。日本人问我，我就说不知道，他们没有什么证据，上上刑，关几年，咱们不怕，只要木场不丢就行。我一走那就坏了，那是明明白白告诉日本人自己有事，木场要被没收，大车店也要被砸。"

"木场事小，人的事大。木场没了就没了吧，人能走为什么不走？"

老爷子瞪起眼睛，放下烟袋杆子，厉声说："表瑾，别不懂事，抗联有个联络点不容易，哪能随便弄没了呢？"

我也生气了，我说："表琦，你的意见呢？"

我想拉表琦，哥俩一起劝老爷子，可是，表琦说："我也不想让日本人见老爷子，可咱爹说得有道理。"

我真生气了："你是什么意思？哼！是不是让爹去受刑，甚至送命？"

表琦严肃起来，他说："哥，抗联的事大，木场在咱们手里，不应该走。"

他的话重，我不好反驳。

他又说："日本人来带人，老爷子难免要遭罪，咱们再想别的办法。"

我盯着表琦，等待他的下文。

"爹，哥，看这样行不行。哥，你跟刘聪不错，日本人把爹带走后，你准备一笔钱，贿赂宪兵队长，他们该审就审，别滥施酷刑，老爷子少受皮肉之苦就行。咱们的要求不高，日本人也爱财，况且他们已经穷图末路，我想这件事能办得到。我在县里发动商界，募资具保，形成社会压力，防止日本人胡来。你再到省里找李正堂，把爹调到他辖管的监所。到了那里，咱就放心了，就好办了。"

老爷子说："又得花钱，这两笔重金，把卖地的钱都拿出来也不够啊，为了我这把老骨头不值得啊。"

表琦落泪了："爹，你别这么说，只要你能少受罪，能活着，花多少钱都是应该的，值得的。不是为抗联着想、为抗日着想，我也和哥哥一样，叫你快点走，躲开日本人。不出两天，日本人就会找上门来，爹这一去，我想受审、判刑免不了的。虽然我们想了办法，尽到全力，爹能不能活着回来，还是两说着。爹毕竟年纪大了，挨过毒打，受过重伤。爹，你再想想，如果你不愿见日本人，咱们现在就上山里去。"

老爷子不耐烦了："老二，你把爹看成什么人了，我不是说不走吗？别再啰唆。"

表琦说："如果爹不能活着回来，我就不在地方干了，上山去拿枪打小日本。"

事情定下来了。道理是明明白白的，现实又是十分险恶的。小日本来带人，我们不能躲，只能迎着上去，尽管想尽了办法，老爷子的性命风险仍让人忧虑。即使为了抗日，把老爷子送出去，心里总是别扭。为了抗日，我们哥俩可以牺牲，怎能牺牲老爷子呢？负罪感、罪过感压着我们哥俩。

老爷子给我们交待以后要办的事项。

"表瑾，跟抗联的联系，木场附近有个叫八棵松的地方，第三棵松有一块高的黑石，黑石下面有石缝，搬开外面的石头，里边有一包东西，那里有怎么和抗联联系的单子。账房你李叔知道八棵松，让他领你去。"

"表瑾，你先到木场把老舅葬了，告诉你舅妈，他们有木场三分之一的股份，家里人吃穿生活费用是够的，大孩子还在念书，将来想上木场就来。"

"表瑾，你沟里舅不能没有弹药，我写个条子，你按条子找人，把事情办了。花费两家有账，不够咱先垫着，等东北岔消停了，手上宽裕了再还。"

"那两个抗联家属，咱们帮了就要帮到底，平时要小心，别出什么岔子。出了岔子，咱们不好担待。"

老爷子从炕琴抽屉拿出账本，对我说，大车店的账你有了，这是木场的账，你看看往来账，该清的到时清回来。你木场舅还有一部分账，到木场时别忘了清理好。

我说，这些我都记住了，急着要办的，我先办了，不急的等老爷子回来时亲自办吧，我肯定没有老爷子办得好。

老爷子说，啥时候了，你也别客气了，别把事耽误了。

老爷子说着，把炕梢的炕席掀起来，伸手在炕沿下按一个开关，再上去掀起一块炕面，里边露出一个铁盒子。我头次看到老爷子的秘密所在，惊奇地看他取东西。

老爷子从铁盒子里拿出一个皮口袋，解开绳，抓出一把，放在手掌上，我们哥儿俩一看，是沙金。老爷子说，这里有我淘的，有你爷爷淘的，一直没用，搁了几十年了。这沙金品位高，是上等的，现在可淘不着了。

老爷子又拿出一个木匣子，我想是山参，打开又让我吃了一惊，山参大得出奇，老爷子说，这是山林队送的，这么大的山参很难见到的。

老爷子又拿出一个布包，打开看见里面是一只熊胆。

老爷子说，我的这些宝贝，是咱家的家底，不能轻易动。这次我走了，你们活动关系花钱，绝不能用这个。

我说请爹放心，送日本人和李正堂的两笔钱，用卖地的钱，咱家钱庄上还有储蓄，不用动你的老底儿。

一说到卖地，老爷子的眼圈红了，说几代人流了多少血汗，攒下那些地，全没了，送给鬼子汉奸了，真对不起祖宗！

老爷子指着他的宝贝说，这些东西，将来变现的时候，要分成三份，你哥俩一人一份，那一份给你木场舅家。

我们哥俩点点头。我说，爹的意思我明白了。把这些家底放好，我和表琦有能力生活好的。你把我俩养大，供我们念书，我们可以比前人生活得更好，而不是吃家底。木场舅一家，我们记住了，一定照料好他们的生活。木场舅经营木场出力最大，出事以后自己扛着，不牵扯咱们，这些啥时也不能忘了，怎么报答都是应该的。

老爷子又拿出一个红绸小包，打开一看是一对金光闪闪的手镯。他说，这是你爷爷临去世时交给我的，也不知传了多少辈子了，今儿传给你们，这个就是到了万不得已的关头，也是不能卖的。

我俩连忙说，爹，你可真是的，只管放着好了，你会回来的，小日本快完了，完得越快，你回来得越快。

老爷子交待完了，已经深夜了。

老爷子躺下了。我到表琦屋里问他："老爷子说，咱家木场是抗联的联系点，这事你知道吗？"表琦笑一下说："知道。"我说："这么说，木场的事很大啊，10多年没出事不简单。老爷子今年还没上山呢，他要是在山上更坏了，会跟老舅一起遇难，木场也得给封了。"表琦点点头。我说："我一会儿就走，先到老舅家。"表琦说："对。我明天也起早回去。"

我回屋眯了一会儿，起身穿戴好，把你妈叫醒，说了事情的大概，她吓呆了，只一个劲儿地说，你出门可要小心哪。我说，爹走了以后，家里只剩你和孩子了，害怕的话，叫秀莲过来陪你。她点点头。我又说，小有子跟我走，大车店的事你要照料好。她说，我知道了，你放心。我看她说这句话的时候恢复了神志，鼓励了一句："刘家媳妇都是能干的。""当然，你瞧着吧。"

说完，我到小有子家，敲窗，把一家人都搅醒了，我告诉他马上出门上木场，过几天回来。

我和小有子驾车上路了，天还没有亮。我马上去木场，是要快去快回，避开与宪兵警察碰面，他们把老爷子和我一起带走就不好了。倒不是怕他们，怕受刑，而是使命在身，必须留在外面。快下头场雪了，早晚冷。道两旁，田野、山冈，覆盖着白霜，一片肃杀之气。我俩穿着单衣，一出门就被风侵透了，周身冰凉，抱着膀、缩着肩坐在车上。

我把手放在嘴前哈一哈，再搓一搓，对小有子说："小有子……"小有子听我的声调不对，叫声少掌柜，扭头看着我。

"木场舅死了。"

"哎呀，真的吗？多好的人哪，我爹总夸他呢，怎么回事，咋会死呢？"

"给抗联送棉服，叫日本守备队截获了，查到他头上。问他抗联在哪儿，不说。问他谁指使的，他说没人指使。吊打，火烤，烫、烙，他还是不说，活活给折腾死了。"

"叫鬼子抓去了，哪能有好，木场舅死得太惨了。"小有子说着呜呜哭起来。小有子很伤心，哭了一阵还不停，我拍拍他，跟他说："别看木场舅是个先生，不是干活的人，也是一条硬汉，小鬼子那么狠毒，也没撬开他的嘴。"

小有子说："那是没的说。"

我说："咱俩到他家，把舅母和表弟拉着，今天就得赶到木场，明天办完丧事，赶紧下来。"

"这么急干什么？"

"日本人把木场舅打死了，还不能算完，老爷子是木场的大掌柜，回头就会来带人。"

小有子又哭了："老爷子又要受苦了，老人家哪能禁得住啊，你怎么不让老掌柜躲躲呢？躲一躲就过去了，小日本就快完了。"

"我也劝他躲，可他死活不干，他有他的道理。最快在今天小日本就会找上门来。"

"老爷子有主见，干啥都有道理。可等着人来抓他，不是太傻了吗？"

"也没办法，你看老爷子那牛脾气，你能拗过他，还是我能拗过他，谁劝也白搭，咱们快把木场舅的事办完，快回来吧。"

一路马不停蹄，马满身是汗，背上冒着热气，小有子不停地赶。一气跑到中午，马实在累透了，在一条小河边，卸下套，喂上料。我俩也饿了，就着凉水，吃口煎饼卷咸菜。

这一路上我就想，怎么和老舅妈说呢？这消息太突然、太残酷了，怎

么想也没有好的办法。避免受打击，只有一个办法，就是不告诉，而我们
又不能不告诉，入殓前怎么也得让老舅妈和表弟看上一眼。

天擦黑的时候，我们到了湖头村，离木场舅家远远的，狗就叫起来了。
走近院子，狗叫得更凶了，摇着头跳高叫。表弟、老舅妈开门出来了，两
个小孩子跟在后面。

"老舅妈！"我喊了一声。

老舅妈看清是我，惊喜地叫道："表瑾，你怎么来啦？"

走近了，老舅妈拉着我，见我脸上淌着泪，再看小有子，小有子痛苦
地低着头，在用手背擦眼泪。老舅妈吃惊地问："怎么啦？出什么事了？"

"老舅妈！"我喊一声，眼泪哗哗淌下来。

噩耗传来后，我一直压抑着悲伤，紧张地忙着应对，这会突然开了闸，
禁不住痛哭起来，管不了老舅妈和孩子会怎么样。

老舅妈安抚我，见我平静了，焦急地责怪我："到底怎么了，你说啊。"

我呜呜咽咽地说："老舅没了。"

老舅妈听了，双眼一闭向后仰去。我们把她抬到屋里，平放在炕上。
老舅妈慢慢苏醒过来了，怔怔地看着我。我向她讲了事情的经过。没讲鬼
子的毒刑多么狠，老舅妈听了那个更受不了。

我说，老舅是为抗日死的，他给抗联送棉服不是一年两年了，有 10
多年了，一旦出事就是这个结果。我想他早有牺牲的准备。这是他的选择，
老舅妈不要过于悲伤。

老舅妈说，这 10 多年，他在家的时候少，在山上木场时候多，世道乱，
他一出门，我就担心，想不到他在干这么大这么危险的事。

我对老舅妈说，老舅走了，老舅妈别犯愁，木场有你家的股份，生活
是够用的。

老舅妈点点头。

老舅家的表弟叫齐大成，我看他沉稳中带着秀气，才十五六岁，问他
学习怎样。舅妈说，学习好，总是班里前几名。我说，好好念下去，等小
日本完蛋了，念书有出息，不像我，赶的时候不好。你念到哪儿，我们都
能供你。我们有一份财产，老爷子说将来我们哥俩和老舅均分，念书不成

问题的。

舅母说，那怎么行，木场的股份就够照顾我们的，你老舅只是出力，并没有投钱，哪能还分你家的财产。

我说，老舅妈，老舅是在木场走的，我们欠他的多了，我家的财产有限，拿不出更多，你就别说别的了。

老舅妈说，大姐夫可真是的。又擦起眼泪来。

我对老舅妈说，咱们得快上山，把老舅安葬了，我还得急着回去。日本人打死老舅不能算完，估计会找老爷子，说不定今天就把老爷子带走了。

老舅妈急了，那你上这儿来干啥？别离开家呀。

我说，我在家能拦住日本宪兵吗？

老舅妈说，想办法躲一躲嘛。

我说，老舅如果供出指使他的是老爷子，我们只好关门逃命了，那样木场和所有的一切都完了。可他一个字未露，老爷子说，这样我不走，木场或许能保住。我也劝老爷子躲一躲，木场不木场的不管了，躲一躲起码免得被带走挨打，可老爷子根本不听劝，只好按他的意思，找你先把老舅的事办了。

老舅妈说，大姐夫总有他的道理，谁能拧过他。

老舅妈心细，她接着问我，日本人打你老舅打得狠吧？我说，那还用说。她见我不愿说，没有往下问。

我们跟邻居换了匹马，把两个小孩子托给了邻居，我、小有子、老舅妈、表弟一行四人连夜上山了。

从湖头村到木场有条近道，不太好走，也没走过。我们日夜兼程，走了两天，小有子真行，没有走错路，到木场的时候，天刚麻麻亮。

木场院里搭设了灵堂，点着两盏豆油灯，案上摆着供品，木场舅躺在中间，木帮兄弟围着守灵，烧纸。我先上前去，看见木场舅给擦干净了，穿着整齐干净的衣服，他是给活活打死的，表情很痛苦，脖子上露着鞭痕。

老舅妈从我身后扑上来，趴在老舅的身上失声痛哭。她的哭不只是撕心裂肺的痛，还有巨大的恐惧，最亲的人走了，不只失去了依靠，还抽去了一切。突如其来的极度的孤独，残酷的生活，令她无比恐惧。在她的悲伤和恐惧之中，我浑身战栗，想劝解又无法劝解。痛哭了几回，表弟扶着老舅妈站起来。

账房的李叔走过来，木场舅死了，他临时主事。老舅妈问，准备啥时发送？李叔说正想问你们呢，是葬在山上还是送回老家，也得问你们。

老舅妈问，守海走几天了？

李叔说，三天。

老舅妈说，今天就发送吧，葬在山上。

我说棺材打好了吗？

李叔说，刚打好。坟址我选了一个，不知你们看怎样。

在灵棚后面，两个人正在给棺材刷漆。我仔细看看，上好的红松，没有节疤，四五六的板料，最厚的了，四面起鼓，挺讲究。我谢谢李叔，谢谢木匠师傅，和表弟给他们磕头。他们慌忙拦住了，说二当家是好人，硬汉，俺们佩服，应该的。

李叔选的坟址在木场前面，地场当中矗着一棵参天巨柏。

李叔说，在树下好不好？我们不想离远了，木帮上山也从旁边经过。

老舅妈说，好是好，将来我死了葬在这儿行吗？

李叔说弟妹外道了。

老舅妈说，不是不让女人上山吗？

李叔说，你来合葬，又不是来伐木，有守海管家的合葬墓，木场肯定吉利。

打圹，入殓，下葬，丧事在上午办完了。

我对李叔说，木场的事拜托你了，以后的事，过些天咱们再商量。

李叔问，老爷子怎么没来？

我说，他要来，有急事没来。

李叔觉出了事情的复杂和不祥，郑重地跟我说，少东家你放心好了，回去给老爷子带好。

我同老舅妈和表弟道别。老舅妈催道，表瑾，你快走吧。

小有子从马厩里挑了一匹马，我跨上去一路飞奔，下半夜到了家。我拍院门，屋里没动静，又使劲拍，屋里油灯亮了，问："谁呀？"我说是我。你妈听声披着衣服开了门："回来啦，挺快呀。"秀莲也起身穿好衣服了。我说，麻烦你了。她说，少掌柜太客气了。我说我是骑马先下山的，刘有要赶车把老舅妈送回湖头村，得过两天回来。秀莲点点头。

你妈讲了家里的事情："昨天，县里日本宪兵来了，马球子领着警察也跟着，在大车店把老爷子带走了。没在大车店翻东西，也没到家里来，核实了咱爹的身份就带走了。我求马球子关照老爷子，马球子点点头，人多，他不好说什么。他们走了，我写一张条子，打发店伙计送给表琦，告诉爹被带走了。"

我说："还行，我老婆做得不错。"

接连奔波三天，实在太累了，浑身的骨头都疼，还晕晕乎乎的，你妈铺好被褥，让我上炕躺着。躺着又睡不着，心想，是昨天带走老爷子的，还好，我用最快的时间赶回来了，又盘算着怎么找刘聪。

天亮了，秀莲回家了，我吃口饭，揣好钱，到宪兵队去。街上静悄悄的，没有行人，门市的门板还没有打开，我在寒风里转了一圈又回来了。

你妈说，出去早了吧？我说，可不是，手都冻红了。我在炕上暖一会儿，又出去了。街上有行人了，宪兵队的大门打开了，我走进去见刘聪正在刷牙，心里踏实了。

他把我让到寝室，问我怎么来得这么早？

我说有要事相求。

他说，我知道是什么事。

我说，木场出事了，没有证据证明与我家老爷子有关连，老爷子是东家，该审就审，该问就问，只求高抬贵手，别打，打得狠了，老爷子眼瞅七十了，受不了。

刘聪说，县里办的，我们管不了。

我说，我只认得你。说着把钱放在桌子上。

刘聪说，看你急的，我一定尽力，县里的翻译跟我不错，我说令堂大人是我的亲戚，行了吧。

我说，最好你上午就去，钱不够你先垫着。

刘聪说行。他又说，把钱送到，叫日本人客气点儿，我想能办到，判不判，判多少年，就不好说了，木场的事是大案子。

我说，这个我懂，老爷子少受皮肉之苦就满足了。

从刘聪处出来，我回家又取出钱揣好，到大车店跟你妈说，到县里然后到省里办事，三五天回来，如果马球子把我扣了，你找表琦，让他找李正堂。你妈点点头，又说，你太累了，眼睛熬红了，出门注意点。大车店你放心，咱家的伙计都是好人，这时候都知道帮我。

我搭辆便车赶往县城，在车上想，马球子到底能不能把我扣下呢？不找他，警察恶棍多，又怕老爷子吃亏。反复想想，觉得有李正堂的关系，小日本又要完蛋了，他不至于把事情干绝。

到了县城，我直接去警察局，马球子正在给警员训话。我看看表，快中午了，估计训话也快结束了，就在一旁等候。

我听马球子训话的内容是效忠、守节一类的，语气严厉，说再发现开小差的严惩不贷。往里瞅瞅，受训的警察耷拉着脑袋没有精神。我真为木场舅、老爷子惋惜，日伪临穷末了出了这事，再挺个三年二年的，天就晴了。

训话完了，马球子回办公室，我跟了过去。

他见到我，把门关上说，老弟来了。

我说我来能把我扣下不？

马球子说，大哥能扣你吗？请你家老爷子过来也是没办法的事，他是木场东家，出那么大的事，东家有责任的。我们查了，你在木场什么职务也没有，放心好了。

我说，我担保老爷子跟那事一点儿瓜葛没有，他老了，当甩手掌柜，山上的那些事不知道。他是东家，你们审是应该的，我求求警察弟兄手下留情，不要打，不要下手太狠，老人家快七十了，受不了。

马球子说，这个你放心，日本人咱管不了，警察这边包在我身上了。

我说，马局长，太感谢你了。又说能不能见老爷子。

他说，审判前不能见的，这个你懂。

我从口袋掏出一叠钱给他，他边接边说，我哪能收你的钱呢？不收你又不放心，怕我不办事。

我说，一点儿小意思，老爷子的事全靠你了。说完告辞了。因为他收钱了，没把要找李正堂的事告诉他。

一上午办了两件事，身上轻松了，我去找表琦。我俩到了一家饭馆，在一个包间坐下，点了菜，要了酒。

表琦听了我这两天做的事之后说，哥，你可真能干，不愧是从大衙门口出来的。以后你就得上山把木场管起来了，我们做的努力和老爷子付出的牺牲，都是为了保住木场。

他又说，你找马球子可太悬了，他如果扣住你，麻烦事太多了。

我说，我谅他不能翻脸，也是为老爷子的事顾不了太多了。

表琦说，老爷子的事，我已经把县商会的人串联好了，明天会长出面，率当地大户，到县政府递呈子，申明老爷子是当地贤良，深孚民望，木场通匪一事与他无干，敢以财产性命具保。

我说，好，有了舆论，警察局用刑就得收敛。

我一高兴，加上累了，多喝了两杯。

去省里的火车是晚上，我一上卧铺倒头便睡。天亮了，到站了，乘务员使劲叫我才醒。

我先到木栈报个到。关先生见我突然到来十分惊讶，问有什么紧急事吗？我把木场舅被打死，老爷子被带走的事简单说了说，关先生吓得脸变色了，仿佛天塌下来了。他说，老爷子会不会被他们打死，别看要完蛋了，日本人心狠哪，杀人、打人从来不计后果的。木场能不能给毁了？木栈怎么办？外面欠咱不少钱呢。我说，关先生别着急，我正在想办法把木场保下来，这次来找李厅长，把老爷子调到他管的监狱，咱就放心了。关先生松了一口气。我叮嘱他木场的事不要往外讲，讲出去客户乘机要奸揩油。关先生点头称是。

我往省政府走，街上的日本人低着头，目不斜视，往日的神气劲头没有了。省政府门口进进出出的人，也低着头，夹着包，一副要办丧事的样子。大门口的卫兵还挺着胸，站得溜直，查证件一点儿也不马虎。

我没什么证件，跟卫兵点点头，到传达室交涉。传达室的人都换了，一个也不认识。

我跟他们说民国时期我在这上班，当时传达室有谁，还有谁，还有谁。

他们听我说的一点儿不差，乐了。

我说警察厅的李厅长和我是好朋友，来找他办点儿事。

他们说，李厅长早上来啦。

递过来纸笔，怎么填呢？我对着纸犹豫，写"四方街大车店"吧，实在提不起来，写"江海源木业公司"吧，平时叫我少掌柜可以，实际没挂什么衔，现在更不想和木场联系起来。琢磨一番干脆只写刘表瑾求见，显得关系亲密。

传达室的人提醒我，写上单位、地址，我说不用，一看名字他就知道。

条子送进去了，工夫不大秘书出来了，看上去有些面熟。秘书倒是立刻认出我来，说刘先生你好，咱们上次见过面，李厅长听说你来了很高兴，他很忙，说晚上在神仙居和你见面。我称谢告辞了。

回到木栈，关先生又吃了一惊，这么快回来了，是没办成，还是没见着人？我说他请我晚上在神仙居聚，关先生放下心了，说中午请吃馅饼羊杂，大馆子请不起，少掌柜一定赏脸。

傍晚，我去神仙居赴宴。那条街霓虹灯闪烁依旧，喧嚣不如以往了，日本人喝醉的多了，妓女在街上拉客也没有精神。我到了神仙居，通报了李厅长的预约，穿和服的日本侍女把我领上楼。还是上次吃饭的那个单间，我想不是李正堂包租，就是他喜欢这个单间。单间榻榻米上放有一几，几上有一枝鲜花，一杯茶。李正堂没到，我盘腿坐着费劲，站起来看墙上挂着的几幅日本字画。仕女画和单字条幅并不高明，但日本人就这么写，这么画，执拗得可以。

李正堂来了，见我站在屋里，说等久了吧，请坐，请坐。

我们坐下来，日本料理端上来了。

他问有事吗。

我说没事哪敢叨扰厅长大人。我把木场的事说了一遍，县警察局今天审判，能不能把老爷子调到省监狱服刑，仰仗你的威势少受皮肉之苦。

李正堂说，这个好办，明天我就派人押过来。

我恭恭敬敬地把钱放在他胸前的几边，他像没看着似的，不碰，不谢，也不拒绝，端着杯劝我喝酒。

我问他时局如何。

他摇摇头说，大势不好，你在乡下也能听说，意大利投降了，英美和苏联两面夹击，德国撑不了几天了，日本在太平洋惨败，在中国战场遭到反攻，空军、海军拼光了，陆军死了150万，败局已定。

我问，日本人怎么收场呢？

他说不得而知。日本人干事绝，是不计后果的，在战略大事上也是如此。日本政坛历来很乱，目前更甚，你看他们等级森严，人人尊奉上级服从上级，实际上没有权威，天皇都可以绑架。狂妄的、好勇斗狠的政客大有人在，看不出长久的、完善的大政方针。有人主张退守本土，有人主张把南满作为后方，莫衷一是。我问厅长将来做何打算。他说无法打算，没有好下场。覆巢之下，焉有完卵。吾等被称为汉奸，是日本人瞧不起、中国人痛恨的角色，哪有好结果。其实我最恨小日本，别看我给他们干事，他们还给我厅长当。

我说，这个我信，接触日本人，了解日本人，也就更恨日本人。

他说，当初对国运失望，又不肯吃苦，附逆趋炎铸成大错，背叛祖宗，累及子孙，悔之晚矣。

李正堂很伤心，我怕在那个地方，这类话被谁听去惹出祸来，便告辞了。

过了几天，老爷子果然被押到省监狱了。他被判了五年。我和关先生提个食盒去探监，见老爷子还好，心里一块石头落了地，这些天总算没有白忙。老爷子却动怒了，问我宪兵警察少见的客气，钱没少花吧？我说，没花多少，没动家底。老爷子说，几代人攒了100多垧地，小日本征地掏去了大半，这回你又全送出去了，愧不愧啊？你不要脸我还要呢。他这些话我听了两三遍了。我笑着说，爹，只要你老人家没遭大罪，说啥我都认了。老爷子听了气也气不起来，弄得没办法。

离开省城时，我嘱咐关先生和伙计，定期给老爷子送好吃的，把狱警打点好，他们都照办了。

老爷子埋怨我送钱，其实送钱我也心疼。可是送给谁，谁都收下了，没有一个推辞的。

这个社会就像一张张黑洞般的大口，环列在你的周围。都在吞钱，只是吞的方式有所不同。

日本人是郑重其事，刘聪说，收多少钱，事情办到什么程度，给你搞得清清楚楚，完全是商人买卖的程序。马球子是冠冕堂皇，他能给你找出不能不收的理由，把脸皮涂得极厚。李正堂是高层人物的大家气度，收钱无影无形，好似不在乎，送得再多不怕多，办事举重若轻，说笑间，一句轻轻的话便解决问题。

这些人既然把事给办了，按理不该心疼，不该抱怨的。

我回到四方街，小有子到账房来看我，见屋里只有我们两个，悄声对我说，木场舅有把手枪。我说你见过？他说舅妈整理遗物时发现的，吓了她一跳，手枪让大成收起来了。木场舅会不会是共产党？木帮讲他骨头那么硬，很像。我说，别乱说，他是共产党，全家要被杀头的。

我到宪兵队，向刘聪表示感谢。他说判了五年，没少判，日本人没动刑，够客气了，还算讲信用。我说，在省里听说，日本人败局已定。刘聪点点头肯定我的话，我见他面色不好，便告辞了。

我向马球子表示感谢，马球子说，弟兄们真没动老爷子半根指头，够意思吧。他又有意对我说，警察队还有开小差的，拦不住。这年头叫他打，他也不打啊，都给自己留后路。我马上说，马局长的恩情我们忘不了。

表琦讲，老爷子被判了刑，没保出来，募集的款照单发还了。我说，好，办得利索。表琦说，没想到刘聪的爹，刘奸头捐了100块，数他多。商会有人讲，刘奸头见大势不好，又耍什么鬼心眼。他出血还没落好。我说，别把人看扁了，自愿捐资，人家捐那么多，咱得领情。刘奸头的名气也太大了，弄得人们以为他干啥都不怀好意。

二婶见到我，说要去看老爷子。我说好，我刚回来，过一段安排你们和老爷子的宝贝孙子一起去。二婶乐了。

我准备上山了。木场是最重要的，是咱家的主要家产，还要给抗联供应。

我一走，家里只剩你妈和孩子了，这么大的房子她能挺起来吗？可是扒拉扒拉，又找不到合适的人陪她。最好的人选是老姨，可是……二婶要照顾梁子上学，脱离不开；刘老师和苏姐都不能惊动的，老爷子早有嘱咐，不能出一点儿差头，咱家开大车店，人多眼杂，她们不能总来；剩下的只有秀莲了，小有子的新家，热热乎乎的，谁能忍心打扰。

我说到姑姑家请谁过来吧，你妈摆手说，别大老远的请人了，她家也没闲人。你走了，我少伺候一个人，更轻快。

我俩正在犯愁，秀莲过来了，说少掌柜要出门，家里有啥事尽管找我好了，帮不了大忙，担水、劈柴、洗衣、做饭，这些家务活都能干。你妈说，你家的活够忙的了，你还来帮我，真不好意思。秀莲见答应了，称心地走了。我俩把她送到大门口，秀莲走了一段回头朝我们笑笑。

第十五章

崩　溃

　　我上山了，住在老舅的房间里，想起上次和他一起睡觉，半夜里再三跟我讲的话。现在接他做点儿事情，也要随时准备牺牲。这个秘密没有跟你妈讲。

　　我让账房李叔领我到八棵松。他说到那儿去干啥？我说我也不知道，到那就知道了。从木场翻过后山，走不远，李叔说，这里就是八棵松。林木中间果然有横着排开的高大的松树，都是美人松，树冠婀娜，躯干粗大挺拔，通体粉色薄皮。没错，肯定是这里了。我找到大黑石，弯腰找到了石缝，搬开封堵的石头，把手伸进去，拿出一个油布包。李叔看呆了。

　　我把油布打开，里边是用鹿皮包的，又把鹿皮打开，露出一叠纸单，是历年抗联、山林队的收据，纸单的纸各色各样，大小不一，写着收到服装××件，署名有司令员×××、政委×××、师长×××、团长×××，也有三江好、占东洋，经手人是后填的，都是齐守海。我找找日期最近的是去年，最后一批出事的棉服没有条子。我猜想这些抗联的条子，不是当面一手货一手条交换的，而是先送到约定地点，抗联收到后，再派人送条子的。抗联的收条有7个，山林队的有3个，我想，老爷子真敢干，年年送，从不落空。

里边有一张折叠的纸，打开看看，记着与抗联联系的方式，姓名、地点、暗号等等，我叠好揣进兜里。

里边还有一张折叠的纸，打开看竟是老爷子的遗嘱。

遗嘱有三条：

一、丧事简办，不要连累好人。

二、与汝母合葬。

三、汝小舅如遇不测。须扶持其家。

看落款时间，这遗嘱有七八年了，七八年中，老爷子随时准备牺牲，我这个当儿子的不觉不察，实在不孝。老舅上木场是老爷子拉来的，如遇不测，是老爷子欠的债，嘱咐我们务必偿还。遗憾的是，天快亮的时候，成了现实。

遗嘱没有老舅的，可能他不知道藏着的这个包。

我把纸单和遗嘱重新包好，放回石缝，又把石头搬回堵上。

我对李叔说，以前不知道吧？李叔说，给抗联送东西我是知道的，这个包没见过。我说，以前只有老爷子一个人知道，现在咱们俩也知道了，咱俩不管谁死了，剩下的要保管好这个包，交给后人。这个包比千万家产还重要，起码有我老舅的一条命。

以前我以为老爷子在江湖的名声，是年轻时抬小扛创下的，现在弄清了，是出自这些条子。丁耙子的死，人们的猜测是对的，与这些条子有关。这些事情，老爷子从不对我透露半点口风。他需要我，用心保护我，独自面对危险，当爹的真是用心良苦。

老爷子的秘密，慧颖应该知道。他没有出卖。老爷子心里有数，老姨至死不知。慧颖啊，我的表弟，你的失足真是遗憾。

我在木场干了一个冬天，水卧子边上的楞场堆满了新伐的木材，排工在木材两端凿好了索眼，只等冰化雪消，江水上涨之后放排了。这一冬天，抗联没来找我，可能是木场舅的死和老爷子的入狱，使他们去想别的办法解决供给了；也可能没有别的办法，硬挺了一个冬天。雪化了，伐木的活完了，我下山了。转过年，我与抗联接上了联系。

德国战败，希特勒自杀，苏美英敦促日本无条件投降，日本拒绝了。

这当然是日本人的性格。日本又把热脸贴到苏联的冷屁股上，暗通款曲，说日苏联合会形成世界上最强的军事联盟，遭到苏联的断然拒绝。奸滑、阴险，过于自我，只打自己的如意算盘，这也是日本人的性格。

雅尔塔会议和波茨坦会议，明确了苏军出兵进攻日军，美国人既不想进攻日本损失过多军队，又忌惮苏军的胜利，1945年8月6日、9日往日本投下了两颗原子弹。苏军于8月8日对日宣战，出兵东北。

都在等着看小日本如何收场。

小日本像一群老鼠，低着头有秩序地钻来钻去，不知抬头看，没有战略眼光，或者说没有正确的战略眼光。而这群老鼠体内又带有狂犬病毒，时时发作，暴露出的焦躁、狠毒、凶残、狂妄、极端、偏激诸多特性，让人费解。干事不计后果，所有人，包括他们自己都不知道将来如何收场。日本人不考虑收场，结局就是失去理性操控的崩溃。

我到省监狱看望老爷子，又带些土特产看望李正堂。

听他讲，苏联出兵使关东军上层彻底绝望了，知道末日到了。诺门坎一战把日本人打怕了，苏军席卷欧洲，直捣柏林，日本人看得眼睛长长了。

日本人得势时极端狂妄，给打疼时又极度恐慌，神经极为脆弱。

关东军司令部开会，会场充塞着悲哀的气氛，像是筹备治丧。

会议桌前一贯的成排的挺直的胸脯，变得奇形怪状；一贯的绷得紧紧的面孔，变得扭曲可笑。

这边几个站起来，捶着桌子发誓，效忠天皇，血战到底，只剩一兵一卒也绝不后退，为天皇洒尽最后一滴血。日本人效忠天皇最为独特，先把天皇绑架了，再跪下去表示如何如何效忠。那边有几个捶足顿胸，掩面痛哭，口口声声哭天皇，哭日本国，悲悲切切，痛不欲生，其实真正伤心之处是自己死无葬身之地。

"砰"的一声枪响，一个军官倒在座椅上，脑袋上血流如注，卫兵开门进来拉了出去。

"砰"的一枪，又一个倒下了。脆弱的神经经不住巨大的考验，采取了最直接、最简便的办法。此法博得同情和赞许，采用的人也赚了省事的好处。

一个司令官站起来，挺直身子，面色严峻地说，哭算什么军人，自杀多么无能，把钱预备好，我带人去长白山打游击。在场的人都仰望着他，这才是英雄。抗联"马胡子"绝地抗战，吃尽人间最大的苦，"剿"也"剿"不净，让人又恨又敬，皇军里面也有这等豪杰。主持会议的当场发话，钱不是问题，中央银行的库里有的是，要多少给多少。可是，第二天这位英雄再也不提这个茬了。

蔫退就蔫退了，这事在日本军人中很平常。武士道的剖腹就是作秀，在决意要死，或者不得不死的时候，剖腹要有一位至交高手陪伴，自己只不过象征性地剖划一下，由此人迅捷了断。

想当年，关东军把谁放在眼里，到头来，是这副尿样。

苏军进攻关东军的战事进展很快。

开鲁一路，像旅游似的，如入无人之境，直取沈阳。

黑河、孙吴一路，坦克车排山倒海般压过来，掩体里的日本兵毫无招架之力，一触即溃。刚入伍的少年兵，嘴里哇哇地叫妈妈，被辗死在履带下。

在同江、虎头山一路，关东军凭要塞工事据守，附近开拓团的人以为要塞牢靠也加入其中，男的拿枪抵抗，女的在深处躲藏。

要塞修了10多年，分地面、地下两层，地上在树根、灌木、蒿草当中拉着电网，布下密密麻麻的射击孔，在崖壁上有长方形机枪眼，机枪眼用两米厚的混凝土浇铸，牢牢地嵌在山岩上。地下设施的出入口设在隐蔽的山脚，上有铁制的圆形盖板，盖板下面是竖井，黑洞洞的看不见底。井壁有铁梯，还有升降机，井侧隧道有好几层，上层隧道与其他碉堡联通，下层隧道用来运输弹药、重炮和物资。要塞设有通风、取暖、做饭的现代化设施。

这些要塞让苏军吃了不少苦头，每发现一个射击孔都要付出牺牲的代价。苏军控制地面后，掀开盖板，用炸药炸，把炮筒子伸进去轰击，或者干脆往里倾倒汽油，淹个差不多了，点一把火，下面就成了悲惨地狱了。先进的要塞设施，攻也难，守也难，下面死了多少人也不好统计。

苏军入境，战事一开，日本人就开始了大逃亡。官大的用飞机把家属和财产运回本土，官小的坐汽车逃，一般的坐火车逃。火车里边加了二层铺，过道和椅子下面挤满了人，塞得不能再塞了。外面火车顶上拉上了绳子，趴满了人。坐火车要军人和家属优先，军人要回去参加抵抗，军务在身，自然优先，家属跟着沾光。200多万日本人，坐上车的是少数，大部分只好背包步行逃走了，道路上一伙接着一伙，络绎不绝。

大车店最忙了。柜台前登记的排起了队，我说，不用登记了，直接安排住宿吧。你妈说，那不行，登记是日本宪兵的规定，一点儿不能马虎。说完她忍不住笑了。

从登记册子看，住宿的日本人，有的是开拓团的，有的是什么会社的，有的是开工厂的，基本都是老人、妇女和孩子，年纪轻的男人都是缺胳膊断腿的残废人。他们有的奔朝鲜从陆路回去，有的奔港口从海路回去。他们个个神情沮丧，目光呆滞，极其狼狈和疲倦。

前面的路还很远，能不能逃回去不知道，反正败了，在中国不能待了，只能往回逃。大通炕住满了，饭堂住满了，大车店门口挂起了客满的牌子。晚上把大门死死地关住了，防止寻仇的人进来。寻仇的人多，杀小日本的事随时发生。虽说欠账要还，恶有恶报，还是别在大车店行事才好。

大车店的伙食，除了菜汤、咸菜，再就是著名的杂和面饼子。饼子很硬，不使劲咬不开，吃到嘴里一股发霉的辣味。日本人皱着眉头，还是把汤喝了，把饼吃了。他们实在太饿了。有人吃自己带的饭团，细瞅瞅，饭团有一半是糠，也够难咽的。

宝生来了，他到柜台查有没有一个叫禾子的女子。你妈把这两天的旅客登记查了一遍，对宝生说，没有太平川来的禾子。我问宝生找这个女人干啥？他讲了一段故事。

太平川开拓团的人要逃回去了，都在准备随身携带的粮食和小件炊具。每个人都沮丧、茫然，像掉了魂似的。常在开拓团打工的人盯着他们，平时总是找茬欺负人的小鬼子老实了，有意躲着他们。一次，两个小鬼子在开拓团院外叫村里人围住了，其中一个叫石原的最坏，鸡蛋里挑骨头，总说干的活不合格，克扣工钱。村里几个人一齐上去，把他俩摁倒，踢的踢，打的打，两个小鬼子抱着头在地上乱滚，后来跪下哀求别打了，我们回日本去，回日本去。大伙打累了，放他俩走了。没要他俩的小命，真是便宜了。

禾子找到宝生，说你娶了我吧，我给你当老婆。

宝生愣住了，心想这话从哪儿谈起，我怎么能找个日本人当老婆。宝生不知说什么好，疑问地望着她。

禾子说，我会看孩子，会做饭，会做家里的活，你娶我吧，我什么都能干。

宝生说，你是日本人，回日本去吧。

禾子说，怎么回去呀，到港口上千里远，没有车，能走到吗？半路上要死的。在日本的亲属给炸死了，活着的不希望我们回去，我们到中国来，房子、地叫他们占了，他们不希望我们回去。

禾子不是向他求婚，而是求活。

宝生为禾子的伤心和绝望难过，还是摇头拒绝了，说你是日本人，还是回日本吧。

禾子抹抹眼泪离开了。

宝生是善良厚道的人，可能禾子也看中了他这一点。可是，宝生不能不拒绝，自己的老婆被日本人踢死了，他怎么能娶个日本人当老婆呢？

禾子走了，宝生又放心不下。他知道禾子处于绝境，禾子卑微的求婚被撞得粉碎，他担心她出什么意外。

宝生有空便到开拓团看一看，见到禾子的影子就回来。

一天，他听到开拓团响起枪声，枪声沉闷，接连响起。他找几个人进入开拓团，打开一户，里边躺着几具尸体，穿戴整齐，枪打中脑部，鲜血和脑浆淌在地上；再打开一户，还是一屋的尸体。打开了所有的屋子却没有发现禾子。

禾子是不是活着呢？宝生拒绝了禾子的求婚，觉得禾子的生死和自己有了关系。禾子如果死了，心里不免过意不去。他下午出来，走了一宿到了四方街，到大车店来打听打听。

知道了事情的原委，你妈说，宝生，你找到了禾子能娶她吗？宝生说，娶个尿啊，她死没死在我心里是个事，过来看看罢了。

宝生回去了。第二天来的日本人中有个叫禾子的，你妈想叫禾子的多了，再一看是从太平川来的，心想大概是宝生要找的那个女人。

禾子被人搀着，一步一步地挪，表情很痛苦。他们说是走山路脚崴了，脚踝肿得老高，皮肤发亮。她见禾子30来岁，长得不丑，人缘不错，同行的人都帮她。

禾子他们住了一宿，早上要上路了，扶她下地，她不让，说自己走不了，别连累大家，在这儿养几天，好了再走。别人没办法，给她留些钱就分手了。禾子微笑着摆摆手，等他们出了屋子，独自哭了起来。

禾子的伤挺重，脚一沾地就疼得嗷嗷叫。你妈找了一个大夫，给她敷了草药，开了一服散剂，禾子皱着眉喝下去了。路过的日本人见少了，大拨人过去了，再来的是道更远的，或者是带的孩子多、年龄大走得慢的。

看到这个情况，虽然禾子的伤日日见好，我们也为她暗暗着急。

禾子能下地了，能一瘸一拐地在院子里走动了。

这一天，禾子走出了院子，到外面溜达去了。傍晚一伙人抬个人进了大车店，我一看是禾子。他们说禾子上吊了，幸亏发现得早，解下送来了。

再以后禾子米水不进，闭着眼，一心要死了。你妈劝没有反应，找刘聪带两个日本人来劝，也无济于事。

过三天了，要出人命了，我想起了宝生，让小有子快把他叫来。宝生到了，叫几声，禾子睁开眼了，喂勺水，禾子喝了，围着的人，啊了一声，啧啧称好。

禾子又恢复了三四天，道上见不到逃跑的日本人了，禾子的脚伤也好了。怎么办呢？宝生说，我陪你去港口吧。禾子听了，战抖一下，眼睛阴郁地瞅着脚下，又是想死的样子。我捅捅宝生，宝生又说，回太平川吧。禾子疑惑地看着宝生，宝生以为她没听明白，比比画画又讲了两遍，禾子点点头，流下了眼泪。

宝生出来四天了，扔着两个孩子，由邻居照顾，他得快些回去。临走时，我把宝生拉到一边说，领个日本女人回去心里别疙疙瘩瘩的，不能没有人心，不能眼瞅着她死了是不是。

宝生领回来一个日本女人，乡亲都感到奇怪，说宝生贱，一个男人守不住，趁乱找日本女人的便宜。也有的说，宝生老婆被日本人踢死了，还找日本人，真没良心。走近了看领回来的是禾子，都不言语了。禾子谁都熟悉，开拓团里就她一个和善人。

禾子到了宝生家，两个孩子见来了生人，还是日本人，日本人比鬼还凶的，吓得往后退。禾子想亲近孩子，她喜欢孩子，看见孩子害怕的样子，感到很奇怪，自己就那么可怕吗？

禾子到了宝生家，样样不习惯，不知道前后左右的家务活该怎么做。到了厨房不知小米饭、高粱米饭怎么做，不知苞米饼子怎么贴，不知菜怎么炒，爹着手干着急，恨自己无用。邻居大婶、大嫂见禾子来了感到新鲜，都过来看她，一样一样地教，她才慢慢学会了。

禾子回到太平川，见开拓团被抢掠一空，门窗被摘去了，团部给砸烂了，她的心也空了，感到莫名的害怕，又听说后走的人都死了，尸体都扔在山岗上，她想是当地人打死的吧，心里更加恐惧。她到山岗去了，横七竖八的尸体只剩白骨了，看见每个人都死于脑部枪伤，明白了是日本人自己干的。

前方战事，日本关东军接连失利，凭着阻击阵地、军事要塞打了几场硬仗，但迅速崩溃了。仅仅在苏军开战的第六天头上，日本天皇宣布投降了。

消息传开，整个四方街沸腾了。人们拥上了街头，男女老少，人人脸上露出了多年不见的喜悦笑容。"打倒小日本！""中国万岁！"人们欢呼着，挥舞手里的彩旗，许多人家挂起了中华民国的旗帜。"我们不当亡国奴了！"随着咚咚的鼓声，人们扭起了秧歌。鼓敲在人们的心头，人们尽情地欢乐。

小日本投降了，老爷子该回家了，我要到省里去一趟。我找到刘老师，我说，咱们胜利了，我带你见见二婶吧，一起高兴高兴。刘老师说，好哇。她来6年了，只在老姨家见过一次二婶，我当时没给介绍。我又说，到了县里我再去省里看老爷子，刘老师更高兴："大爷快回来啦，太好了。"

到了二婶家，我从头到尾给二婶做介绍，刘老师当年怎么怎么颠沛流离，被逼得走投无路，说起过去的事，刘老师禁不住掉下眼泪，二婶边听边哭。二婶知道了怎么回事，感慨地说，大妹子，你可太不容易了。刘老师说，别叫我大妹子，还不是多亏二叔吗？二婶说，还不是多亏了老大一家啊，虽说咱俩刚见面，可是最亲的人了。二婶搂过刘老师的孩子夸奖说，这孩子多俊，大模大样的，将来肯定有出息，你哥哥快放学回来了，你们哥俩见个面。刘老师纠正道，你得叫叔叔，记住了，别叫错了。大家都笑了。二婶指着我说，叫都不好叫了，都是你闹的。

晚上，二婶搞了一桌子菜，比过年还丰盛。梁子一回来，两个小孩子就唠到一起，玩到一起了。表琦没来，这些天他太忙了。

我到车站，开往朝鲜方向的客车，车厢里塞得满满的，车厢顶趴满了人，一路开过去，沿站都不停。往省城方向的列车，人并不多，我上车，找个铺位自自在在地睡下了。早上，下了火车，我直奔木栈，心想监狱还不放人就去找李正堂，问他放着现成的人情为啥不做？是不是太昏昧了。又一想，监狱不放人，临穷末了，把人全杀了也说不定，小日本作恶没有底线。

进了木栈就听到了老爷子说话的声音，我放心了。老爷子、关先生看见我，惊讶来得这么快，昨天小日本刚投降，今天就到了。我说，我快也没有老爹快呀，昨天出来的吧。我见老爷子瘦了点儿，精神、身子骨大体上还好，算一算关了 19 个月，没遭太大的罪，太值得庆幸了。

老爷子讲了出来的经过，说来很简单。昨天下午，快到放风的时候，狱警把门打开了，说，起来，你们可以走了，我看他把所有的门都打开了，让走就走，越快越好，哪有人顾得上问为啥放人。所有的因犯一路跑着，冲出了大门。

出了大门，老爷子不认识路，跟着大帮走。走了半个钟头，看见关先生迎面过来了。

他是赶来报信，告诉小日本投降了的，正巧把老爷子接了回来。

我说老爷子真有洪福。老爷子瞅着关先生，点头感谢。

关先生说，我碰巧接回来了，是老爷子的福，小日本投降了是大家的福。

关先生又说，不是撵你们，老爷子出来了，赶紧回去吧，家里都在等着。

我说，对，不过，来一趟不容易，我得见见李正堂，跟他知照一声。你去租车，我回来就走。

省政府门前冷冷清清的,出入的人很少。卫兵告诉我,里面不办公了,我问看见李正堂厅长没有,他说没有。我到传达室门口看看,门锁上了,里边没人。没办法,我只好回来了。心想现在见不到他,过几天摘了牌子,更没处找了。世事沧桑,天堂地狱开始翻个儿了。

关先生租的是洋式轻便马车,车夫40来岁。我问他,这辆车单薄,跑长途走坑坑洼洼的泥路行吗?他说对付吧,这些天总跑长途了。日本人全在逃跑,车辆紧张,关先生租这辆车多加了不少钱,车夫肯跑长途图这个活肥。上路了,车夫说,到四方街咋也是两天,再快一天也赶不到,悠着走也慢不到哪去。我说悠着走好。

告别时,关先生向老爷子请假,说小日本投降了,回家看看。老爷子笑呵呵地说,应该应该。

道窄,弯弯曲曲的,两边的树木遮了过来,叶片在阳光下一闪一闪的,不冷不热,感觉很舒服。

车夫说,前几天这条道上尽是日本人,背着东西,领着孩子,一步一步地走,低着头,垂头丧气,见了中国人吓得往一边躲。

逃难的日本人大都是妇女、孩子、老年人,也真可怜,又饿又累,有的小孩子实在走不动了,就扔在路边,有的母子都走不动了,就躺在道旁树棵里等死,你看苍蝇起团的地方,下边是日本人尸体,发烂变臭了。这一道,日本人扔下的尸体和东西哩哩啦啦的。

道上还能看到日本人,一群有三五个或几十个人,听见车子响动,他们远远地闪在道旁,疲惫和狼狈之中,不愿正眼看我们。

我说遇见走不动的妇女、孩子,咱捎个脚。

车夫说,你发善心,他们还不敢领呢。日本人不敢拆帮,再说你请他上车,他还以为你图他的东西呢。

老爷子说,走走路不算啥,当初怎么来的呢?来的时候不是想得挺美吗?中国人对日本人够客气了,没人用刀挑他们的孩子,没人欺负他们的女人。

他俩说得对,日本人的骄横跋扈和不近人情的扭曲心理,特招人嫌,他们得意时叫人瞧不起,他们倒霉时也不讨人可怜。

晚上我们在一个大车店住下了。店里住的日本人多，还在打仗，中国人出来得少。店里杂和面里所掺的橡子面，比咱家店的还多。一堆倒霉蛋，苦着脸，悄无声息地默默吃着。

车夫不知跑哪儿去了，我要了三碗汤，拿出关先生预备的煎饼，等着他一起吃。

我说，老爹，你坐了一天车，累了，你先吃，我等他。

老爷子笑着说，不累，在小号里天天坐着，惯了。

我看老爷子出狱了心情好，又打了壶酒，要了盘煮花生米，老爷子笑眯眯地点点头，我俩慢慢地喝着。

车夫回来了，他说喂完马，又和别的老板子扯了一会儿，让我们久等了。

我说，不用客气，我们先喝着啦，一起喝，解解乏。

车夫喝了两杯，说听别的车夫讲，这些天，小日本尽是放火杀人的，现在不敢杀中国人，杀自己的老婆孩子，成批地杀，杀完哭号乱叫，怎么下得了手呢，你说小日本是不是人？

车夫提出的真是个问题，趁着酒劲，我替小日本解释解释。

我说，或者是因为小日本自知作恶太绝太多，如今败下来，中国人怎样报复都不过分，所以，与其死在中国人手里，不如自己动手了断。可是，小日本极其残忍，甚至杀人取乐，从来没有罪恶感的，害怕报复的论点难以成立。或者是以死表示对天皇的效忠，这个理由冠冕堂皇，可是与日本的现代化程度比，又过于愚痴了，也难以成立。或者是理性无法解释，是小日本的天性使然。小日本原本就是封闭岛国，岛民有褊狭过激、自狂自卑、顽劣不化、固执任性等诸多缺点，在现代化进程中，不但没有减弱，反而放大了。把小日本归入没有理性最低级的一类，或许是客观的，稍稍看高他们，你就找不到解释。

又走了大半天，到了四方街，安顿好车夫，我和老爷子回家了。你妈抱着孩子迎出来，老爷子见孙子会叫爷爷了，会走了，乐得张开了嘴。

到了上屋，炕琴、炕桌、长柜、八仙桌，擦拭得干干净净，新换洗的褥子、大方枕头放在炕里，烟笸箩放在炕中间，里边放了新烟，我给老爷子倒水，热水瓶是满的，我正要表扬老婆，突然门口伸过来四个脑袋、二婶、刘老师、苏姐、秀莲，她们见老爷子和我看见她们了，一齐放声笑起来。

她们盼老爷子回来，又怕遭遇不测，忐忑不安地等着。我们一进四方街，她们就看到了，高兴坏了，一齐藏起来给老爷子一个惊喜。

老爷子说："他二婶，你多大岁数了，还跟着玩这个。"

二婶说："人高兴就年轻了，大哥回来最高兴了。"

老爷子说，你们三个当家的回来才值得高兴。

她们三个都说快了，快了。

我想快了是快了，她们的高兴也是在哄老爷子，没见着面，心总不落地儿。

战事进展很快。苏军入境不到一周，日本天皇宣布投降，三周多一点，日军放下武器，投降签字。

关东军号称70万，苏军计划用一年半到两年时间予以全歼，刚刚拉开架势，日军就无条件投降了，50万俘虏乖乖地去了西伯利亚。

假如关东军顽抗到底，可能会增加30万新鬼。战争的迅速结束，双方似乎意犹未尽。处于压倒优势的苏军自不必说，一触既溃的日军交枪时恨恨地说，20年后我们再来。

打得轻，日本人不是很疼，是个很大的遗憾。对日本人来说，新鬼多了，未必是坏事，新鬼少了，未必是好事。

我去找刘聪，他还在宪兵队，无所事事，百无聊赖。我说，你倒清闲，有什么打算吗？他说，天翻地覆了，不用我做什么打算，随波逐浪，抛到哪儿算到哪儿吧。我说，日本人都走了吧？他说，都走了，昨天苏军押走的。我说你回家吧，待在这儿不好。他说，回去也不好，不回去更不好，老爹会找上来的，今天刚收拾完，明天就回去。我说，咱俩出去吃点饭吧。刘聪犹豫一下，见我诚心诚意的样子，推辞了太伤感情，只好点点头。

跟刘聪下馆子，不能像跟关先生那样，挑可口的小吃，跟刘聪，特别是现在，要讲面子，面子足了才见感情。

我领他直奔四方街最好的馆子，只知道是最好的馆子，却头一次去。堂倌见我来了，故意高声喊："刘少掌柜，请！"见到后面的刘聪，稍稍一愣，声调下来了，只说"请"。

我见状把刘聪推在前面，刘聪也不客气，低头直冲二楼，带我到一个最好的包间坐下了。

堂倌送上菜单，刘聪说，我来点，飞快地指指点点，几句话就搞定了，堂倌诺诺连声地退出去了。

刘聪肯定常来这里的，他对这里的熟悉，赶上我对大车店的熟悉了。堂倌的冷热变化一定刺激了他，真是对不住。可四方街太小，除了这家馆子，再没有像样儿的了。

酒菜上来了，我说，这么多年，咱俩难得单独小酌，今天一定尽兴。刘聪说，这时能来请我的只有你一个人。说罢一饮而尽，我感觉他的眼睛潮湿了。

喝闷酒不好，可是说啥呢？我赔小心，别刺激他，别伤着他，别扫兴，对他而言，昨已非，不堪回首，今更悲，难抬望眼，在这节骨眼上，不好找恰当的谈资。所幸的是，刘聪几杯下肚，脸红耳热，又憋闷久了，他的话多了。

他说，我这个翻译当的，有辱祖宗，祸及后人，学过日语嘛，一不小心走上了这条道，怨谁呢，以后无论倒多大霉都认了。

我说，给日本人办事不好，可你并没有仗日本人干什么坏事，谁有什么事找到你，你还尽力帮忙，四方街的人心里有数。

刘聪说，你这句话公道，我时常也是这样想的。我给日本人办事，好像我对他们好，巴结他们，其实不是那么回事。日本人的骄横跋扈、野蛮残忍，谁都看不惯，受不了。我在日本人身边，见得多了，更看不惯他们，憎恨他们。就说最近一件事吧——

"8月16日傍晚，在兵营里，我照常去打饭，还没到食堂就闻到一股沁人的香味，到里面一看是大米饭和炖猪肉，好久没吃到这么好的伙食了。刚盛了饭，坐下要吃，外面响起了紧急集合哨。全体军官、士兵都集中到操场上，不安地望着新野不同寻常的悲凄面孔。

"新野从衣兜掏出一封电报，缓慢无力地宣读，读的是《天皇陛下的无条件投降书》，所有的人都明白了，不想来的终于来了，死寂般地静听。

　　"新野噙着眼泪哆哆嗦嗦地宣读完了之后说：'按照日本军队的传统，我们军人要与国家荣辱共存亡，我决定，本队全体官兵一起自杀。打开食品仓库，把所有的烟、酒、饼干、罐头统统拿出来，请大家尽情享用。待集合命令一下，每人携一枚手榴弹，违者立即处死。'

　　"自杀是日本人的事，与我无干。我站在一旁看着他们发疯似的吃着、喝着，号啕声、怪叫声充满兵营。不一会儿，日本兵酩酊大醉，更加歇斯底里了。

　　"一个小军官'嗖'地抽出寒光闪闪的战刀，哭号着说：'这是我家祖传宝刀，可惜没在战场上试刃，就要用来自刎了。'说着，猛一挥刀，他身旁一棵胳膊粗小树被拦腰斩断。

　　"有个士兵拿着几枚手榴弹说：'可惜这东西不能用来杀敌，却要用来自尽了，啊——要做阴曹小鬼了！'说着，拉开保险盖向墙外扔，手榴弹轰轰爆炸，不知炸坏了什么。

　　"有个老兵撸下腕子上的手表，悲戚地说：'这是我的爱妻给我的信物啊。我一死，就要叫苏军撸走了，让它和我一齐完蛋吧。'说着，把手表摔得粉碎。

　　"有个士兵掏出他妻子的照片，一会儿疯疯癫癫地连连亲吻，一会儿痴痴呆呆地凝视，哭号着说：'完了，最后亲你了，永别了，永别了。'

　　"新野下达了集合令，哨音尖锐、急促而严厉，所有的官兵整齐地站在操场上，刚才还大发歇斯底里，现在呆若木鸡，每人手中握着手榴弹，直挺挺地站立不动，异常肃静，死寂一片，连咳嗽声也吓没了，似乎空气也紧张得要爆炸了。

　　"不知新野在等待什么，时间在难挨的气氛中一点儿一点儿地消耗。

　　"终于要发出那道可怕的命令了，就在这时，一阵'嘚嘚'的马蹄声由远而近，一个骑着白马的日本兵飞快地来到队前，急促地大声问：'新野队长在哪儿？'新野立即应道：'我就是。'那个士兵翻身下马，向新野立正敬礼道：'报告，新野队长，我是司令部联络兵，有一道紧急令送给你。'说毕，联络兵从军用包里掏出一纸命令，新野接过眯着眼睛看着看着，死灰般的脸上，忽然露出了喜色，接着挥着拳头狂吼着宣布：司令部命令严禁一切自杀、自伤行动！

"一瞬间，满操场的官兵呆愣着，没反应过来，等缓过神来，紧接着爆发出'万岁！万岁'的巨大欢呼声浪。

"知道死不了了的欢呼声浪，要压过不想自杀的歇斯底里10倍。歇斯底里是虚伪的，为死不了了欢呼是抑制不住的，暴露了狗日的个个都怕死。"

刘聪说，新野临走时对他讲，我们合作很好，皇军还会回来的。他在给自己打气，也是留恋过去。

小日本都留恋过去，西村留恋吃人头的黄金时代，日本兵留恋用刺刀挑孩子玩的快乐时光，吉田、新野留恋杀人放火的潇洒岁月，都在做卷土重来的好梦。

刘聪说，新野他们去西伯利亚了，我比他们强点儿，明天回家了。相同的是，都开始了生不如死的日子。

表琦让我告诉苏姐，他丈夫下山了。我到了太平川，小日本走了，咱家的地回来了，老房子又有用了。大爷呵呵笑起来，说没想到我能活到今天，看见小日本完蛋了。当初多亏了我吧，依着你们，这房子不是卖了，就是烧了。听说丈夫在县里等她，苏姐脸上露出灿烂的笑容，我请他们一家在老房子住，蛮宽敞的。她说，现在不用躲躲藏藏的了，回老家去，有几年没回去了，怪想的。

表琦说，她丈夫所在的部队在长白山的最里边，他们太苦了，只剩一身骨头架子，让苏姐见面前有个思想准备，见到他的样子不要过于难受，我们胜利了，好日子才刚刚开始，要高兴才是。

夫妻见面的时候，果然像表琦所说的那样，苏姐几乎不敢认，人瘦得脱了相，又黑又老，破衣烂衫的。孩子吓得直躲，他奇怪，爸爸是大英雄，怎么不像呢？丈夫见苏姐好好的，孩子长高了一头，三个人紧紧地搂在一起。

部队下山要休整3个月，苏姐和丈夫、孩子一起回老家了。刘老师说苏姐的丈夫一直没信，没想到她家先团圆了。

二叔和王参谋来信了，说他们都回国了，跟小日本打完仗了，可是，太忙，暂时回不了家，各方面都好，尽管放心。

二婶说，捎信的两个人是教导旅的，跟老刘、老王还是一个营的，给苏军当向导，从黑龙江一路开过来的。教导旅的人，脸上刮得干干净净的，穿着苏军制服，大檐帽，皮腰带，马裤，高筒靴，挎着轮盘枪，可精神啦。

接苏姐的时候，我特地到东北岔看看。走近村子，听见叮叮当当的敲击声响成一片，不少人家在盖房子，男女老少都在房场上忙碌。我路过哪家，哪家扬手向我招呼："来啦，晚上到家喝酒。"我点头应承，让他们接着忙，别耽误干活。我送过几次弹药和日用的东西，他们见到我特别热情。

沟里舅一家在修猪圈，见我来了，停下了手，往屋里让。

舅妈笑着问，什么风把你吹来了。

我说到太平川办事，顺便来看看。

他们听说老爷子回来了，连声说，哎哟，可算回来了，太好了，我们天天担心，8月16日出来的，整整关了580天是不？

我说，我没有你们算得细，没有你们算得准。

舅妈说，今年是他七十大寿，你们一定办一办。我说，那是，那是，今天就算请了，到时一定来。

舅妈说，那还用说，我们全家都去。

我看了看院子说，没看见你家有猪，修猪圈干什么？

大舅说，年年往山里跑养不了猪，这回太平了，先修好圈，明年春天抓猪羔。

我说大志呢，上地里了？

大舅说，大志当兵了，抗联一回来，召集人，就去了，村里去了7个。俺村的人枪法好，出了名的，部队乐意要。

我盘算着木场的经理人选，老舅家在木场有股份，可大成还小，大成是块读书的料，上山屈了他。大志最合适了，憨厚、聪明、山上、地里的活啥啥都懂，晚来一步，他当兵去了，真是可惜。

我说，大志当兵去了，两位老人家岁数大了，下山吧，到太平川看看地也行，到四方街看看大车店也行，享享清福。

大舅连连摇头，我们东北岔跟小日本较劲十来年，为的就是看到今天，哪能随便走呢？咱家的木料准备好了，家家的房子都得重盖，村里人手紧，今年可着别人家，明年咱家新房也起来了。我在东北岔住了一辈子，地肥不说，挨着大山，离湖不远，种地、打猎、捕鱼、挖参，都惯了，到太平川、四方街哪有这个，到那只能抓耗子。

说得大家都乐了。

我想故土难离，越老越顽固，等他们爬不动了，再做打算吧。

我把东西从车上卸下来，有老爷子的弹药，有我从杂货铺取的盐、碱、火柴、肥皂一类，还有你妈在伙房准备的一筐东西。

舅妈打开一看，哎哟一声，说外甥媳妇可真心细。

我一看是酱、咸菜、咸鸡蛋什么的，我说，不是什么好东西。

舅妈说，这你可说错了。小日本年年烧房子，家家酱不能做，咸菜不能腌，酸菜不能渍，摘棵大葱，想蘸口酱都办不到，吃饭想就口咸菜也没有，白水煮菜，白水煮山牲口肉，早吃得够够的了。

大舅说，咱家留一点，给邻居分一分，大家都尝一尝。

我说，也真是的，知道这里缺，咋不多带些？

舅妈又不让了，说，还要带多少，你家开大车店，才拿得出这么多，你以为是开酱场呢？

舅妈的话一出口，全家人都冲着我乐。

我说，舅妈没白和小日本斗，嘴茬子比以前厉害多了。

舅妈说，说说笑笑呗，表瑾啊，你不知道你一来，俺们有多高兴。

刘老师让丈夫接走了，临行一家三口来咱家告别。王参谋，不知现在是啥官，肯定升了，他对老爷子说，大哥……刘老师打断说，错了，叫大叔。王参谋愣了一下，"唔"了一声，没弄明白，按照老婆话重于军令的定势，顺口叫声大叔，接着说，我和光曜一起出生入死十几年，俺哥儿俩，这个错了，比你哥儿俩，这个对了，感情还要深，我再说什么感谢就见外了，就多余了。刘老师解释说，你管老爷子叫大叔不屈，你不叫大叔，表瑾管我叫婶，我敢答应吗？王参谋说，也是，明白了，明白了。可有一层，回头我管光曜叫二叔，他能答应吗？

大家说说笑笑包起了饺子。他俩的孩子总在王参谋怀里蹭，跑到院里玩一会儿，回来又钻到爸爸的怀里，王参谋看不够，摸不够。

吃饺子时，王参谋一口一个，好像没嚼就咽没了。刘老师提醒说，吃相文明点。王参谋说，抗联吃法，比以前文明多了。刘老师说，以前一口还能吃两三个啊。王参谋说，差不多吧。刘老师听了，眼睛湿了。我听了，想起了二叔以前回来时的吃相。

二叔终于回来了，公干路过县里，能待两天。

回来的第二天，二婶对二叔说，咱俩看看大哥去，这些年多亏他。二叔说，那是，你不说我也要去。

老爷子正在大车店账房喝茶，听说二叔回来了，起身往家走，出了门又折回来，告诉饭堂大师傅到家做几道菜。走出去又折回来了，要饭堂蒸一屉白面馒头送到家。伙计们都笑了，老爷子再走出去的时候，追着问，老掌柜还有什么吩咐没有？

二叔看上去挺健壮，穿的是二婶所说的苏军制服，挺精神，头发花白了，好像比老爷子的白头发还多。

二叔说，回来得急，碰巧有个任务路过才回来的，没什么准备，到两个家都空着手，抗联啥也没有，只知道从家里往外拿。

老爷子说，你能回来，我们哪怕只见着个影，比啥都金贵了。

二叔说，这些年，家里人天天为我们担心。其实最让人担心的是抗联家属。抗联没有根据地，四处打游击，带不了家属。抗联的家属大部分被杀了。大哥，部队里都说你是大英雄。

老爷子说，胡扯，我算什么英雄，打小日本我没放一枪。几个家属不能不管，有点棉服不能不送，仅此而已。你们爬冰卧雪，出生入死，我守家在地，冻饿不着，没个比。

二叔说，大哥在敌人鼻子底下没少办事，时时冒着危险，挨打、入狱，比我还遭罪。

二婶说，阴历八月初十是大哥的生日。

二叔说，大哥的生日是八月初十啊。

二婶说，今年是大哥七十大寿。

二叔说，大哥七十啦。

二婶说，他什么都不记得，连自己的生日都不记得。表瑾，咱家好好办办是不，到时你一定回来。

老爷子说，光曜是干大事的，哪记得这些鸡毛蒜皮的私事。生日不要过了，这些年命在小日本手里，想想不是滋味。

我说，爹的七十大寿一定要办，二叔一定回来，这事这么定了。

吃饭了，饭堂大师傅做得丰盛，各样菜摆满了桌子，鱼、肉蛮香的，白面馒头更是久违了。

老爷子说，吃吧，小日本走了，咱们天天过年。

正吃着，小有子捧着一个陶钵过来，笑嘻嘻地打开，里面是鸡块，香喷喷地直扑鼻子。小有子说是刚杀的母鸡。

老爷子抢白说，有这么多菜，还杀什么鸡，败家。

小有子感到委屈，急眼了，说二叔来了嘛，要看看二叔嘛，再说老母鸡不下蛋了。

老爷子知道刚才的话重了，说知道你小子有心。

二婶把小有子拉过去，说坐下，又对二叔说，小有子这些年里里外外为刘家忙，咱家把他当儿子使。

二叔敬小有子一杯，小有子连忙站起来说，那哪敢。

老爷子对二叔，小有子看你是把你当大英雄。

二叔说，哪是什么英雄，我在外打游击，亲戚乡邻都挂记，欠了好多人情啊。

老爷子的生日办了，办得大大方方的，家里前后院支起了布棚，邻居家的屋子借用了，杀了口肥猪，寿席10道菜，四方街家家户户都来了人。老爷子拱手作揖挨个迎接，都搞得有些累了。沟里舅一家、大姑、二姑、老房子的大爷，头一天就到了，二叔、二婶还没来，表琦说有事，晚上回来给老爹磕头拜寿，补补过。快开席了，二婶一个人急急忙忙地来了。她送给老爷子一个绸包，又拿出一封信，满脸歉疚地说，光曜有事来不了，大哥，真对不起。老爷子笑着说，别这么说，我知道他忙。
打开信，我帮他读：

大哥：

　　七十大寿，受弟一拜。公务紧急，不能前去，甚憾！

　　现将苏联军官赠我的一支小手枪奉上，权当贺礼。身无

长物，惭愧。

弟　光曜

　　老爷子把包打开，里边是一支崭新精巧的手枪。老爷子知道光曜把自
己最心爱的东西送给了他。人多，都挤过来看，老爷子把手枪包好，解开
大襟，放在怀里。

尾 声

　　光复之后是解放。新中国成立后，我被推荐到省政府工作。我认为自己适合在机关，答应了。我把木场卖了，把大车店半赠半兑地给小有子了，太平川的地土改时分了，大爷不随我们走，老房子留给他了。搬到省城之后，老爷子嫌憋屈，后来也惯了。在省政府，像我这样机关出身，伪满时期辞职，新中国成立后又回来的很少。我过去的同事，不是到关内去了，就是改行了，再就是走李正堂的道。我退休时是在省林业厅。

　　老爷子是在三年困难时期去世的，不是饿死的，他活到八十五，是我们家族中长寿的，知足了。

　　二叔早他几年去世。新中国成立后他任县长，没干两年，各种病和旧伤找上来了，只好退职休养。生病的后期，极其疼痛，常常疼得满身大汗，我们劝他喊一喊，释放一下，他不干，咬牙挺着，抗联的人是不一样。

　　表琦解放战争时南下，后来在那边任职，成家，扎下了根。他很想念家乡，但很少回来，总是忙。

　　二叔家的梁子和老舅家的大成后来到苏联留学，学理工，回来当了工程师。

　　沟里舅家始终在东北岔。他的英雄时代过去了，现在他的后人可能想走出大山了。大志从部队转业后，回到了家乡，是县级干部。

　　刘聪很潦倒，新的世界不属于他了，在光复后不两年就死了。他聪明，抽上了大烟，在年根的严冬里成了路倒。那时路倒已经很少了。